錯時錯地

已經發生的謀殺，
有可能倒轉嗎？

吉莉安·麥卡利斯特——著
顏湘如——譯

WRONG PLACE
WRONG TIME

GILLIAN MCALLISTER

好評不斷

這是近期我看過最引人入勝的小說，更重要的是，這故事沒有辜負這個題材，夠大膽，勇於挑戰……非常厲害高明的設計，而且很有愛。

——英國犯罪小說天王，伊恩．藍欽

太完美了，每一個字，每一個片段，驚奇不斷的作品。

——《紐約時報》暢銷作家，麗莎．傑威爾

絕對是頂級之作。迷人的驚悚故事，節奏無懈可擊，快把握時間搶讀吧。

——全球暢銷小說《別相信任何人》作者，S. J. 華森

絕妙高明的顛覆性作品，對「爲了救孩子能做到什麼程度？」給出極度燒腦的震撼解答。

——《紐約時報》暢銷作家，露絲．韋爾

大膽創新、曲折離奇，高超的說故事技藝，讀者儘管放心讀，翻開此書您就進入對的時間、對的地點。

——《紐約時報》暢銷作家，A. J. 芬恩

太喜歡這本，破除了類型疆界，徹底展現原創精神。故事真誠細膩，令人心碎。絕對極品。

——暢銷小說《*The Couple at No. 9*》作者，克萊爾·道格拉斯

完美打磨的作品，高度原創性，讀一次絕對不夠。

——BBC電台讀書俱樂部

令人著迷的「為何犯罪」推理，相當與眾不同，層次豐富、想像力滿點。

——《週日泰晤士報》

時間線驚心動魄，謎團揪心又高明。

——《衛報》（Top 50 大熱選書）

多層次謎團，讓人迫不及待翻開下一頁找到之前沒察覺的祕密。你絕對會跟每個人談起這本書。

——《先驅報》

幾乎令人喘不過氣的緊張感……深入挖掘祕密與愧疚，及其腐蝕、毒害人心的威力。

——《紐約時報》

打破規則的驚人之作！

——泰晤士電台

謀殺版的《今天暫時停止》……讓人怎麼也猜不中劇情走向，塑造人物、構畫情節的高明技藝，是這故事註定成功的核心。

——《金融時報》

巧奪天工，情節曲折，許多曲徑迷宮就藏在字裡行間。

——《寫作雜誌》

這本大膽到令人瞠目結舌的小說，絕對超越你今年看過的所有驚悚片。

——《Red 雜誌》

本書以令人耳目一新的角度去思考犯罪，同時也對人怎麼思考過去，怎麼看待人生階段，提供了優雅的洞見。

——《出版人週刊》

目次

好評不斷……003
第0日 甫過午夜……010
第0日 剛過01:00……016
負1日 08:00……025
負1日 08:20……030
負1日 08:30……038
負2日 08:30……048
負2日 19:00……061
負2日 19:20……063
萊恩……074
負3日 08:00……084
負4日 09:00……100
負8日 08:00……119
負8日 19:30……131
萊恩……136
負9日 15:00……138
負12日 08:00……149
萊恩……158
負13日 19:00……163

萊恩	負144日	負105日	負65日	負60日	萊恩	負47日	負22日	萊恩	負13日
	18:30	08:55	17:05	08:00		08:30	18:30		20:40
239	226	218	215	209	206	187	180	176	174

負6998日	負6998日	負6998日	萊恩	負5426日	負1672日	萊恩	負1095日	負783日	負531日
23:00	11:00	08:00		07:00	21:25		06:55	08:00	08:40
339	331	321	317	305	298	293	282	265	246

萊恩 342
負7157日 11:00 345
萊恩 356
負7158日 12:00 367
負7230日 08:00 373
第0日 382
第1日 386
尾聲：負1日 387
致謝 390

給費莉西蒂與露西：
無論在哪個多重宇宙，
我都希望妳們成爲我的動力。

第0日

甫過午夜

珍很慶幸今晚時間可調慢。夏令時間結束，賺到一小時，她可以假裝自己沒爲兒子等門等太久。

此時已過午夜，正確來說是十月三十日，萬聖夜就快到了。珍告訴自己，陶德已滿十八歲，這個九月生日的兒子算成年了。**只要是他想做的**都可以去做。

方才大半個晚上她都在雕刻南瓜燈，但雕得很失敗。此時南瓜擺在俯瞰他們家車道的觀景窗台上，燈已點亮。雕刻南瓜就跟她做大多數事情一樣，都是因爲她覺得應該要做；但儘管雕得歪七扭八，卻有其自成一格的美。

她聽見樓梯上傳來丈夫凱利的腳步聲，便轉頭看。她是夜貓子，而他是早起的鳥，所以這時候醒來並不尋常。他從位在頂樓的臥室走下來，頭髮蓬亂，在昏暗中呈藍黑色。凱利全身一絲不掛，只有臉上帶著一抹別有興味的淺笑，並吐出一聲輕笑。

他步下樓梯朝她走來，燈光照出他手腕上的刺青，是個日期，就是他說發現自己愛上她的那天：二〇〇三年，春。珍看著他的胴體，過去這一年，他四十三歲這年，也就只有幾根胸毛轉白。「一直在忙啊？」他比了比南瓜。

「大家都做了一個。」珍解釋道：「所有的鄰居。」

「管人家那麼多？」他說。典型的凱利回話風格。

「陶德還沒回來。」

「對他來說，現在才傍晚而已。」他說。說到「傍晚」這個字眼，隱約能聽出他淡淡的威爾斯口音，有點像爬山時氣息顫簸不順。「不是一點嗎？他的門禁時間。」

這是他們之間典型的對話。珍擔心太多，凱利則或許太少。就在她這麼想的時候，他轉過身去。喏，瞧瞧他那完美無瑕、讓她深愛了將近二十年的屁股。她回頭俯視街道，尋找陶德的蹤跡，接著又轉回來看著凱利。

「現在你的屁股都被鄰居看光了。」她說。

「他們會以爲是另一顆南瓜，」他說道。他的機智有如刀子劃過，又快又利。戲謔，向來是他們愛用的交流方式。「來睡了吧？眞不敢相信梅瑞洛克斯路完工了。」他補上這句時順便伸了個懶腰。這整個星期，他都在梅瑞洛克斯路的一間獨棟屋整修維多利亞磁磚地板。獨自一人，凱利就喜歡這種工作方式。邊聽著 podcast，一塊磚接著一塊磚，幾乎誰也不見。這就是凱利，心思複雜，有點不得志。

「好啊，」她說：「再一下下。我只是想確認他安全回到家。」

「他隨時可能會出現，手上拿著個沙威瑪。」凱利擺擺手說：「莫非妳等門是爲了吃點薯條？」

「你夠了吧。」珍微笑著說。

凱利眨眨眼，便回床上去了。

珍在屋裡晃來晃去，心裡想著手上的案子：一對離婚夫妻為了一組瓷盤爭執不下，但當然啦，原因其實是外遇。實在不該接的，她手上都已經有三百多個案子。但第一次會談時，衛察太太直視著珍說：「要是非把那些盤子給他，我深愛的東西就一件都不剩了。」這話讓珍投降。她眞希望自己別在意這麼多——在意準備離婚的陌生人、在意鄰居、在意該死的南瓜——但她就是沒辦法。

她沖了杯茶，端到觀景窗前，繼續守夜。她的兩個親職階段——孩子剛出生以及快要成年的這幾年——都過著睡眠剝奪的日子，只不過理由不同。

他們買下這棟三層樓的房子，就是為了位在正中央的這面觀景窗。「我們可以像國王一樣在窗前眺望。」珍這麼說的時候，凱利大笑。

她凝視著窗外的十月薄霧，陶德出現在屋外的街上了，終於。珍看見他時，夏令時間正好結束，她手機上的時鐘從 1 點 59 跳到 1 點整。她藏住笑意：多虧了時間調撥，這孩子不但可以從容不迫，也不能說他晚歸了。陶德老是這樣；他覺得以語言及語義上的翻轉來爭辯自己有無晚歸，比晚歸的原因重要。

他沿著街道悠哉地大步走來，整個人瘦得皮包骨，好像永遠胖不起來。走路時，牛仔褲底下的膝蓋會突出尖角。外頭的霧沒有顏色，樹木與人行道是黑的，空氣呈現一種透明的白。一個灰色調的世界。

他們住的這條街——位在默西塞德郡克羅斯比鎮的偏遠地帶——意思是沒有街燈。

凱利在屋外裝了一盞納尼亞式的燈。這是他給她的驚喜，鑄鐵材質，價格不菲；不知道他怎麼買得起。只要一感應到動靜，燈就會亮。

但……等等。陶德好像看到什麼。他猛地停下，瞇起眼睛。珍順著他的目光看去，接著她也看見了：一個人影從街道另一頭匆匆接近。那人年紀比陶德大，大很多。從他的肢體、動作，看得出來。珍會注意到這種事，向來都會。因此才造就她成爲一個好律師。

她將熱熱的手心貼在冰涼的窗玻璃上。

感覺不太對勁，要出事了。珍十分肯定，卻說不出所以然來，就是一種對危險的直覺，一如在煙火施放處與平交道與懸崖上的感覺。腦中思緒不斷閃過，有如相機按下快門，一下接著一下接著一下。

她將馬克杯放在窗台上，呼喊凱利，然後兩步併作一步跑下樓，赤腳踩在樓梯地毯上粗粗刺刺的。她胡亂套上鞋子，手握住金屬門把時頓了一下。

是什麼……那是什麼感覺？她說不上來。

既視感嗎？她幾乎從未有過類似經驗。她眨了眨眼，那感覺就消失了，像煙一樣無影無蹤。是什麼呢？手握黃銅門把電了一下？屋外亮起的黃燈閃一下？不，想不起來，已經過去了。

「怎麼了？」凱利出現在她背後問道，一面繫上灰色睡袍的腰帶。

「陶德……他……他和……一個人在外面。」

他們連忙跑出去。珍的肌膚立刻感覺到秋天的寒意。她奔向陶德與那個陌生人。但她都還沒弄清楚究竟怎麼回事，凱利便高喊：「不要！」

陶德已經跑起來，不到幾秒鐘便抓住陌生人兜帽外套的前襟。他衝著對方擺好架式，肩膀往前挺進，兩人的身體貼靠在一起。陌生人將一隻手伸進口袋。

凱利朝他們奔去，一臉驚慌，眼睛往左往右張望，轉來轉去看向街道兩頭。「陶德，不要！」他說。

就在同一時間，珍看見了刀子。

腎上腺素強化了她的視力，讓她清楚看見事發經過。刀子快速而俐落地刺入，緊接著一切變慢：手臂往後拉的動作、衣服阻擋刀子又隨即釋放開。兩根白色羽毛隨著刀刃浮現移動，在凜冽的空氣中漫無目的地飄飛，宛如雪花。

珍眼睜睜看著鮮血噴湧，大量大量地。此時的她想必是跪了下來，因爲她意識到膝蓋被路面的小石子壓出一個個小圓洞。她抱住了他，解開他的外套，感覺到溫熱的血急速湧出，從她的指縫間順著手掌手腕往下流。

她爲他脫去襯衫。整個上半身已漸漸淹沒在血泊中；三個投幣孔大小的傷口在眼前忽隱忽現——就像試著想看清紅色池塘的底部。她全身變得冰冷。

「不。」她的嘶喊聲濃濁濕濡。

「珍。」凱利聲音沙啞地喊她。

太多血了。她將他放平在自家車道上，俯下身子細看。她希望是自己錯了，但有那麼一剎那她非常肯定，他已經走了。黃色燈光照見他的雙眼，感覺不太對。

夜悄然無聲，她驚愕地眨著眼睛，大概過了幾分鐘才抬頭看兒子。

凱利已經將陶德拉離開被害者，並環抱著他。凱利背對她，面向她的陶德只是越過父親的肩膀凝視她，面無表情。陶德這時才丟下刀子，金屬撞擊到冰凍的地面，發出有如教堂敲鐘的清脆聲響。陶德抹了臉，留下一道血跡。

珍怔怔看著兒子的表情。或許是後悔了，或許沒有，她看不出來。珍幾乎能看透每一個人，卻始終看不透自己的兒子。

第0日

剛過01:00

想必有人打了999*，因爲街上忽然被許多耀眼藍光照亮。「這是……」珍對陶德的這句話涵蓋了一切疑問：他是誰？爲什麼？怎麼會這樣？凱利放開了兒子，臉色因驚愕而蒼白，但他什麼也沒說，一如往常。

陶德沒有看她也沒看他父親。「媽，」過了好一會兒才出聲。孩子總是會先找媽媽？她向他伸出手，但她也不能丟下這具軀體，鬆開按住傷口的手，否則恐怕對所有人都更不利。「媽。」他又喊一聲，聲音分岔，就像乾涸土地裂解成兩半。陶德咬著嘴唇轉眼望向街道遠處。

「陶德。」她叫他。但倒下男人的血像濃稠的洗澡水覆蓋她的雙手。

「我必須這麼做。」他終於看向她了。

珍驚訝得下巴都掉下來了。凱利的頭垂在胸前，睡袍袖子沾到陶德手上的血。「兒子，」凱利的聲音輕到珍都不確定他是否眞有開口。「陶德。」

「我必須這麼做。」陶德又說一次，語氣更爲堅定。他的氣息在冷空氣中凝結成一道蒸氣。「我沒得選。」他又說，但這回帶著一種稚氣的決斷。警車的閃光藍燈逐漸接近。凱利直盯著陶德，失去血色的嘴唇動了一下，無聲的詛咒吧，也許。

她注視著他，她的兒子，這個暴力罪犯。這孩子喜歡電腦和統計學，每年過聖誕也依然喜歡有一件聖誕睡衣摺好放在床尾。

凱利在車道上徒然地轉圈踱步，兩手插在頭髮裡。他一次也沒看倒下的男人，只顧著看陶德。

珍試著壓住手底下脈動的傷口以止血。她不能丟下——被害人。警察到了，但救護人員還沒。

陶德在發抖，也不知是因爲冷還是受到太大衝擊。「他是誰？」珍問他。她還有好多好多問題，可是陶德聳聳肩，沒有回答。珍很想伸手捏住他把答案擠出來，但沒有答案。

「他們會逮捕你。」凱利低聲說。一名警員朝他們跑來。「你聽著……什麼都別說，好嗎？我們會……」

「他是誰？」珍問道。一下子說得太大聲，在夜裡這一聲有如吶喊。她滿心期望警察放慢速度，拜託慢一點，再給我們一點時間。

陶德的目光轉回到她身上。「我……」眞難得，這孩子沒有長篇大論的解釋，沒有

---

*英國的消防救災、急難求助報案專線。

擺出聰明機智的姿態，什麼都沒有，只有一句沒說完的話吐進潮濕的空氣中，在這最後時刻懸浮在他們之間，接下來就不再只是他們自家的事了。

警員來到他們身旁：身材高大，穿著黑色防刺背心、白襯衫，左手拿著無線對講機。「Echo–Tango 兩四五呼叫——已抵達現場。救護已上路。」陶德回頭看了看警員，一次、兩次，然後又重新看著母親。就該趁現在，他就該趁現在解釋，趁他們尚未以手銬與權力進犯之前。

珍的臉冰冷，雙手被血溫熱。她只是等待，不敢動、不敢錯過兒子的目光。是陶德先轉移視線，他咬著嘴唇，然後瞪著自己的腳看。就這樣。

另一名警察讓珍離開陌生人身旁。她身穿運動鞋和睡衣，兩手又濕又黏，站在自家車道上就只是直勾勾地看著兒子，然後又看向穿著睡袍、試圖與執法人員交涉的丈夫。應該由她出面才對，她畢竟是律師。但她無言以對，整個人張皇失措，就好像剛剛被丟到北極一樣茫然。

「可以確認一下你的名字嗎？」第一位警員對陶德說。這時從其他警車下來了更多警察，有如螞蟻傾巢而出。

珍和凱利一齊往前跨出一步，但陶德做了一件事，只是個小小的舉動。他側舉起手來阻止他們。

「陶德．布羅德胡。」他鈍鈍地說。

「你能告訴我發生了什麼事嗎？」警察問道。

「等一下。」珍猛然清醒過來，說道：「你不能在路邊問他話。」

「我們全都一起上警局去吧。」凱利急促地說：「然後……」

「就是，我刺了他。」陶德打岔說道，同時比向地上的男人。他重新將雙手插進口袋，朝警員上前一步。「所以我想你最好還是逮捕我。」

「陶德，」珍說：「別再說了。」淚水湧出，喉嚨哽住。不可能會發生這種事，她需要烈酒，需要時間倒退，需要吐一吐。在戶外這荒謬、令人混亂的寒氣中，她開始全身顫抖。

「陶德．布羅德胡，你可以什麼都不說，」警員說道：「但被訊問時如果不提及……」陶德乖乖地將手腕併在一起，好像他媽的在演電影，接著喀嗒一聲，他就這麼被上銬了。陶德聳著肩膀，他會冷，他面無表情，甚至可說是一臉認命的樣子。珍沒辦法、沒辦法，她就是沒辦法不盯著他看。

「你們不能這麼做！」凱利說：「難道這是……」

「等一下，」珍慌張地對警察說：「我們可以一起去嗎？他只是個青少年……」

「我十八歲了。」陶德說。

「上車。」警察指著警車對陶德說，沒理珍。然後對著無線電說：「Echo–Tango 兩四五——請準備好拘留室。」

「那我們就跟著去。」她不顧一切地說，隨後補上多餘的一句：「我是律師。」其實她對刑法一竅不通。但現在身處危機之中，母性本能就跟窗前的南瓜燈一樣，亮得耀眼。無論如何，他們得找出陶德這麼做的原因，爲他脫罪，然後替他尋求幫助。這是身爲父母必須要做的，也是他們會做的。

「我們會去，」她說：「我們警局見。」

警員終於與她四目交接。他看起來像個模特兒，高顴骨，臉頰下凹。天哪，她剛說的話實在是有夠老套，可是現在的警察不都看起來很年輕!?「克羅斯比警局。」一說完，警員便帶著她兒子上車。另有一名警員留在現場陪著被害人。珍幾乎不忍去想到他。她瞥了一眼，僅僅一眼。鮮血、警察臉上的表情……她可以確定那人死了。

她轉向凱利，她永遠忘不了在那一瞬間，她那堅忍的丈夫臉上的神情。她直視著他的深藍眼眸，霎那間世界彷彿停止，在這片靜定無聲中，珍心想：凱利心碎了。

警局前有一塊白色牌子負責宣告：「默西塞德警局—克羅斯比」。牌子後面是一棟低矮的六〇年代建築，四周環繞著矮磚牆。十月的落葉被風一波波吹到牆邊。

珍把車停在禁止停車的雙黃線旁，然後關掉引擎。兒子都刺死人了，吃張違停罰單又怎樣?車子都還沒停穩，凱利就下車了。他邊走邊把手往後伸要拉她的手——她覺得這應該是下意識的動作。她抓住他的手，就像在海上抓住救生艇。

他推開其中一扇雙開玻璃門，他倆匆匆穿過鋪著灰亞麻地板的老舊門廳。這建築有一股老派的氣味，像學校、醫院、養護中心，要穿制服、會提供垃圾食物的機構，總之就是凱利最討厭的那種地方。剛交往時他曾說：「那種要爭先恐後的地方，我絕不去。」

「我來跟他們談。」凱利簡短地對珍說道。他在發抖，但似乎不是因為害怕，而是因為氣憤。他怒氣沖天。

「沒關係……我可以找律師，先應付初期的……」

「主管在哪？」凱利對著值勤台一位小指戴著圖章戒指的禿頭警員大喊道。凱利的肢體語言變了，他兩腳打得開開的，抬頭挺胸。珍鮮少看到他如此不設防。

警員以厭倦的口氣叫他們等著。

「給你五分鐘。」凱利指著時鐘說完，便走到門廳另一邊的椅子一屁股坐下。

珍坐到他旁邊，拉起他的手。他的結婚戒指變得鬆鬆的。他一定覺得很冷吧。他們倆坐在那裡，凱利不斷地翹起、放下那雙長腿，嘴裡吁吁吐氣，珍則不發一語。有位警員來到值勤台，輕聲地講電話。「跟兩天前的罪行一樣——第十八條故意傷害。受害者是妮可拉．威廉斯，行凶者逃逸。」他聲音極低，珍不得不豎起耳朵聽。

她坐著，凝神傾聽。第十八條故意傷害，方式是刺傷，他們一定是在說陶德。兩天前還有一起類似的罪行。

過了許久，逮人的警員終於出現，身材高大、顴骨高聳的那個。

珍看了看辦公桌後面的時鐘。三點半，也可能是四點半。她不知道這裡是否仍屬英國夏令時區。真是一片混亂。

「你們的兒子今晚要在這裡過夜，很快我們就會訊問他。」

「哪裡——在那裡面？」凱利說：「讓我進去。」

「你們不能見他，」警員說：「你們是目擊證人。」

珍怒火中燒。就因爲這種事——正是**這樣的事**——才會讓人痛恨司法體系。

「就這樣了，對吧？」凱利語氣尖酸地對警員說，同時舉起雙手。

「你說什麼？」警員溫和地問。

「怎麼，你是把我們當敵人看嗎？」

「凱利！」珍說。

「沒有誰是誰的敵人。」警員說：「明天早上你們就可以跟兒子說話了。」

「你們主管在哪？」凱利問。

「明天早上你們就可以跟兒子說話了。」

凱利留下一段滿載危險意涵的沉默。就珍所知，只有寥寥數人受過這種待遇，儘管如此，這可不是什麼值得羨慕的事。要讓凱利的保險絲燒掉不容易，可是一旦燒掉就可能引發大爆炸。

「我來打電話找人，」她說：「我有認識的人。」她拿出手機，顫抖著手滑動螢幕搜尋聯絡人。專接刑案的律師，她認識一堆。法律的首要原則就是絕不涉足自己不擅長的領域。其次是絕不代理自己家人。

「他說他不想找律師。」警員說。

「他需要一個事務律師——你不能……」她說道。

警員舉起雙手，手掌對著她。珍可以感覺到身旁的凱利怒氣正不斷升高。

「我就打給一個人，讓他可以……」她話說到一半。

「好了，讓我進那裡頭去。」凱利指向通往警局其他區域的那扇白門。

「我不能同意。」警員說。

「操、你、媽。」凱利說。珍驚愕地瞪著他。

警員甚至沒有作出禮貌性的回應，只是冷冷地、默默地看著凱利。

「那……現在該怎麼辦？」珍問。天哪，凱利剛剛叫一個警察去操他媽。落得一個妨害公共秩序罪可不是緩和目前情勢的好方法。

「我已經說過，他會在這裡過夜。」警員無視凱利，口氣平平地對她說：「我建議你們明天再來。」他覷凱利一眼。「你們無法強迫兒子選任律師。我們試過了。」

「但他是個孩子。」話雖如此，珍心知在法律上他並不是。「他只是個孩子。」她輕輕地又說一次，主要是自言自語，心裡想著他的聖誕睡衣，以及最近他染上諾羅病毒時，是怎麼請媽媽熬夜陪伴他。他們待在單人病房，整晚言不及義地瞎聊，她還不時用濕毛巾抹他的嘴。

「他們不在乎那個，他們什麼也不在乎。」凱利尖刻地說。

「我們會再回來，明天早上……還會帶上一個事務律師。」珍試著改善情況，試著調解。

「請便。現在我們得派一組人跟你們回家。」他說。珍點點頭，沒有出聲。鑑識人員、搜索房子，等等等等。

珍和凱利離開警局，走到停車處上車時，珍不停揉著額頭。坐上車後，她打開暖氣。

「我們眞的就這樣回家嗎？」她說：「坐在那裡看他們搜房子？」

凱利的肩膀緊繃。他定定地看著她，黑髮凌亂，眼神悲傷得像個詩人。

「我眞他媽的不知道。」

珍透過擋風玻璃凝望一叢灌木，沾滿秋天午夜露水的樹閃閃發亮。幾秒過後，她打了倒檔、開車，因爲她不知道還能做什麼。

到家停車時，南瓜燈在窗台上迎接他們。她想必是沒有吹熄蠟燭。身穿白衣的鑑識人員已抵達，像一群幽靈似的站在他們家車道上，一旁拉起的封鎖線在十月風中啪啪飄動。路旁的血泊已經漸漸乾涸。

他們獲准進入——這明明是他們自己的家——然後坐在樓下，看著穿制服的人在屋子前面，有些趴跪在地上，對犯罪現場進行地毯式搜索。他們一句話也沒說，只是默默牽著手。凱利連外套都沒脫。

過了許久，當現場鑑識人員終於走了，警察也搜索帶走陶德的物品後，珍在沙發上換了個姿勢，躺下來，怔怔看著天花板。這時淚水才湧現。又熱、又快、又濕。爲未來所流的淚。也是爲昨天、爲她沒有預見的事所流的淚。

負1日

08:00

珍睜開眼。

她後來想必是回床上了，也想必是睡著了。這兩件事她都沒印象，但現在她在臥室，而非沙發上，百葉窗外天是亮的。

她側轉身。喃喃說這不是眞的。

她眨眨眼，盯著空空的床。床上只有她一人，凱利應該已經起床，在打電話，她滿心如此期盼。

她的衣服散落在臥室地板上，好像她是直接從衣服裡蒸發。她踩過衣物，穿上牛仔褲和一件素色套頭毛衣，雖然毛衣穿起來眞的顯胖，但她就是喜歡。

她壯起膽子來到走廊，站在陶德的空房間外。

她的兒子。在警局拘留所裡過夜。她不敢去想前面還有多少難關在等著他。

沒錯，她可以解決。珍是個傑出的救援者，她大半生都在做這件事，現在該輪到幫自己兒子了。她一定可以想出辦法。

陶德爲什麼這麼做？

他身上怎麼會有刀？被害人，這個很可能已遭她兒子殺死的成年男子是誰？忽然間，珍可以從陶德最近幾星期、幾個月的舉止看見一些小線索：情緒不穩、體重減輕、神神祕祕。一些她歸因於青春期的事。兩天前，他跑到外面院子接一通電話。珍問那是誰，他說不關她的事，然後就把電話往沙發上丟。電話彈了一下，掉落在地板上，他們倆一齊盯著電話看。他假裝是在開玩笑草草打發，但那次耍的小脾氣，並不是玩笑。

珍瞪著兒子的臥室房門看了又看。她怎麼會養出一個殺人犯？青少年的暴怒、持刀犯罪、幫派、反法西斯？是哪一個？他們要面對的是什麼？

完全聽不到凱利的聲音。樓梯下到一半，她瞄向觀景窗。不過幾小時前，當一切都驟然改變的一刻，她就站在那扇窗邊。此時窗外依然霧濛濛。

她赫然發現底下路面的血跡沒了——八成是被雨水和霧氣沖刷掉。警察也已進一步行動——封鎖線沒了。

她往街上瞄一眼，路旁林立的樹上滿是紅豔枯脆秋葉。眼前這景象有點怪，她想不出是爲什麼。想必是因爲昨晚那些事，多少讓這片景致感覺不祥，不太對勁。

她匆匆下樓，穿過木地板走廊進入廚房。這裡面有昨晚的味道，在什麼都還沒發生之前。食物、蠟燭，日常生活。

她聽見一個聲音，就在頭頂上，一個深沉的男性嗓音。凱利。她看著天花板，一頭霧水。他一定是在陶德房裡，很可能在找什麼。她完全能理解。那股想找到警察沒能發現的東西的衝動。

「凱利？」她邊喊邊回頭奔上樓，到達樓梯頂端時已上氣不接下氣。「我們得走下一步了……應該找哪個律師……」

「一『珍』見血！」一個聲音說道，來自陶德的房間，確定是兒子的聲音，錯不了。珍猛地大退一步，在樓梯頂端踉蹌了一下。

不是想像，陶德確實從房內冒出來，穿了一件印著「科學人」的黑色 T 恤和運動褲。他顯然剛睡醒，瞇著眼睛低頭看她，蒼白的臉是四下陰暗中唯一的亮點。「這個還沒說過，」他咧嘴笑，露出酒窩。「我必須承認，我甚至還上網查了同音字。」

珍目瞪口呆看著他。她的兒子，殺人凶手。但他手上沒有血，臉上也沒有凶狠表情。話雖如此。

「怎麼回事？」她說：「你怎麼會在這裡？」

「蛤？」他看起來真的和以前一模一樣。儘管困惑，珍仍充滿疑問。明明還是同樣的藍眼睛，同樣的黑色亂髮，同樣高瘦頎長身形。但這孩子已是犯下了一樁無可饒恕的罪。對任何人而言都不可饒恕，也許只有她除外。

他怎麼會在這裡？他怎麼會在家？

「什麼啦？」他催問道。

「你是怎麼回來的？」

陶德迅速挑了一下眉。「這話講的也太詭異，即便是妳來說。」

「是爸爸去接你的嗎？你交保了嗎？」她高喊道。

「**交保**？」他揚起一邊的眉毛，這是他新的怪癖。過去這幾個月，他變得不一樣了。體型、屁股都變瘦，臉卻變浮腫，蒼白得活像是工作過勞、吃太多外賣、喝太少水。但是就珍所知，陶德沒有上述任何一個狀況，但誰能確定呢？另外就是多了挑眉毛這個怪癖，是他認識新女友克麗奧以後養成的。

「我待會和康納有約。」

康納。和他同年的男孩，但也是新朋友，今年夏天才認識的。珍和他媽媽寶琳在幾年前成為朋友，她完全是珍喜歡的那種人：一臉厭世樣、經常出口成髒、不是天生的賢妻良母，還會默許珍把事情亂搞一通。珍總是受到這一類人吸引。她的朋友全是不矯揉造作型的，想說什麼就說，想做什麼就做，毫無顧忌。就在前不久，寶琳才這麼說康納的弟弟席歐：「我很愛他，但因為他才七歲，行為舉止常常很機車。」說完，她倆在校門口笑得活像兩個心虛的瘋子。

珍上前一步，細細端詳陶德。他身上沒有邪惡的標記，眼眸沒有變化，身後的房間裡沒有武器。事實上，房間看起來原封未動。

「你是怎麼回家的……發生了什麼事？」

「從哪裡回家？」

「警察局。」珍直率地說。她發現自己在和他保持距離，比平常遠了那麼一步。她已經不知道這人——她的孩子，她一生所愛的寶貝——有可能做出什麼事來。

「等等……警察局？」他顯然覺得有趣。「妳確定？」陶德的表情扭曲，鼻子皺了起來，就跟小寶寶時期的他一樣。他臉上有兩個小疤，是最嚴重的青春痘留下來的。除此之外，他的臉依然稚氣、純眞，有著美麗粉嫩的青春氣息。

「你被捕了呀，陶德！」

「我**被捕**？」

兒子撒謊，珍通常都能看得出來，但此時此刻，她覺得他沒有。他用那雙暮光般的清澈眼眸看著她，困惑深深刻在臉上。「什麼啊？」她用幾乎細不可聞的聲音說。彷彿有什麼東西沿著她的脊椎往上爬，某種猶豫的、駭人的認知。「我看見……我看見你做什麼了。」她朝樓梯轉角平台的窗子比了一下。就在這時候她明白怪在哪裡了。不是窗外的景致，而是窗戶本身。沒有南瓜燈。不見了。

珍的牙齒開始格格打顫。不可能發生這種事。

她強迫自己將目光從沒有南瓜燈的窗台轉移開來。

「我看見了。」她又說一遍。

「看見什麼？」他的眼睛和凱利好像。她發覺自己又一次這麼想，這輩子她至少想過上千次了：根本一模一樣。

她只是呆呆看著他，而陶德也終於難得地與她四目相交。「昨晚你回來時發生的事。」

「我昨晚沒出門啊。」戲謔、虛偽、裝模作樣，這些全都沒有。

「什麼？你回來得很晚，我還給你等門，然後就調撥了時間……」

他停頓一下，仍然直視著她。「明天才會調撥時間，今天是星期五吧？」

負1日

08:20

彷彿有一部電梯在珍的胸腔中央直直下墜。她撥開臉上的頭髮，走向屋內深處的浴室，同時朝陶德舉起食指要他等一下。她背轉過去時打了個哆嗦，就好像他是個罪犯，她必須提防其一舉一動。

她往馬桶裡嘔吐，已經好多年沒吐成這樣。幾乎吐不出什麼，只有一片黏稠黃色的胃液沉到水底。她想到懷孕時，還跟醫生說她吐到只剩膽汁，醫師似乎覺得有必要澄清：「膽汁是鮮綠色，代表麻煩大了。妳吐的是胃酸。」

她瞪著蓋住馬桶底部的酸液看了又看，那或許不是膽汁，但她覺得自己還是有可能大麻煩了。

很顯然，陶德聽不懂她在說什麼。就算是他，也不會對這種事裝傻。但為什麼？怎麼會？

南瓜燈。南瓜燈不見了。她丈夫人呢？她無法好好思考，整個人心慌意亂，一股偌大的壓力無處宣洩。她又想吐了。

她坐在冰冷的棋盤式地磚上，從口袋拿出手機呆呆看著，隨後點進行事曆。

今天是十月二十八日星期五。確實明天才要調慢時間。星期一是萬聖節前夕。珍盯著那個日期看了又看。這怎麼可能？

她肯定是瘋了。她站起身，徒勞地來回踱步，身體感覺像是爬滿了螞蟻。她非得離開不可，但要離開哪裡？離開昨天？

她滑到與凱利最後一次傳的簡訊，按下通話鍵。

他馬上就接了。「你聽我說。」她口氣急促。

「不妙了。」他悠悠地說，老覺得她好玩。她聽見關門聲。

「你在哪裡？」她問道。她知道自己的語氣有些瘋狂，但實在沒辦法。停頓了一下。「我在地球上，不過妳聽起來好像不是。」

「正經點。」

「我在工作！這還用說！**妳**又在哪裡？」

「陶德昨天晚上有沒有被捕？」

「什麼？」她聽見他把一樣重物放到聽似空心的地板上。「呃……爲什麼？」

「不，我是在問，他**有沒有**？」

「沒有吧？」凱利的聲音顯得困惑。珍不敢相信，胸口冒出一大片汗水。她開始摩搓手臂。

「可是我們……我們坐在警局裡。你對他們大吼大叫。時間才剛剛調慢了，我……我刻了南瓜。」

「喂……妳沒事吧？我得把梅瑞洛克斯路的工作完成。」他說道。

珍倒吸一口氣。昨天他說了那邊他已經弄完，不是嗎？是的，她確定他說了。當時他站在樓梯平台上，全身一絲不掛，只帶著一枚紋身和一抹微笑。她可以想得起來。她可以。

她用手摀住眼睛，彷彿這樣便能抹去外面的世界。

「我不知道是怎麼回事。」她說著哭了起來，話語中摻著淚水。「我們做了什麼？昨天晚上？」她將頭往後靠到牆上。「我有沒有刻南瓜？」

「妳在說什……」

「我好像出了問題。」她的聲音幾乎細不可聞。她將睡衣撩高超過膝蓋，瞪著自己的皮膚。沒有跪在碎石地上的印痕，連一粒沙土也沒有；指甲下也沒有血漬。她兩條手臂上快速地冒出雞皮疙瘩，有如縮時影片的效果。

「我有沒有刻南瓜？」她再問一次，但在說話的同時，某個深層的意識漸漸被全面喚醒。假如事情沒有發生……她可能是瘋了，但這麼一來她兒子就不是殺人犯了。她感覺肩膀下垂了一點點，鬆了口氣的關係。

「沒有，妳……妳說妳才不會那麼無聊……」他輕笑一聲。

「對。」她無力地說，想像著那個南瓜燈究竟是怎麼跑出來的。

她站起來，定定地照著鏡子，與鏡中的自己四目相交。眼前的女子深色頭髮、膚色蒼白、一臉驚慌失措、眼神焦慮恐懼。

「好了，我得走了。一定是做夢。」她這麼說，但怎麼可能？

「好吧。」凱利緩緩地說。他也許還想說什麼，但最後改變主意，只是又說了一次

「好吧，」隨後補上一句：「我會早點走。」珍很慶幸他是這樣的人，一個顧家的男人，不是那種老愛跟朋友上酒吧或是一起打球運動的人，就只是她的凱利。

她走出浴室，下樓到廚房。落地窗外的院子籠罩在薄霧中，樹梢全被覆蓋了。這廚房是凱利兩三年前特地蓋的，因為她——喝醉後——說她想當「那種萬事足的女人，你知道的，有滿意的客戶、快樂的孩子，還要有個陶瓷做、又大又深的貝爾法斯特水槽。」某天晚上他展示給她看。「準備享受萬事足吧，珍，因為妳的夢幻水槽就在這裡。」

回憶淡去。珍總是向她手下飽受壓力的實習生建議，深呼吸十次然後沖杯咖啡，因此她自己也會這麼做。這是她所受的訓練。二十年來從事高壓工作確實能讓人獲得些許技能。

可是當她走近大理石廚房中島，不由得放慢腳步。中島邊上端放著一個尚未雕刻的南瓜。

她驀地停住。簡直是見鬼了。珍覺得自己可能會再吐。「噢。」她不是對誰說，就只是脫口而出的一個字，恍然大悟的一個巨大音節。她朝南瓜走去，彷彿接近未爆彈一般，然後拿在手上轉動，指尖碰觸的是顆完好的南瓜，堅硬無損。老天哪，昨晚沒有發生過，真他媽的沒發生過。鬆了口氣的感覺包覆她全身。他沒做。他沒做。

她傾聽著陶德在房裡的動靜。抽屜開開關關，腳步聲來來回回，拉鍊聲。

「回到現實世界了沒？」他來到樓梯底部的走廊時問道，調皮語氣讓珍嚇了一跳。她瞪著看他，看他的身體，又比幾週前更瘦了，是吧？

「差不多了。」她想也沒想便說道。她乾噍了兩口，背部微微地顫抖，好像生病了，腎上腺素燒出一種狂熱驚慌。

「那，就好……」

「我大概是做了個可怕的噩夢。」

「喔，眞慘。」陶德只說這麼一句，好像三言兩語就能解釋她內心的混亂。

「是啊。不過……你知道嗎？在夢裡……你殺了人。」

「哇。」他驚呼一聲，但似乎起了點變化，只是很細微的，在他表情底下，猶如一條魚游向深海，遠離牠所製造的波浪，消失不見。「誰啊？」他的第一個問題讓珍感到奇怪。她很習慣看到當事人不將事實全盤托出，而此時的情景就像是那樣。

他抬起手將額頭上的深色頭髮往後撥，T恤順勢往上吊，露出一截腰來，那是他還很小，身體老是扭來扭去，剛剛學會坐起、學會一蹦一蹦地走路時，她經常抱著的腰。當時她覺得當母親好無聊、好沒成就感，長時間做著同樣的事，只是順序不同。但其實不然，現在她知道了；那種想法簡直像在說呼吸很無聊。

「一個成年男人，大概四十歲。」

「用我這瘦弱的四肢？」陶德以誇張的動作舉起一隻細瘦的胳臂。

凱利曾在某天深夜對她說：「**我們怎麼會養出這麼一個自信過頭的怪咖？**」說完兩人還掩嘴咯咯暗笑。珍最喜歡凱利這種冷面笑匠的功力，也慶幸陶德遺傳到這一點。

「就是啊。」她嘴裡這麼說，卻暗想：**你不需要肌肉，你有武器**。

陶德光腳穿上運動鞋。就在他穿鞋時，珍想起週五早上的事。當時她既讚嘆他不畏十月寒冷，又擔心他腳踝受凍。此外也——眞是丟臉——她還擔心別人會認爲她是個糟糕的母親，但是糟在哪呢？反對穿襪嗎？喔，她擔心的還眞多。

不過她**眞的**有。她記得。

一陣微顫竄過她肩膀。陶德握住門把，珍又出現既視感了。不，她沒事。她沒事，別擔心，忘了吧。沒有跡象顯示這一切發生過。

直到此刻。

「放學後我會直接去克麗奧家。她要是留我，我就在那邊吃飯。」他語氣短促，是在告知，不是詢問。最近他都這樣。

就在這時事情發生了。話語就這麼脫口而出，自然得有如地下湧出的泉水，和她昨天說過的話一模一樣。「又有很多生蠔了？」她說。陶德第一次在克麗奧家吃飯時，他們吃了如假包換的生蠔。他還傳了張照片給她看，牡蠣的開口已撬開，平擺在他的指尖上，照片上寫著：**妳說我需要再開放一點嗎？**

她等著陶德回答，說他很確定他們會吃得低調一點，例如鵝肝醬。

他對她咧嘴笑了笑，劃破緊繃的氣氛。「我很確定我們會吃得低調一點，例如，妳知道的，鵝肝醬。」

她沒辦法，她沒辦法面對這個。太。瘋。狂。了。心跳快到好像隨時會停止。

陶德拿起包包。背包撞在肩上的動作，不知怎的讓她更加不安。看起來似乎很重。

就在同一時間，念頭出現，完整成形——萬一武器就在那個包包裡？萬一罪行**即將**要發生呢？萬一那不是夢，而是預兆呢？

珍的身體一陣熱一陣冷。「我是不是聽到你電腦的聲音？」她眼睛瞄向天花板說道：「好像響了一聲。」

要讓青春期的孩子去查看3C設備，實在有夠簡單。珍看他那麼慌著要去檢查，差點腳都絆著了，不禁生出愧疚，但也只是一絲絲。面對陶德，她總會有這種慣性的、殘餘的同情——有時候，目睹那些校門口的戲碼，看到他遭社交活動排除在外，同情之感甚至太多——但今天這種感覺不能亂用了。畢竟她親眼看到他殺人。

無論她有什麼感覺，都不足以阻止她搜背包。

前口袋、側口袋。採取任何行動前藉此分心是有幫助的。她聽見陶德在樓上哼著曲子，他不耐的時候總會這樣。「拜託喔。」他說。

兩本化學課本、三支散落的筆。珍把這些放到走廊地上，繼續搜。

「沒有新通知啊。」他高喊，帶著氣惱。最近這陣子，待在他身邊都讓她覺得自己像個討人厭的東西。

「對不起。」她喊道，一面心想：**再給我一分鐘啊，一分鐘就好，一分鐘就好**。「肯定是我聽錯了。」

背包底部滿是麵包屑，從上千個三明治掉落的。

但這是什麼？就在後面。一個鞘套，皮鞘套，像大腿骨一樣又冷又硬，緊貼在兒子的背包背側。她還沒拿出來就知道會是什麼。

一個長長的小皮袋。她吐了口氣，接著打開上端的袋扣，抽出一截手柄。

袋子裡……是一把刀。是**那把刀**。

負1日

08:30

珍站在那裡直瞪著握在她手中的這份背叛。她事先沒想過若是找到什麼該怎麼辦，其實她壓根沒想到會找到什麼。

她握著長長的、不祥的黑色刀柄。

心裡又慌了起來，焦慮波濤退下每每總會再湧回來。她一把拉開樓梯下方的櫃子，鞋子、運動用品和廚房放不下的罐頭都擠在這裡，她東碰西撞將刀子往最深處塞。這時可以聽見陶德已走到樓梯平台上。刀子放到最裡面的牆板邊之後，她從櫃子抽身，開始把他的東西整理好放回包包。

陶德——一臉不悅仍擠出笑容，那模樣活脫是個小凱利——拎起包包，似乎沒發現異樣，沒注意它變輕了。珍定定看著他打開前門。她的兒子，持有武器，至少他以爲自己帶著，而且蓄意爲之。她的兒子，將那把刀刺進另一人的身子，力道大到讓對方的胸膛三處綻裂。他回頭瞥了一眼，面露懷疑，有那麼一刻珍覺得他也許知道她做了什麼。

他出門了，珍爬上樓梯，從觀景窗看著他的車。陶德駛離前，她確信他很快地瞄了一眼後照鏡並與她的視線交會，就只是一刹那時間，就像降落的蝴蝶輕振翅膀，你根本還沒來得及注意就飛離。

「我在陶德的背包裡發現一把刀子。」丈夫一回到家，珍便對他說，但沒說明其餘的部分，還沒有。這整天下來，她都在驚慌與找出合理解釋之間擺盪。那沒什麼，那是個夢，那可不得了，那是個活生生的噩夢。她瘋了，她瘋了，她瘋了。

凱利立刻沉下臉來，一如珍預期。

他走上前來，拿起刀刃放在掌中，好像那是什麼考古的發現。他的瞳孔變得好大。

「他怎麼說？妳什麼時候發現的？」他口氣冷冰冰。

「他不知道。」

凱利點點頭，俯視著刀刃，未置一詞。珍想起凱利昨晚的暴怒行徑，心想，此刻的他看起來頂多只是沉默寡言。

「是全新的刀。」他覷了她一眼，邊說：「我非殺了他不可。」

「我知道。」

「沒用過。」

珍笑了一聲，毫無笑意的乾笑。「是啊。」

「怎麼了？」

「就是……我是說，昨晚我看到陶德用這個刺了一個人。」

「什麼……」這兩個字的聲調沒有上揚，不是提問，只是不敢置信的陳述。

「昨天，我等陶德等到很晚，而他……他在街上拿刀傷了人。當時你也在。」

「可是……」凱利摩搓著下巴。「可是我沒有啊。妳也沒有。妳說了那是做夢。」他很快地對著她微微一笑。「妳上瘋人鎮去啦？」這是他們對精神官能症的簡單說法。

珍背轉向他。外頭，鄰居正好遛狗經過。珍知道他的電話即將響起，她記得昨天就是這樣，但還沒能說出口，凱利的電話就響了。她得想想還會發生什麼，以便向凱利證明，但想不起來，她不斷想的是自己怎麼會在這裡，在這個可怕的宇宙裡醒來。

「我很清醒。」她說著將目光從鄰居身上轉開，一面想著所有能證明「昨天並未發生」的事項：光滑無缺的南瓜、兒子好端端在臥室裡、外面街道沒有絲毫血跡與警方的封鎖線——都只是間接證據。但她隨即想到刀子。那把刀是她僅有的實體證據。

「說眞的，昨晚我什麼也沒看見。我們就問問他吧，等他回來以後。」凱利說：「這是刑事犯罪。所以……我們可以從這一點開始跟他說。」

珍點點頭，不發一語。她能說什麼呢？

「別在我腳邊轉。」凱利在對他們養的貓亨利八世說話。之所以替貓取這個名字，是因爲早在他們救牠的那天，牠就奇胖無比。

斜躺在廚房沙發上的珍不禁打了個哆嗦。凱利在週五晚上說了一模一樣的話。第一個週五晚上。後來是他退讓，餵了亨利，還說：「好啦，不過你要知道我對你很有意見。」

她起身慢慢走過凱利身邊。她沒辦法。她沒辦法枯坐在這裡，任由已經度過的一天重新上演一次。

「妳要去哪？」凱利對她說，表情帶著興味：「妳看起來好緊繃，妳從我身邊經過的時候還眞的吹過一陣微風。」接著他對喵喵叫的貓說：「好啦，不過你要知道我對你有意見。」他打開一包 Felix 貓脆餅。珍的胸口升起一股熱氣，她可以感覺到脖子和臉頰因爲驚慌而脹紅。

「這些都發生過。」她說：「這些之前全都發生過。到底怎麼回事？」她坐到沙發上，徒勞地扯著衣服，像是試圖逃離自己的身體，試圖說明一件不可思議的事。就算她沒有發瘋，現在看起來也肯定像瘋了。

「刀子？」

「刀子沒有，我是今天才發現刀子的。」她知道這話除了她自己，誰也聽不懂。「其他的一切。現在發生的一切我都經歷過。這一天我已經過了兩次。」

凱利嘆著氣餵完亨利後，打開冰箱門。「就算是妳，這話也太瘋狂了。」他嘲弄道。珍斜仰起頭，從沙發上的位置看著他。

他們第一次度過這個晚上時起了爭執，爲了度假的事。珍一直很想去度假，凱利卻不肯搭飛機。交往之初他就告訴她了，有一次他搭飛機遭遇亂流，飛機陡降一千五百公尺。從那次以後他再也沒搭過飛機。「你根本不是一個會焦慮的人。」珍這麼說。「抱歉，這件事我就是會。」他說完之後還從冰箱拿出一枝 Magnum 雪糕。

「我知道你接下來要吃 Magnum。」此時的她說道，但凱利的手已經關上了冰箱門。

「妳是怎麼猜到的？」他接著又對貓說：「她會通靈耶。」

凱利走出廚房。她知道他會上樓沖澡。

走過她身旁時，凱利的手指輕拂過她的上背，輕得讓她打顫。她迎上他的視線。

「妳沒事的。」他說。她眞希望自己先前沒這麼焦慮。她舉起手，在他離開前握握他的手，這動作之前已做過上千遍——他的手是錨點，拉住她，這個海上孤獨漂流的女人。然後他就走了。即使他爲刀子或是她說的話感到憂心，也沒說出來。那不是他的作風。

珍打開電視看《實習醫生》影集，一個人躺靠在沙發上，試著放鬆。

珍和凱利在將近二十年前邂逅。他走進她父親的律師事務所，問他們需不需要做裝潢。他目光落在珍身上時，牛仔褲低低掛在腰際，臉上慢慢露出會心的微笑。她父親拒絕了他，珍卻和他去吃了午餐，最主要還是出於巧合。十二點，他和她一起走出事務所，同時看見對街被雨洗得發亮的餐館正推出「兩人同行一人免費」的優惠。整頓飯吃完，接著甜點，接著咖啡，珍一再說她該回去了，但他倆似乎有說不完的話。凱利拿他感興趣的問題問她，一個接著一個地問。她從未見過像他如此善於聆聽的人。

那一天的一切，她幾乎全記得。當時是三月底，出奇地濕冷，然而當珍坐在那裡，和凱利同在一間餐館角落的小桌旁，太陽從濃密的雲層背後露了臉，照亮他們，僅短短片刻。就在那時候，忽然有種春天的感覺，儘管不到幾分鐘後又開始下起雨來。

他們共撐一把傘從餐館走回事務所。她讓他把傘帶走，完全是故意的，到了週一他來事務所還傘時，他的鑰匙留在她的辦公桌上。

那個日子後來讓珍對時序的感知變得敏銳。每到三月，她都會感覺得到：水仙的香味、偶有太陽斜照的光線、翠綠清新。一扇打開的窗戶會讓她想起他倆一塊兒躺在床上，四腿交纏，上身分開，有如兩隻快樂的人魚。每年春天，她都會回到那時：陰雨三月，與他一起。

現在，一如以往，珍多次藉由觀看《實習醫生》，藉由置身於劇中的西雅圖恩典醫院心臟科，藉由脫除胸罩，獲得舒緩與安慰。也許是她的錯，她心中暗忖，眼睛看著電視卻又沒看進去。她始終覺得當母親難如登天，對她簡直是震撼教育，能留給自己的時間減少太多。無論是工作或親職，她都做不好。她在這兩個領域裡急就章地滅火，持續將近整整十年，最近才好不容易熬出頭。但或許傷害已經造成。

那只不過是個夢罷了，她這麼告訴自己。沒錯。堅定之情充塞她的胸臆。那當然是個夢。

她關掉《實習醫生》，電視自動切換到新聞頻道。她記得這一段，是關於重新審查臉書的隱私權設定。下一則將是用實驗室老鼠測試癲癇藥的新聞。這幾乎稱不上是穿越時空的證據，但無論如何，事情就這麼發生了。

「新型藥物測試……」

珍關掉電視，離開廚房來到走廊。樓上有淋浴聲，她就知道。肯定能用這個來說服某個人吧。真的能嗎？

她從樓下的櫥櫃拿出刀子，細細檢視。沒用過，正如凱利所說。

她坐在樓梯底等陶德，刀子橫放腿上。再一次等他到深夜，只不過這一次她等的是一個解釋，是眞相。

「我發現了這個。」珍說道，同時內心有種小小的、居心叵測的感覺，慶幸著他們能有新的對話，而不是她先前經歷的那一段。她向陶德遞出刀子，但他沒接。

他洩露出無數跡象：眉毛下垂、舔嘴唇、身體重心不斷在左右腳之間轉換。他什麼都沒說卻也什麼都說了。「是朋友的。」他最後吐出一句。

「這眞是老掉牙的說法。」珍說：「你知道這種話律師聽過多少遍了嗎？」她又嚥下一口胃酸。他坐立不安的樣子向她證明了。會發生。明天，事情會發生。

「妳幹麼吞口水吞成那樣子？」陶德懶懶地聳了個肩說。他最近老是這樣，珍忽然這麼想，兩眼則盯著地板看，盡量避免再次反胃。一個充滿祕密的男孩。現在，今晚，她對他聳肩的態度感到不安。

「我來跟他說。」凱利站在樓梯頂端說道。

她原以爲他們已經逃過了這一劫，青春期的劫。陶德還在襁褓那時很好帶，小時候也開開心心。唯一一次戲劇性事件就是今年夏天，有個叫珍瑪的女孩甩了他，原因是他**太奇怪**。那天他心碎地回到家，整整二十四小時沒開口，讓珍和凱利東猜西猜。第二天晚上，凱利不在，他坐到珍床上盤起腿來，將來龍去脈告訴她並問她是否也這麼覺得。

「當然不。」她這麼說道，卻內疚地思量著有沒有什麼方法可以告訴他……其實呢，也許有點吧。不是太奇怪，但鐵定是個書呆子。他讓珍看過他傳的一些訊息。只能用「執著」兩個字形容。冗長的內容、科學迷因、詩詞，一則又一則得不到回覆的簡訊。珍瑪顯然想冷處理——**謝啦**、**明天聊**、**不了**、**今天有點忙**——珍不禁爲兒子打了個哆嗦。

但現在卻來這個：刀子、殺人、被捕。

凱利微微仰起頭，默默打量兒子。珍希望他會發作，多少讓情勢升高些，但他顯然決定不這麼做。陶德忽然露出怒容，繃起下巴。

他兩手往上一攤，但沒再多說什麼。

「那麼如果我查你的銀行明細……你確定沒有買？它不會出現在帳單裡？」凱利問道。

陶德平靜地看向樓梯頂端，挑戰他。過了幾秒鐘，他切斷與父親的眼神接觸，聳聳肩膀脫下外套，踢掉運動鞋，赤腳踩上地板。「對。」他回答時背向珍掛起外套，他通常不會這麼做。

「我們可以理解，就是……你想要有……受保護的感覺。」凱利說：「這樣吧……你跟我來，我們散散步。」

「是這樣嗎？我們可以理解？」珍抬起頭，詫異地看著他。

陶德猛然背轉向她，接著一路奔上樓，從凱利身旁擠了過去。

「妳以爲我想幹麼？殺了妳嗎？」陶德說得很小聲，珍以爲自己聽錯了。她整個人噁心欲嘔。

「除非你告訴我刀子從哪來？又是爲了什麼？否則你哪兒也別想去。這幾天都不行，連學校也一樣。」她說。

「很好！」陶德大喊。

他進入房間，用力甩門，讓整棟房子都震動起來。珍看著凱利，覺得自己好像被搧了一耳光。

凱利舉起一隻手梳過頭髮，對她說：「媽的，眞是亂七八糟。」他抹了一下放在樓梯頂端的收納櫃，一張紙隨之掉落，他拾起後搓搓額頭。那張紙是一份很好的工作邀約，凱利拒絕了，因爲對方希望他成爲正式員工，不能自己接案子，他說絕對不可能。

「他是怎麼了？」她問道。

「不知道。」凱利斷然說道，搖了搖頭。「我們就別管了吧。」他遷怒於她，珍知道。他就是這個脾氣，難得發作，但一發作就來得快去得也快。有一回在酒吧，有個男人摸了珍的臀部，他大發雷霆，找對方到外面單挑，那股怒氣讓珍簡直不敢置信。

珍點點頭，此刻她已是哽著說不出話，驚慌擔心著即將發生的事。

「**這一切**，」凱利大手一揮。「我們可以明天再處理。」

珍點頭，很高興有人下指令。她把刀子帶上樓，放到他們的床底下。

當晚稍後，她和陶德擦肩而過，他要下樓喝水，她正打算上樓就寢。平常她會像旋風般忙著洗衣收衣等家務，但今晚沒有，她沒有被日常的瑣事包圍，只是專心注視著在廚房另一邊的兒子。

他打開水龍頭盛滿杯子，一飲而下，隨後再盛一杯。他拿出手機，繼續一邊啜飲一邊滑手機，不知看到什麼半露出笑容，然後又把手機放回口袋。

她假裝有事情在忙。陶德從旁邊大步走過，水杯仍端在手裡，但就在上樓前，他檢查了大門有無上鎖。跨上一級樓梯後，又轉身再檢查一遍，以防萬一。看起來是出於害怕而再三檢查。她看在眼裡不由得一陣顫慄。

入睡前，她不知不覺想到陶德人在這裡，安安全全禁足在家裡。而且刀子在她手上。也許事情會被擋下來了，不管是什麼事。也許她一覺醒來會是明天，是下一天。總之不會又是今天。

負2日

08:30

珍醒來，胸前布滿汗水。她的手機放在床頭櫃，但她沒看。她心裡有一股違背常理的衝動，想保持希望不滅。

她穿上凱利的睡袍，有幾個地方還因爲他淋浴後立刻穿而濕濕的。她往樓下走，木地板被太陽照得熠熠然，隨著她一步步往前，蜜色的光線逐漸溫暖了她的腳趾，接著是她的腳。

拜託不要又是星期五。其他怎樣都好。

她往廚房看去，希望會看到凱利。不過沒人，但很整潔，流理台清過了。她眨眨眼。南瓜，不在那裡。她走進廚房，轉動身子四下尋找，卻是徒勞，到處都沒看見。也許今天是星期天，也許事情都結束了。

她從睡袍口袋掏出手機，屏住氣息，然後查看。

十月二十七日。是前天。

血液轟轟撞擊她的額頭，熾熱的感覺蔓延開來，好像有人開了暖氣。她一定是瘋了，一定是。南瓜不在這裡，因爲她還沒買。

現在是星期四早上八點半。陶德會去上學，凱利會去梅瑞洛克斯路，而珍——珍應該去上班。她望向外頭的院子，朝陽爲草地蒙上一層金光。她沖了一杯咖啡大口喝下，卻只是更加煩躁。

她想的要是沒錯，明天會是星期三，然後星期二。然後呢？不斷地倒退？她又吐了，這次是往洗碗槽，吐出了甜甜的黑咖啡，滿心的惶恐不解。吐完後，她暫且把頭靠在瓷槽邊緣，並做了決定。她需要找一個了解她的人談談：她最老的朋友兼同事拉喀什。

珍辦公室外面的街道正好位在利物浦市中心的一處風洞，經常狂風大作。十月強風將她的外套撩高包住大腿，看起來活像個跳大腿舞的舞者。稍後會開始下雨，肥大的雨滴使得空氣凍結。

珍本希望住得離市區近一點，但凱利說克羅斯比是他能接受的極限。他討厭城市的噪音，不喜歡喧囂擾嚷。也不喜歡利物浦人，妳除外，他曾這麼說，她覺得他是在說笑。凱利認識珍後便離鄉背井，因為父母雙亡，同學也都很廢，他這麼說，所以他鮮少回去。如今僅有的聯繫就是每年在聖靈降臨節的週末，會和老朋友去露營。他說他原想生活在野外，卻被她逼著一起搬回克羅斯比。「可是郊區滿滿都是人。」他曾經這麼說。他往往就是這樣，黑色幽默夾槍帶棍。

她推開溫暖的玻璃門，穿過被陽光照得滿室生輝的門廳，沿著走廊走向拉喀什的辦公室。拉喀什．卡普爾——她最重要的盟友兼老友——原本是醫生，後來才改行當律師。大材小用到荒謬的地步，頭腦卻清醒到了極點。珍認為陶德以後可能會變成像他這樣的人。想到這裡不禁湧上一波愁緒。

她在廚房找到他，正在往茶水裡加糖攪拌。廚房小小的，是個深紫色、缺乏生氣的空間，牆上有一張夕陽的圖庫圖片。珍還記得三年前租下這個地方時，是父親挑選這個近似勃根地酒的顏色，那是他去世前一年半的事。這個油漆顏色叫「酸葡萄」，「搭配律師事務所的門廳正好。」珍如此說道，而一向不苟言笑的父親竟然爆出宏亮的笑聲。

拉喀什只是抬起深色眉毛、微微舉起裝滿茶的馬克杯向她打招呼。他和珍一樣，都不是早起的人。「你有時間嗎？」她問道，聲音因害怕而顫抖。他絕對不會相信她的，他會把她強行送走，關進精神病院。但她還能怎麼辦呢？

「當然。」她帶頭穿過走廊來到她的辦公室，然後靠坐在凌亂辦公桌的邊緣。拉喀什在門口盤旋，但見她神色猶疑便關上了門。他對待病人體貼入微，和善又略顯倦怠的他，偏愛穿毛料背心和寬鬆西裝。他之所以離開醫界是因爲不喜歡壓力，他說法律更糟，只是他不想再次離開職場。從聘用他的那一天起他們就成了朋友，因爲他在面試時說他在工作上最大的弱點就是辦公室的甜甜圈。

珍的辦公室面東，早上的陽光照得亮晃晃。其中一面牆邊擺滿粉紅、藍色與綠色檔案夾，沒有一定順序，但背條都曬到褪色了——看來分明早該歸檔，只是珍覺得這件事比去見當事人無趣得多。

「想不想來個醫療諮詢？」她輕笑一聲問拉喀什，隨即深吸一口氣。

「沒牌的可以嗎？」他隨口說道，速度一如既往地快。

拉喀什脫下西裝外套，披在角落那張深綠色扶手椅的椅背。此舉像主人一樣，但也不算不恰當。這十年來，珍和拉喀什幾乎每個上班日都一起吃午餐。他們會向一輛名叫「蛋頭先生」的餐車買烤馬鈴薯，拉喀什會收集馬鈴薯形狀的集點券，一年下來到了聖誕節，就能換一堆免費的。他會在辦公室月曆上的這一天做記號，寫上「聖誕薯」。

「如果陷入時間迴圈是得了什麼病？比方說，《今天暫時停止》裡面的比爾．莫瑞是怎麼回事？」她問道，一面心想已經好久沒看這部片了。「我是說……在精神疾病方面。」

拉喀什一開始不發一語，只是定定看著她。珍又羞又怕，感覺到面紅耳赤。「我會說是……壓力。」他最後終於開口，同時小心地將兩手指尖搭在一起。「或者是腦瘤。呃，顳葉癲癇。逆向失憶症、創傷性頭部損傷……」

「沒一個好的。」

拉喀什又沒有應聲，只是隔著她的辦公桌，像醫生一樣停頓不語，等她說下去。

她猶豫不決。如果明天是昨天，又有什麼關係呢？「我非常確定，」她沒有正視他，小心翼翼地說：「我先是在十月二十九日醒來，然後又過了一次二十八日，而今天是二十七日。」

「我想妳需要一本新的日記。」他輕聲說。

「可是二十九日發生了一件事。陶德……他……他犯罪了。就在後天。」

「妳覺得妳去了未來？」拉喀什說。

珍的恐懼逐漸平息成一種低度燃燒的驚慌。她覺得精疲力盡。「你想我是不是瘋了？」

「不是，」拉喀什平靜地說：「妳要是瘋了就不會這麼問。」

「那麼，」珍嘆息道：「幸好我問了。」

「把事情原原本本地告訴我。」拉喀什橫越她的辦公室，站到俯臨下方大街的窗邊，離她近一點。珍很愛這扇舊式窗戶，她挑選辦公室時，堅持窗子要能打得開。夏天裡，她可以感覺到熱風，可以聽見街頭藝人的聲音；到了冬天，罅隙風吹得她發冷。能感受到天氣變化很好，而不是只待在枯燥無味、十八度恆溫的辦公室裡。

他雙手交抱，婚戒照到陽光閃了一下。拉喀什凝神注視著她，眼睛打量著她的臉。在他的凝視下，她忽然感到不自在，就好像他即將發現什麼可怕、致命的事情。「從頭說起。」

「就是這個禮拜六。」

他略作停頓。「好，然後呢。」他攤開雙手，像在說：**就這樣吧**，他的臉籠罩在低低射入的陽光形成的陰影中。

她鉅細靡遺地敘述，甚至包括那些怪事：南瓜、裸體的丈夫等等，終於說完後，他沉默地站了超過一分鐘。焦慮不安的她根本顧不得尊嚴，也不在乎他會怎麼想她。

「所以妳是說今天已經發生過，現在又再次發生，而且多半以相同的方式？」他尖銳地說，完全掌握到珍此刻處境的邏輯——或是不合邏輯。

「對。」

「那麼，我們做了什麼？在妳第一次經歷的今天？在第一個二十七號？」

珍往後靠到椅背。好個聰明的問題。她正眼盯著他的臉看了幾秒鐘。這需要放鬆才能想得出來。她一口一口吐出肺裡的空氣，閉上眼睛，只是一瞬間，有個東西浮現了，從她大腦後方慢慢移到前方。「你有奇怪的襪子嗎？」她說道：「我想……也許……我們去買馬鈴薯的時候，可能嘲笑了你的襪子。粉紅色的。」

拉喀什眨眨眼，然後將褲管拉高。「的確是有。」他笑了一聲說道，同時向她展示一雙印著「亞瑟小子」的櫻桃色襪子。沒錯。這是他上週末去參加一場婚禮拿到的禮物。

「很難算得上是鐵證，對吧？」她說。

「我說呢，是壓力，八成是。」拉喀什很快地說：「妳很有條理，也確實知道日期。我會說是……我也不知道，焦慮吧。其實妳本來就稍微有那種傾向，不是嗎？……或者憂鬱也可能會讓人覺得每天都一樣，好像一事無成……這不是精神疾病。」

「謝了。希望不是。」

「不過呢……我必須老實說，」拉喀什的聲音中透著幽默：「我真他媽的一點概念也沒有。」

「我也是。」她說道，然而找人傾吐後心情多少輕鬆了些。

「或許妳只是搞混了。」他說：「我在一些小地方也老是這樣。前幾天，我都不記得自己開車到這裡來，完全說不出我走哪條路。這不是解離，對吧？這是人生。睡飽一點，吃點蔬菜。」

「是啊。」珍轉身迴避他的目光，用力將窗子往上提打開來。不是那麼回事。那是健忘。不一樣。

而且這無關壓力。當然無關。

她看著下方的利物浦。她人在這裡。此時此刻人在這裡。秋天的柴煙飄了進來，太陽曬暖她的手背。

「我朋友的博士論文寫的就是關於時間旅行。」拉喀什說。

「眞的嗎？」

「對。研究的是人有沒有可能卡在時間迴圈裡。是我幫忙校對的。他主修——什麼來著？」拉喀什斜靠到牆上，叉起手來，西裝肩膀的部位出現皺褶。「理論物理學和應用數學。跟我同校——在利物浦。後來他又繼續念……唉，反正就是很瘋的東西。他現在在約翰．摩爾斯大學。」

「他叫什麼名字？」

「安迪．衛第斯。」拉喀什手伸進西裝褲口袋，掏出一包已打開的香菸。「總之呢，拜託妳把這個拿走。我又慢慢抽起來了。」

「虧你還是醫生。」珍以輕鬆的口吻說，並攤開手掌去接菸包。她微笑目送拉喀什轉身準備離去，心裡卻想著她眞眞正正、確確實實人在這裡：在星期四這天。與自己信任的人討論過後，她覺得平靜了些，也比較能客觀評估。

所以說事情是怎麼發生的？她是怎麼做到的？在她熟睡之際？要怎麼做才能脫離現在這個狀況呢？

她低頭看著壓扁的菸包。肯定非得做點改變：要改變才能阻止，才能救陶德，並擺脫這個情形。

「我要是記得，下次會穿不同的襪子。下次我們見面的時候，」拉喀什一手搭著門把說道，臉上露出謎樣的微笑。

他離開了，她等了一下之後，對著走廊高喊：「戒菸！」希望讓某件事——任何一件事，能有好的轉變。「太不健康了！」

「我知道。」拉喀什背對著她說，並未回頭。

珍打開電腦，開始搜尋「時間迴圈」。爲何不呢？只要是好的律師都會這麼做。有兩位科學家，詹姆士．沃德和奧利佛．強生寫過一篇論文，標題是〈鞋帶悖論：回到過去觀察一個事實上是你引發的事件〉。珍把它記下來。

論文中說要進入時間迴圈，就必須製造一條**封閉類時空曲線**，並提供一個物理公式。但他們在底下做了詳細解說，幫了大忙。發生這種情況似乎是因爲身體承受到巨大力量。沃德與強生認爲這股力量必須大於重力才會產生時間迴圈。

她繼續往下看。這力量需得是她體重的一千倍。

她雙手抱頭。文章內容她一個字也看不懂。而且她體重的一千倍……很大呀。她面露苦笑。那是個不值得細想的數值。

她重新搜尋，絕望之餘，點進一篇名為〈逃離時間迴圈的五個撇步〉的文章。這實在……這是常見的話題嗎？網路上還眞是無奇不有。五個撇步東摻西混：找出原因、告訴朋友並讓他們跟你一起進入迴圈（是啊）、記錄一切、做實驗……還有盡可能別死掉。

最後一點讓珍頗為不安，她壓根沒想到這一點。她邊思考邊覺得辦公室裡冒出一股詭異的感覺。盡可能別死掉。萬一情勢正往這個結局發展呢？一個比第一晚更黑暗的地方，母親要作出某些犧牲，要與眾神討價還價。

她關閉電腦螢幕。一定有辦法能讓凱利相信她，他是她最重要的盟友、她的愛人、她的朋友，是她能以最愚蠢、最不矯飾的面貌相處的男人。她會試著向他證明，然後他就能幫她了。

她的實習生娜塔莉亞推著一車的大型文件夾，從珍的辦公室前經過，這情景珍已見過一次。娜塔莉亞的推車會不小心撞上關閉的電梯門。珍果然又一次聽到那撞擊聲，不禁閉上眼睛。

她得離開這裡。

十分鐘後，她已經在大樓後側外面抽了四根拉喀什的香菸，管他健康不健康的。在內心深處某個說不出的地方，她知道這是她的任務，不是嗎？她有責任阻止命案發生，有責任釐清事發原因，加以預防。

宇宙似乎也同意她的想法，就在她抽完第五根菸時，天空下起雨了。碩大雨滴使得空氣凍結。

珍一屁股坐下，背靠著廚房的藍色沙發。她今天早退。拿走刀子不就應該阻止了命案，也因此終結時間迴圈了嗎？

會不會在另外一個現實中，事情還是發生了？會不會有另一個珍，不是倒退，而是能夠往前繼續過日子？

陶德出去了。**和朋友一起**，他這麼說，和上次一樣；他們之間有更多的短訊、更遠的距離。

珍上網搜尋安迪・衛第斯。他的確是利物浦約翰・摩爾斯大學的物理系教授。要找他不難。從 LinkedIn、從學校的專屬網頁，他還經營一個名叫「@AndysWorld」的推特帳號，個人簡歷中有電子郵件網址。可以寫信給他。

她聽見大門的聲音，立刻坐起身子。

「馬上要出去。」陶德嚷嚷道，夾帶著一股冷風與青少年的行動力衝進廚房，擾亂了手懸在半空中正準備打訊息的珍。

「喔，好啊。」她說。她上次不是這麼說的。上次，她質問他老是不想待在家裡有沒有什麼原因。

出乎意外的是，較柔性的做法奏效了。

「剛才去康納家，現在要去克麗奧家。」陶德迎上她的目光，解釋道。他蹦跳著走，一面摸弄他的手機行動電源，充滿精力，一派樂觀，就像一個人生眞的才剛剛開始的人。這不是殺人犯的表現，珍發現自己這麼想著。

康納。寶琳的大兒子。珍對他有點疑慮。他有點尖銳，會抽菸、罵髒話——這兩件事珍偶爾也會做——但從母親角色的嚴格濾鏡來看，這孩子就是不順眼。

她用手肘撐起身子，看著陶德。上一回，他回家時她沒見到他，她正在工作。過去幾週都在忙一個案子，這表示珍比平常錯過更多家庭生活。每次有重大離婚訴訟並申請財務附屬濟助的案子準備開庭，她都會變成這樣。當事人的心碎與迫切需要關懷會侵蝕珍已然薄弱的人際界線，她會密集地接聽電話，甚至乾脆睡在辦公室。

十月裡讓珍忙碌的當事人是吉娜．戴維斯，但不是爲了尋常的理由。夏天時，她第一次走進珍的事務所，帶著一星期前離開她的丈夫提出的離婚申請書。

「我想讓他永遠再也看不到孩子。」吉娜說。她的金髮捲得整整齊齊，身上的裙裝一絲不亂。

「爲什麼？」珍問道：「有什麼讓妳擔憂的嗎？」

「沒有。他是個很棒的爸爸。」

「那麼……？」

「爲了懲罰他。」

她三十七歲，傷心又憤怒。珍馬上就覺得她倆個性相似，是那種不會隱藏情緒、說話沒有禁忌的女人。「我就是想傷害他。」她對珍說。

「我不能拿錢做這種事。」當時珍這麼說。她覺得，藉此牟利是不對的。要不了多久，吉娜就會恢復理智罷手了。

「那就不要拿錢啊。」吉娜說，珍眞的就這麼做了。不是因爲她已故父親的事務所不需要錢，而是因爲珍知道吉娜終究會放棄訴訟，接受中間判決，接受分居，人生繼續往前走。不過這個情況尚未發生，先要等珍建議吉娜離開一陣子，利用夏天的時間好好考慮，並且在秋天的多次商談中勸她打消念頭之後才會發生。她們兩個很有得聊——聊孩子、聊時事，甚至聊《戀愛島》眞人秀。「很低級，但就是會想看。」吉娜這麼說時，珍笑著點頭。

珍看著陶德，忽然納悶起來，會不會是陶德深陷情網，就像吉娜那樣一時不理智了。不知對他來說，這個克麗奧是怎樣的人？有什麼意義？從他這兩天的行爲看來，初戀的瘋狂確實不能等閒視之。

珍還沒見過克麗奧。自從今年夏天陶德被珍瑪甩了以後，他的感情生活就變得神神祕祕，珍覺得他是難爲情，怕關係不會持久，也因爲那晚給她看了他所有被已讀不回的訊息。

正當陶德準備好要再次出門時，他瞄了大門一眼，就一眼。不是快速、好奇的眼光，是另一種感覺，有點戒備感，好像預期有誰會在那裡，頗緊張。若非珍仔細地盯著他看，絕不會注意到。太快了，他的表情幾乎立刻變開朗。

「那什麼？」陶德回頭看她，指向她的螢幕說。

「噢，剛好看到一篇有趣的文章。是關於時間迴圈，你知道嗎？」

「超喜歡。」陶德說。他把抹了髮膠的頭髮往上抓成飛機頭，穿了一件復古風的司諾克T恤。他最近很迷這個，說是喜歡撞球進洞的數學運算。珍看著他，她這個英俊得要命的兒子。

「你會怎麼做——如果你陷入某個時間迴圈的話？」她問他。

「那個呀，幾乎都是跟某個小細節有關。」陶德漫不經心地說。

「什麼意思？」

「妳知道的，蝴蝶效應。小小一件事就能改變未來。」陶德往下伸手去撫摸貓，剎那間看起來又像個孩子。那個對時間迴圈深信不疑的兒子。也許她會告訴他，看看他怎麼說。

但目前暫時不能。假如這個命案確確實實會發生，珍有責任設法阻止。她得找出導致這個結果的事件，插手介入。當有一天她做到了，一覺醒來便不會是昨天。

因此她沒有告訴陶德。

他出門了，珍查看過，確定沒有人在等他或跟蹤他。然後珍自己尾隨而去。

負2日

19:00

珍跟在陶德後面，中間隔著兩輛車。發現他是個不合格的駕駛，讓珍有種鬆了口氣的矛盾感覺：據她的觀察，他一次也沒看後照鏡，完全沒發現她。

他在一條名爲「艾希北路」的路上放慢速度。房仲業者會以「綠樹成蔭」來形容這裡，就好像住宅區不會有植物生長似的。有幾間房的階梯上放著南瓜，已提早雕刻好，點了燈，詭異地提醒她即將發生的一切。

陶德小心停好車。珍開進幾棟屋宅之外的一條巷子裡，關掉車燈，希望不會被看見，接著下車，將風衣裹緊。夜風有種初秋特有的詭異氣息。濕濕的蜘蛛網，感覺好像有什麼事在你還沒眞正準備好放下之前便來到尾聲。

陶德目標明確地沿路走去，落葉被白色運動鞋踢飛起來。目睹此景，珍覺得好奇怪；這些事都發生在她忙於律師職務的時候，在她花太多心思在工作上、不夠關心家庭的時候。

她站在巷子與艾希北路的路口，直到陶德忽然消失在一間房子裡。那房子很大，離馬路有一段距離，有個寬闊的門廊和改建的閣樓。珍看到眼前這類房屋仍然會有點怕怕的，因爲她從小長大的家是間兩房的排屋，窗戶很不牢靠，到了晚上頭髮總會被風吹得亂七八糟。她鰥居的父親並未注意到屋子縫隙灌風，不過他接了太多法律援助的工作，私人委託案件不夠多，即便注意到灌風的問題，也沒錢修理。

她聳起肩膀禦寒。她一個女人身穿過於單薄的外套，站在雨中街頭，看著裹在焦橙色樹皮下的樹木，一個勁兒地想：想兒子，想父親，想今天、明天和昨天。

她緩步走過街道。陶德在三十二號屋內。她等候之際上網搜尋，手指凍得連打字都不容易。這裡是「剪裁與縫紉有限公司」的登記地址，所有人是伊薩·麥可茲和喬瑟夫·瓊斯。公司最近才成立，還沒提交過任何財務報表。

就在陶德進入屋內的時候，有另一個人離開。

她正好迎面遇上。

那人走出院子柵門時，她正從門前經過，就這樣忽然間面對著一個死人。不，不對。是一個兩天後要死的人。那個被害人。

負2日

19:20

無論在哪裡，珍都認得出他，儘管這人（目前）眼中有光、臉頰紅潤。這個活生生、只剩幾天可活的男人，看起來或許曾是個頗有魅力的人。他看起來有四十多歲，也許更老一些，留著濃密的深色鬍子，長了一對招風耳。

「你好。」珍脫口說道。

「嗨。」他口氣謹慎，身子整個定住不動，只有那雙黑色眼睛轉動著打量她的臉。她努力地想，她需要資訊，愈多愈好。誠實顯然是最上策，不是嗎？無論面對的是當事人、是工作上的對手，或是兒子的敵人。

「陶德是我兒子，」她簡短地說：「我是珍。」

「噢，妳是珍啊，珍．布羅德胡。」他回答道，似乎認識她。「我是喬瑟夫。」他的聲音低沉沙啞，說起話來帶有一種權威感，很像政治人物。

喬瑟夫．瓊斯。一定是。將名下公司登記在這裡的人。

「他是個好孩子呀，陶德。正在跟伊薩的姪女交往，對吧？」

「伊薩是……」

「我朋友，也是合夥人。」

珍嚥了口口水，試著消化這項訊息。「是這樣的，我就是好奇。陶德他，讓人有點擔心。很抱歉我這樣……不請自來。」她的話不太有說服力。

「妳擔心？」他偏著頭問。

「是啊……你知道的，擔心他交到壞……」

「陶德的交友圈很可靠。先這樣吧。」他說。很高明的逐客令。他對她比出「妳要往哪邊走？」的手勢。毫無疑問，這手勢意味著：**選吧，因爲妳得走了，不管妳喜不喜歡。**

她沒有動作，於是他與她擦身而過，留下她獨自在霧中，搞不清楚狀況。不知道未來是否拋下她繼續前進？是否在某處有另一個珍，正熟睡著或是因過度震驚而當機了？在那個世界裡，陶德此時很可能已還押候審、遭到監禁、等著被起訴、判刑。孤立無援。

她決定去按門鈴。沒有明天的沮喪感讓她變得很宿命。而一想到陶德遭警方拘禁，她又覺得要義無反顧。

「我只是想確定他沒事。」珍對開門的陌生人說。他想必就是伊薩，比喬瑟夫年輕一些，身材壯碩，鼻子彎曲。

「媽？」陶德從屋內深處喊道，接著出現在陰暗的玄關。他看起來蒼白且憂心忡忡。

珍覺得這房子以前應該挺不錯的，現在卻是偏破舊的懷舊風。破破的維多利亞紅方磚；走廊有幾塊地毯邊料重疊覆蓋，像鋪舊報紙一樣。「這是怎麼……？」陶德穿越這一切，一面對她說。他露出緊張的笑容向她傳達惶惑之情。

有位美麗的女子從走廊盡頭的客廳現身，她用屁股頂開門。想必是克麗奧。珍從她靠向陶德的姿態看得出他們是一對。

她有個鷹勾鼻，瀏海極短，很酷。褪色牛仔褲膝蓋處有破洞，一身古銅膚色。沒穿襪子，粉紅色挖背T恤，就連肩膀也很迷人，像兩顆桃子。她很高，幾乎和陶德一樣高。珍自覺像個百歲老傻瓜。

「怎麼了？」陶德問：「發生什麼事了？」他的語氣是那麼決斷、那麼氣惱。他是以高高在上的姿態和她說話。怎麼她之前都沒發現？

「沒事，」她缺乏說服力地說：「我只是……呃……我收到你的簡訊。你傳了……你的地點？」她謊稱。她再次望向他身後，看著屋內其他地方。光禿的灰泥牆面，加上骯髒、門把鬆脫的客廳門，更讓克麗奧和陶德的古銅膚色與白皙笑臉顯得格格不入。珍皺起眉來。

陶德從口袋掏出手機。「沒呀？」

「噢……抱歉。我以爲你想要我來。」

陶德瞇眼看她，揮舞著手機。「我沒有，我什麼也沒傳。妳幹麼不先打電話？」他手臂擺動的方向，讓她想起了他刺人時也有一模一樣的動作。強而有力、乾淨俐落、意圖不軌。她不由得打哆嗦。

「妳是珍啊。」伊薩說。珍眨眨眼，他也認得她：和喬瑟夫喊她時的口氣一樣。陶德一定說過她的事。

「是的。」她對他說：「很抱歉……我並沒有不請自來的習慣……」

陶德眼看就要開口趕人，在此之前珍試圖盡可能地蒐集資訊。她四下張望，尋找跡證。她不知道自己在找什麼，找到就會知道了吧，她猜想。

伊薩背靠著一個櫥櫃站立。

「媽？」陶德喊道，他面帶微笑，卻流露出急著趕人的眼神。

這屋裡沒有家的氣味。事實如此。沒有烹飪的味道，沒有洗衣的味道。什麼都沒有。

「抱歉……我走之前，能不能借用一下洗手間？」珍說。她只是想進到**裡面**，到處瞧瞧，看看屋裡可能隱藏些什麼祕密。

「不會吧，**媽**。」陶德整個肢體語言就像青少年在翻白眼。

珍舉起雙手。「我知道，我知道，對不起。我很快就好。」她對伊薩露出大大的笑容。

「在哪裡呢？」

「妳回家只要五分鐘。」

「中年人就是這樣，陶德。」

陶德當下裝死，倒是伊薩無言地指向客廳門。**耶，進門了**。

珍從陶德和克麗奧旁邊擠身而過，進入屋子最深處的一個房間，是廚房結合起居室。房間格局方正，右手邊有另外一扇門。牆上沒掛照片，又是幾面光禿的灰泥牆。遠端牆上掛一塊大大印花布，繡著太陽月亮。她凝視著掛布後方，想找……什麼呢？祕密櫥櫃嗎？……可是當然沒發現。

珍打開樓下廁所的門，扭開水龍頭，然後在廚房慢慢繞圈。裡面幾乎空蕩蕩，腳下的磁磚破損，流理台上滿是碎屑。那股霉味，是老舊空屋的氣味。水果缽裡沒有水果，冰箱上沒有提醒的紙條。假如伊薩果真住在這裡，似乎也不常在家。

左邊牆上釘掛了一台大電視，底下擺著一台 Xbox 遊戲機。主機上面有一支 iPhone，螢幕亮起，幸好沒上鎖。珍拿起手機，直接點進訊息，在裡頭發現陶德寫的簡訊，應該是寫給克麗奧的：

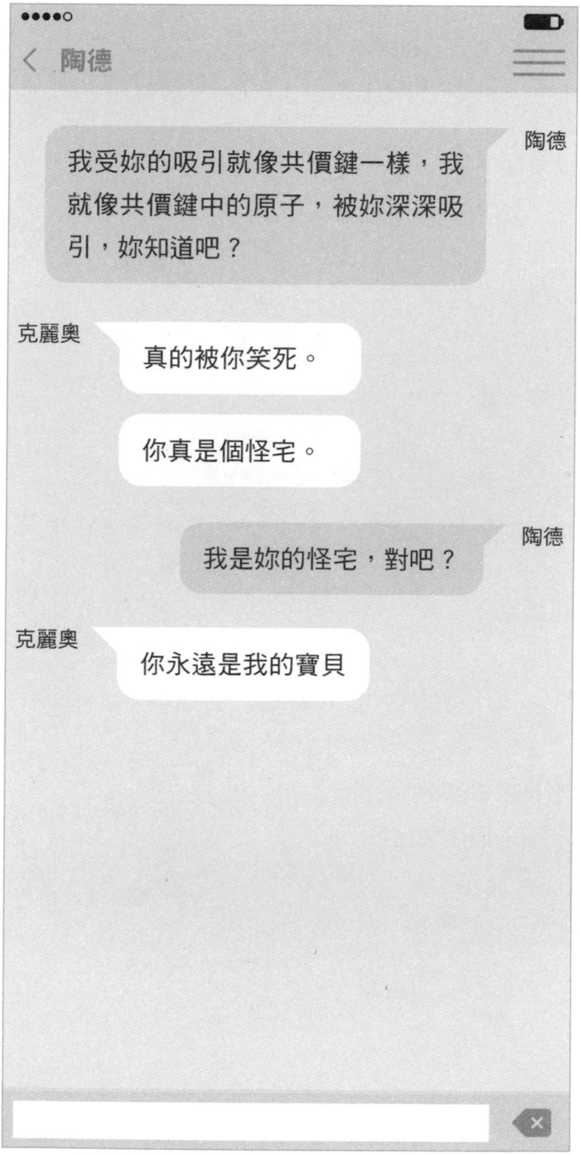
陶德
陶德
我受妳的吸引就像共價鍵一樣，我就像共價鍵中的原子，被妳深深吸引，妳知道吧？
克麗奧
真的被你笑死。
你真是個怪宅。
陶德
我是妳的怪宅，對吧？
克麗奧
你永遠是我的寶貝

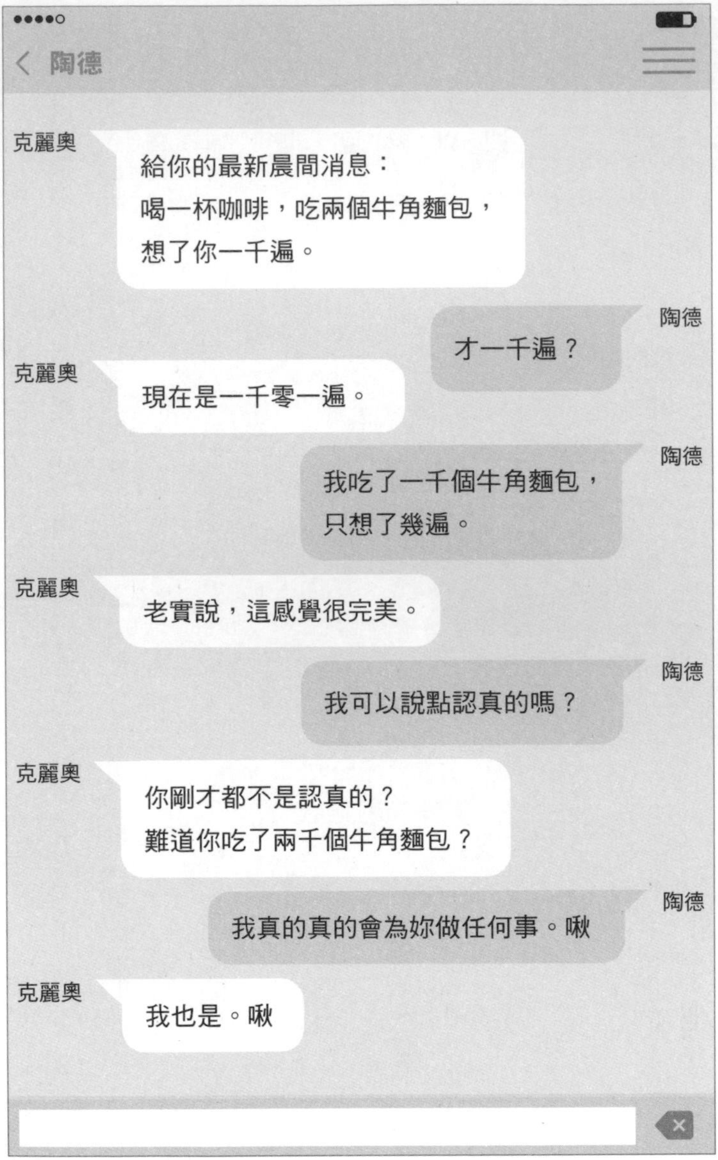
●●●●○
陶德
克麗奧
給你的最新晨間消息：
喝一杯咖啡，吃兩個牛角麵包，
想了你一千遍。
陶德
才一千遍？
克麗奧
現在是一千零一遍。
陶德
我吃了一千個牛角麵包，
只想了幾遍。
克麗奧
老實說，這感覺很完美。
陶德
我可以說點認真的嗎？
克麗奧
你剛才都不是認真的？
難道你吃了兩千個牛角麵包？
陶德
我真的真的會為妳做任何事。啾
克麗奧
我也是。啾

珍直瞪著內容看。她繼續往上滑，雖然感到內疚，卻不足以讓她住手。

任何事。珍不喜歡這個說法。**任何事**暗示著各種可能。暗示著犯罪，暗示著殺人。她想再讀下去，但因聽到腳步聲而打住，將手機放回主機上。克麗奧是眞的喜歡他，也可能是愛他。她嘆了口氣，往室內瀏覽一圈，但沒有其他發現。她沖完馬桶，關上水龍頭，隨後離開。

珍在車上調出安迪．衛第斯的詳細資料。她需要人幫忙。被覺得丟臉的兒子趕出來之後，她一時衝動寫了 email 給他。

親愛的安迪：

你不認識我，其實我是拉喀什．卡普爾的同事，我現在經歷的事應該和你的研究有關，所以眞的很想和你談談。我不會再多作說明，以免你覺得我精神錯亂，但請務必回信給我，拜託……

珍　敬上

「工作怎麼樣？」她剛進門凱利便問道。他正在打磨一張他為家人翻新的長凳，就是那種凱利很喜歡的、可以一個人從事的活動。珍知道成品長什麼樣子——他花了兩天時間把它噴成灰綠色。

「不好。」珍半坦誠地說。她需要試著再跟他說一遍。

凱利閒晃過來，漫不經心地替她脫下外套，這種事她永遠都不會覺得足夠，眞的愛死了；如此單純的關懷照顧就是他爲婚姻所做的努力。他吻了她，口中有薄荷口香糖的味道。他們倆下腹碰觸，四腿交纏，緊貼無縫。珍感覺到呼吸自然而然變慢，丈夫總能對她起這樣的影響。

「妳的當事人都是瘋子。」他故作嚴肅地說，兩人的嘴唇依然貼近。

「我擔心陶德。」她說道。凱利後退一步。「他不太對勁。」

「爲什麼？」暖氣啓動了，鍋爐輕輕轟的一聲燒起來。

「我擔心他交到壞朋友。」

「**陶德**？什麼壞朋友，《戰鎚》遊戲迷嗎？」

珍聽了忍不住笑出來。要是凱利能讓外人看到他這一面就好了。

「人生漫長，若要擔心這個擔心不完了。」他加了一句。這是專屬於他們的話語，時間已跨越數十年。她很確定是他先說的，他則信誓旦旦地說是她。

「這個克麗奧。我對她有疑慮。」

「他還在跟克麗奧交往？」

「什麼意思？」

「他不是說他們分了。算了吧，我有個東西要給妳。」他說。

「別爲我花錢。」她輕聲說。凱利的酬勞總是以現金支付，而他常常拿這些錢買禮物送她。

「我想送，」他隨即又補上一句：「是個南瓜。」

這話完全轉移了珍的注意力。「什麼？」她說道。

「對啊……妳不是說想要一個？」

「我正打算明天去買。」她喃喃地說。

「對吧？妳瞧……在這裡了。」

珍探頭繞過他往廚房裡看。可不是嗎，南瓜就在那裡。但不是同一個。這一個好大，而且是灰色皮。她一看不禁全身發冷。如果她改變太多呢？如果她改變了與命案無關的事呢？電影裡不都這麼演嗎？主角改變了太多事情；他們情不自禁，他們變得貪心，買樂透、殺了希特勒。

「南瓜應該是我要買的。」

「嘿？」

「凱利，昨天，我跟你說過我在倒著過日子。」

驚訝的表情在他臉上逐漸綻開，像日出一樣。「嘿？」

她加以解釋，就像對拉喀什解釋那樣，也像她已經對凱利解釋過的那樣。關於第一個晚上，關於包包裡的刀子，所有一切。

「現在這把刀子在哪裡？」

「我不知道……很可能在他的包包裡。」她不耐地說，希望已經有過的對話不要再重來一遍。

「說眞的，這他媽的太荒謬了。」他說。她對這個反應已經不會感到訝異。「妳是不是應該……比方說……去看個醫生？」

「也許吧。」她低聲說道：「我不知道。但是眞的，我說的都是眞的。」

凱利只是楞楞看著她，然後看向南瓜，然後又看看她。他走進走廊，找到陶德的書包，誇張地把東西全倒在走廊地板上。沒有掉出刀子。

珍嘆一口氣。陶德八成還沒去買。

「算了，」她說：「你要是不相信就算了。」

她轉身走開。沒用的，即使是凱利也沒法懂。她上樓時暗自承認，換作是她也不會相信。誰會呢？

「我不……」她聽見他在樓梯底開口，但說到一半就打住了。這句沒說完的話讓珍失望透頂。有時候凱利喜歡輕鬆過日子，而此刻的他顯然正是如此。

她在盛怒下沖了澡。那好啊，既然睡覺可能是她醒來回到昨天的原因，那只要不睡就好了。這是她接下來的策略。

凱利頭一沾枕就睡著了，一如既往。但珍熬夜不睡，她看著時鐘走到11點，接著11點30分，陶德回來了。到了午夜，她緊盯著手機，直到時間從00點00分變成00點01分，日期就這麼正常地從二十七號跳到二十八號。

她下樓看電視，二十四小時不間斷的ＢＢＣ新聞台，已開始播報地方新聞，正說到昨晚11點在附近一處十字路口發生的交通事故。車輛翻覆，車主逃了出來，沒有受傷。

她看見時鐘敲響 1 點，接著 2 點，接著 3 點。

她的眼睛變得乾澀，腎上腺素與對凱利的惱火逐漸消退。她在客廳裡來回踱步，沖了兩杯咖啡，喝完第二杯後，坐到沙發上，只坐片刻，新聞還在播。意外事故、天氣、「明日新聞今日搶先看」。她闔上眼睛，就一下下，就那麼一下下，然後……

萊恩

萊恩．海爾思，現年二十三歲，想要改變世界。

今天是他就職第一天，當基層警員的第一天。他在申請與面談過程吃足苦頭，並在警察區域訓練中心熬了過來——在沉悶的曼徹斯特待了十二週。他在打過蠟、亮晶晶的人字拼木地板上，與其他警員一起排隊，接過裝在透明塑膠袋裡的制服。一件白襯衫、一件黑背心，肩膀上有他的警員編號——二六四八。

如今，他終於來到這裡，進了大廳。雖然頭髮被無情大雨淋濕，但除此之外，他已做好準備。他昨晚便穿上制服（在浴室裡試穿），這件事他等了好久。他站到馬桶上以便從鏡子看見全身。瞧瞧他，一個警察，雖然是站在馬桶上，但終究是個警察。

不過不只是制服，萊恩現在還有了他一直想要的東西：能力。確切地說，是做出改變的能力。他呢——此時此刻，正在警局裡等著見負責帶他的師傅。

「指派給你的是路克．布瑞福警員。」值勤台的女警以百無聊賴的語氣對他說。她年紀頗大，也許五十多歲吧，不過萊恩向來不擅長猜人的年紀。她的頭髮顏色有如一塊石板。

她比了比那列淺藍色連排椅，他去坐在一名男子旁邊，他猜想此人若非罪犯就是證人：一個留著馬尾的小伙子，怔怔瞪著自己的手。

外頭，大雨猛打警局。萊恩可以聽見雨水奔流下窗台的聲音。這雨都大到上新聞了。有史以來最多雨的十月。火車停駛，公園與花園一片濕漉漉，滿地被水泡得軟爛的葉子。

路克．布瑞福警員在二十分鐘後到達。他走上前時，萊恩慎重地吸吐了三口氣。時機到了。要上工了。

布瑞福與萊恩握手時使了猛勁。布瑞福大概比萊恩大五歲——仍是基層警員，所以想必還年輕，但一臉蠟黃，有眼袋，還散發咖啡味，深色頭髮的鬢邊與耳上部分略顯花白。萊恩體魄強健——就連他自己也這麼覺得——當他看著布瑞福，注意到黑色長褲上方明顯突出的小肚腩，不由得乾嚥一口。

「嗨，歡迎。天哪，不會還在下雨吧？」布瑞福瞄向外頭的停車場。「首先，閱兵，然後是999的工作。」他背轉過身，帶著萊恩走進他即將稱爲職場的內部深處。閱兵。布瑞福用的是老派說法。但畢竟是他的第一次簡報會議。萊恩頓時興奮不已，彷彿胃裡有萬針鑽刺。

「去燒水。」布瑞福對他說。

「喔，好啊。」萊恩希望自己口氣沒透露出勉強的感覺。

「準備茶水是菜鳥的工作。」他指向簡報室。「去問問大家要喝什麼。」他拍拍萊恩的肩膀，便即離去。

「好的。」

沒關係，萊恩對自己說。他可以泡茶。

沒想到泡茶並不簡單。十五杯，不同濃淡、不同甜度，還他媽的不同奶量。低糖、正常甜，等等等等。端出最後幾杯時，萊恩的手已經在發抖，指節也發燙。他就趕在閱兵開始時進到簡報室，卻發現他沒泡自己的。

警長喬安·札莫四十好幾，大大的笑容占滿了整張臉。她開始列出預定執行的任務，萊恩沒有一項聽得明白。他是現場唯一的新警員，其他同梯的人都分派到北部去了。他環顧室內，看著那十五個條子和他們的十五個杯子。他原本希望能在這裡找到同伴，年紀與他相仿的人。

萊恩十八歲畢業，過去幾年和幾個朋友一起坐辦公室。他有個很棒的穩定工作，負責訂購文具，沒人眞正期望他做什麼有建設性的事，卻還是想付他薪水。原先，有一陣子，萊恩覺得這樣太好了，但最後發現訂購尺和Ａ4單行紙的工作，對他來說不夠。六個月前某個週一早上，他醒來時心想：**難道就這樣了嗎？**

接著他報考了警察。

札莫警長發下電話任務的清單。「對了，」她補充說道：「好，瞧瞧我們這裡來了個新人？你。」她褐色的眼眸看向萊恩。「你師傅是布瑞福？」

「是的。」布瑞福搶在萊恩開口前說道。

「好……你是 Echo，」她直視著萊恩說：「Mike。」

「Mike？」萊恩說：「抱歉，不是的。我叫萊恩，萊恩・海爾思。」

布瑞福的睫毛飛快眨了幾下。一股萊恩未能理解的震顫。停頓了一下，隨後全場爆笑。

「Echo–Mike，」布瑞福笑著說，像在說什麼雙關語。他一手按著門把，一手放在肚子上。「你在曼徹斯特警校沒學音標字母嗎，還是現在都不教了？」

「噢，有啊，有啊。」萊恩臉頰發燙，說道：「對，我學過，我只是……對不起，我以為……Mike 這名字一時把我搞混了。」

「好了。」警長說，顯然不受眾人放肆的笑聲影響。笑聲方才停歇，又從刑警聚集的那頭傳來一波。好極了。

「Echo–Mike 兩四五。」布瑞福說，明顯是不想再延宕。他移向萊恩。「我先接第一通，然後讓你接第二通。」他邊說邊匆匆帶他走出簡報室。萊恩不敢問他剛剛那話是什麼意思。

他們走過鋪著綠毯的走廊，有吸塵器吸過的味道。當他們來到一個置物櫃前，布瑞福交給萊恩一支無線對講機。「好啦，這是你的。呼叫方式會像這樣：Echo–Mike，你的車輛編號。你就以你的識別號回應——你肩上的編號，二六四八，懂嗎？」

「懂，」萊恩說：「懂。」每個警員前兩年都要負責 999 緊急求救電話。什麼情形都可能會發生。竊盜、殺人。

「好，很好。」布瑞福說：「我們走吧。」

他做了個手勢，同時意味著：**這邊請和拜託，希望你他媽的不要是個傻蛋**，萊恩於是再次經過值勤台進入雨中。

「這台是EM兩四五，OK，就像札莫說的？」布瑞福比向警車說。那條紋，那車燈，萊恩忍不住盯著看。

「好的，」他說：「沒問題。」他打開副駕駛座的門上車。車上有殘留的菸味。

「Echo–Mike兩四五，兩四五，Echo呼叫。」對講機傳出聲音。

「Echo，這裡是Mike兩四五，請說。」布瑞福語氣平平地回答。他還沒發動引擎，還在砰砰晃動排檔桿。接著他檢查燈會不會亮，按下儀錶板上一個巨大按鈕，兩人瞬間沉浸在藍光中。萊恩將翹起的雙腿放在擱腳的空間裡，聆聽對講機訊息。

「好的，謝謝。我們接獲舉報，一名年長男性疑似醉酒，正在攻擊路人。」

萊恩看看手錶。現在是上午8點5分。

「Echo，這裡是Mike兩四五，收到，準備前往。」布瑞福終於發動引擎打檔。「應該是老沙。」他說。

萊恩沒答腔，深恐這句話裡也藏著警用暗號。

「一個遊民，是個好人。」布瑞福看了後照鏡後，倒車出去。「八成就只能再給他一個警告，如果情況真的很糟，就叫救護車。他愛喝伏特加，一瓶接著一瓶。了不起的體質，真的。」

等紅綠燈時，萊恩看著車輛來來往往。這和開他那輛自用車的體驗完全不同。你要是以爲人人都是模範駕駛也情有可原；這就像《楚門的世界》，每個人都在演戲，兩手都規矩放在十點鐘和兩點鐘方向，眼睛直視前方。

「真沒想到大家都這麼守規矩，」萊恩說，布瑞福沒有應聲。萊恩繼續想著老沙和他的伏特加，當然了，他也想著自己的哥哥。「他有什麼故事？」萊恩問：「我是說老沙。」

「沒概念。」

「不知道能不能問。」

「哈，」布瑞福雙眼正視前方說道：「是啊……我們要是對每個人都這麼做，就成了他媽的英雄，對吧？」

「對。」萊恩輕聲說。雨水讓外面的線條微微模糊，街道反映著刹車燈和白色天空。

「任務守則第一條：999緊急電話幾乎每一通都很無聊，不然就是白痴打的。通常兩者皆是。」布瑞福口氣平淡地說：「你救不了白痴。」

「好，好極了。」萊恩語帶嘲諷地說。

「守則第二條：菜鳥總是太軟弱。」

他們來到沙灘，布瑞福將車正正地停進停車格。萊恩沒有鄭重其事回應他的話。

「走吧，Mike。」布瑞福邊說邊下車。萊恩又再次臉紅。這個外號看來甩不掉了，他知道。事情就是這樣。他參加過一場告別單身派對，其中有個人就只因爲旅館房間與其他人房間的相對位置，整個週末都被喊「二樓呆瓜」，到最後萊恩連他本名叫什麼也不知道。

老沙其實沒那麼老。他有一張酒鬼特有的、滿是瘀青的粉紅臉龐，但體態輕盈。他們走上前時，他正大聲怒罵上帝，波濤洶湧的大海構成一幅末日背景，淡季的濱海區呈現一種詭異氛圍。

「嘿，老沙。」布瑞福招呼道。老沙認出了他，於是住口，將額頭上的粗髮往後撥。

「是你啊。」他眞誠地對布瑞福說：「我就希望會是你。」

後來才知道他姓丹尼爾，不姓沙。警察喊他老沙是因爲他睡在沙灘上。

前往下一個派遣地點途中，萊恩仰頭看著雨，嘆了口氣。

處理了六起事故。其中一起是家庭暴力——妻子已報案十四次，始終下不了決心提告。這是最令人沮喪但也——說句不該說的——最有趣的一樁。至於其他……唉。有名男子往殯儀館的信箱裡撒尿；有兩名狗主人爲了亂丟垃圾打架；有個提款機吃掉了一張十英鎊紙鈔。說眞的，只能用單調來形容。

六點鐘和布瑞福回到警局時，萊恩的制服已濕透，整個人像是熬夜似的精疲力竭。

「明早見了，Mike。」布瑞福和他走進局裡時，暗自竊笑著說。但萊恩還不能打卡下班，他得針對每通報案電話填寫受訓紀錄，寫完才能回家。事實上，他很期待找一間安靜的小會議室，趁此機會好好思考一下，整理思緒。也總算能喝杯茶了。他的大腦感覺像是一顆被搖晃的雪花水晶球。他原以爲會是……他原以爲會跟現在這些不太一樣。

他走進門廳，經過值勤台警員——已經換人，但仍是同樣百無聊賴的表情——沿著安靜的走廊走去，走廊邊上設有帶狀的緊急警報器。他很希望能瞥見嫌犯在接受訊問，或是牢房，或者什麼都好，拜託，只要是999報案電話之外的。一天六通電話，值勤四天休三天，一年四十八週，總共兩年。萊恩都懶得去算總共會有幾通電話，反正很多就是了。說不定今天是特例，是倒楣的一天。說不定布瑞福只是累了。說不定明天會很有意思。說不定，說不定。

他推開一間空會議室的門，門有兩道，以便隔音。他將椅子拉到一張廉價金屬桌前，就是在村里辦公室會看見的那種。他從背心口袋掏出筆記本，再從桌子角落的紅色塑膠筒拿起一枝筆，在最上方草草寫下日期。應該是要在現場記錄的，但布瑞福說那是訓練學校的狗屁玩意。

他開始寫老沙的事，隨即又停下筆來，想靜靜思考一下，思考自己如何才能做出改變。

如今回首，哥哥是在將近二十歲時開始走上**歪路**，母親總是這麼說。一開始是偷車，然後升級到販毒。一路從大麻到安非他命，速度快得有如汽車從零加速到一百公里。布瑞福若是知道了會怎麼說？很可能也會覺得他哥哥在浪費警察的時間。很典型的情境——沒有足以爲榜樣的男性角色，沒有前途。他們的媽媽盡力了，但她常常不在，因爲兼了兩份差。他哥哥，以一種愚蠢的方式，想改善家裡的經濟。就只是這樣，而他也確實做到了，有一陣子他確實會帶錢回來，問題是錢從哪裡來。

萊恩將筆倒轉抵著筆記本。也許對於他哥哥那樣的人來說，他確實會帶來影響。老沙看到他們的時候很高興——總之，老沙似乎和布瑞福很熟。也許他們算是幫了老沙，只不過不是以萊恩預期的方式。

管他去死，萊恩心想。筆記明天再寫，現在沒心情。

他打開會議室的門，一個大塊頭正好走過。那人身穿西裝，大概是便衣吧。萊恩胸中綻放出一種正面的感覺。沒錯，沒錯，沒錯，這裡還有許許多多機會，可以做有趣的事，可以有所改變。萊恩想做的就是這個。不是每個人都這麼想嗎？

「嗨，」萊恩向那人打招呼。他很高大，超過一八〇，相當魁梧。看起來有點像電玩裡的壞蛋。

「第一天？」

萊恩點頭。「是啊——處理報案電話。」

「好玩，好玩，好玩。」對方笑著說，同時熱情地伸出手來。「我是彼得，不過大家都叫我肌肉男。」

「幸會。」萊恩說：「你是便衣？」

「我的報應。」他斜靠著乳白色牆面，隨即拿出一包口香糖，遞了一片給萊恩，萊恩接下了。薄荷味在他嘴裡迸發。「你今天有什麼好工作嗎？你師傅是誰？」

「布瑞福。」

「喔喔。」

「是啊。」萊恩微笑道：「還沒接到有意思的電話。」

「我想也是。你不是本地人吧？這口音……」

「不是……從曼徹斯特通勤。」他說。

「是嗎？那你怎麼會來這裡……被全天無休又迷人的 999 緊急電話吸引來的？」

「可以這麼說。」萊恩說：「還有，你知道的，**想要做出改變**。」他在空中比了個引號。

「你很快就會後悔了。」肌肉男身子一推，離開牆壁，然後悠哉地順著走廊走去。萊恩跟著他往外走。就在快到通往值勤台的門前，肌肉男轉過身。

「你知道嗎？不懂那些術語有可能是好事。」他說道：「你將來就會明白了。」

「你聽說關於 Mike 的事了。」萊恩說。

「沒錯。」肌肉男幾乎難掩笑意。

「呣，好吧……術語我是不太熟，不過我會背熟的。」他說。

「別變得太厲害喔，萊恩。」肌肉男帶著謎樣的語氣說。他又嚼了幾秒鐘口香糖，眼睛瞪著門若有所思。「不是所有厲害的警察都會像他們那樣說話。」

負3日

08:00

珍睜開眼睛。她在床上。今天是二十六日。

負三日。

她走到觀景窗前，外面在下雨。這事會怎麼了結呢？倒退循環——永無止盡，是嗎？直到她不再存在？

她需要知道規則。不論哪個律師都一樣，首先要了解法規條例、結構制度，然後才能進入遊戲。到目前為止，她只知道沒有一件事起作用。她只能從時間倒退中推斷自己未能阻止犯罪。想當然爾，阻止犯罪，阻止時間迴圈。這**肯定**就是關鍵所在。

她匆忙載入新郵件，尋找安迪·衛第斯的回信，但什麼也沒有。她下樓發現陶德在找東西。

「在電視櫃上面。」珍說。她知道他是要找他的物理講義夾。她知道，因為她是他母親，也因為這已經發生過了。

「啊，謝了。」他不好意思地對她咧嘴一笑。「今天要上量子學。」天哪，他有如龐然大物矗立在她面前。以前他比她矮得多，接送他上下學的時候，他的手臂會往上伸得筆直，暖暖的小手總會握住她的手。假如她忙著在手提包裡東翻西找，或是伸手去按紅綠燈的按鈕而無法牽他，他會很沮喪。她也因此每每感到內疚。這些讓母親感到愧疚的事著實不可思議。

現在呢，瞧瞧他，比她高出將近三十公分，而且不願與她對上眼。

也許她感到內疚是對的，她絕望地暗忖。也許她除了牽他的手之外，根本不該做別的事情。她可以想到上千樁母親做得不對的罪行：讓他看太多電視、訓練他自己睡覺等等。她愈想愈苦澀。

「你知道喬瑟夫・瓊斯是誰嗎？」她平靜地說，並仔細觀察他。不是想看他會不會告訴她，而是看他會不會說謊，她覺得他會。母親的直覺比任何律師都靈驗。

陶德鼓起雙頰，然後把手機插到廚房中島上的充電器充電。「不認識，」他說道，臉上露出不自然的皺眉表情。他從不曾在上學前來這裡給手機充電。他平時整晚都在充電。「怎麼了？」他問道。

珍打量著他。有意思。他大可輕鬆地說：「那是克麗奧的叔叔的朋友。」但他選擇不這麼說。果然不出她所料。

她猶豫著，不想一下子做太大的動作，想要好好安排她的時機。「沒什麼要緊。」她說。

「好吧，『珍』神祕。比起說出個原則，更愛問問題。沖澡時間到了。」陶德留下電話繼續充電。珍站在廚房裡，沒有想法，沒有希望，而唯一可能可以幫助她的人又說謊騙她。

她往樓梯瞄一眼。大概有五到二十分鐘的時間。陶德有時候洗澡會洗很久，邊洗邊想事情，也有時候會洗得很快，倉促到衣服會黏在沒擦乾的身體上。她試著開他的手機，但試了兩次密碼都沒成功。

於是她衝上樓，打算轉而搜他的房間。一定得找到一點有用的東西。

陶德的房間漆成深綠色，像個幽暗洞穴。窗簾閉合。窗子底下一張雙人床，鋪著一條花呢格紋床罩。一台電視面向著床。角落的書桌，就在通往她和凱利房間的樓梯下方。房間很整齊但不舒適：許多男人專屬的空間都是這樣。書桌上空空的，只擺了一盞黑色檯燈和一台 MacBook，另一頭的牆邊靠著一輛健身車。

她掀開筆電，登入密碼又錯了兩次。她環顧臥室，思考該如何善加利用這段時間。

她慌亂地打開書桌與床頭櫃的抽屜，又查看床底下。接著掀開羽絨被，摸索衣櫥底下。她就是知道能找到些什麼，她有預感，會是一樣無法抵賴的東西，她永遠忘不了的東西。

她將臥室洗劫了一番，絕對不可能再重新整理好，但她不在乎。

已經浪費六分鐘了，十分之一小時，律師收費的最小計時單位。這時她的視線落在他的 Xbox 上。他老是在玩這個，肯定在上面和一些人交談過。值得一試。

她開啟遊戲機電源，一面傾聽淋浴的聲音，然後瀏覽聊天室。那裡頭是個陰暗世界，與不特定的對象交換訊息，聊著恐怖的遊戲、格鬥遊戲，讓你能賺到足夠點數去買刀子刺殺其他玩家的遊戲……

她看了最近傳送的項目，裡面有兩則訊息。一則傳給 User78630，另一則傳給

Connor18。第一則寫的是：**好**。給康納的寫著：**11點我拿過去？**

她會跟寶琳問問康納的情形，看他有沒有迷上什麼東西。陶德舉止怪異就是從他們倆開始膩在一起之後，這也未免太巧了。還有11點，拿東西過去……聽起來不太妙。

她關掉主機，離開陶德的房間。不到幾秒鐘，他便打開浴室門。

他們在樓梯平台上相遇，他只在腰間圍了條浴巾。

她直視著他，但他並未與她對視太久。她揣測不出他的心情，卻想起他殺人那晚的表情。沒有後悔，完全沒有，一丁點都沒有。

假如明天醒來將會回到昨天，那去辦公室做什麼呢？珍成年後第一次感覺到，工作根本毫無意義。她一面餵亨利八世一面沉思這件事。

她找到一個登記在安迪·衛第斯名下的電話號碼，試著打過去，但無人接聽。她又上網搜尋他一次。他昨天以一篇關於黑洞的論文，獲頒某個科學獎。她又寄出email給另外兩個也寫過關於時空旅行論文的人。

她暗暗想著該如何讓丈夫相信現在發生的事。

珍嘆了口氣，最後找到一本拍紙簿，裡面寫滿某個案子的筆記，如今看來似乎不那麼重要了。她耳邊只聽到暖氣輕輕的嗡鳴聲。

她在本子裡寫下：

負3日／我所知道的事

．喬瑟夫．瓊斯的名字，他完整的住址

．克麗奧可能牽涉在內

．拿東西去給康納？

不多。

多年來，這是珍頭一次來接孩子放學。綠色校門邊聚集著多位家長，有的三五成群，有的獨自一人，有人盛裝，有人穿得相當隨便。通常珍在校門前總會疑神疑鬼，覺得大家都在談論她，但今天她倒希望自己能更常來就好了。首先，這太有趣了。

她一眼就看到寶琳。她單獨一人，最近她堅持要來接康納，以便確定他有乖乖上學——他最近因為蹺課挨罵。然後兩人再去接小兒子席歐。寶琳穿了一件牛仔夾克，繫了一條大大的圍巾，交叉腳踝站著，正低頭看手機。

「我就想試試來接小孩放學這玩意。」珍對她說。

「有您參與，我深感榮幸。」寶琳抬起頭笑了笑，說道。「這裡的每個人都是豬頭。妳相信嗎——馬立歐他媽拎了一個 Mulberry 包包。只是接小孩放學耶。」

寶琳是珍相處起來最自在的朋友之一。三年前，珍為她辦離婚，讓她和出軌的丈夫艾瑞克切得一乾二淨。當時寶琳手握艾瑞克不忠的螢幕截圖，現身珍的事務所進行初步諮詢。珍學生時期就知道她，但從未和她說過話。當天她先給寶琳沖了杯茶，非常專業地看了艾瑞克傳給情婦、證據確鑿的簡訊，然後就說她願意接受寶琳的委託。

「抱歉，讓妳看到他們這樣子。」寶琳在珍的辦公室裡說道，同時收起手機啜飲著茶。

「是啊，不過，能夠有……呃……證據，總是好的。」珍這麼說。儘管穿著筆挺的套裝、身在公司這樣的環境，她仍感覺到自己的表情透露出內心的動搖。「不管是……嗯……多生動。」

寶琳與她目光交會了短短的一剎那。「那麼妳的訴狀會附上卵葩照嗎？」她冒出這一句，然後兩人就在珍的辦公室裡放聲大笑。事後寶琳誠心地說：「那是我發現他們的事以後第一次笑。」就這樣，一段友誼在悲劇與幽默中誕生，人生往往都是這樣的。得知康納與陶德也成爲好友，珍開心極了。直到現在爲止。

「我來啦，一介平民。」珍說。

寶琳微微一笑，用穿著匡威布鞋的一隻腳蹭了蹭地板。「妳今天不用上班啊？」

這時陶德出現在遠方，和康納一起邁著大步走。康納是少數比他高的學生之一，也比較壯。大隻佬一個。

「不用。」

「妳都還好嗎？妳那個謎樣的老公怎麼樣了？」

「妳聽我說。」珍直接跳過閒聊，說道。

「喔喔，」寶琳說：「我不喜歡這個『妳聽我說』的律師口吻。」

「別擔心，」她輕鬆地說：「我是覺得，陶德……可能……捲入了什麼事情……」

「什麼事情？」寶琳立刻正色說道。雖然她愛說笑，在要緊的事情上她還是個令人讚佩的母親。珍心想，寶琳可以忍受抽菸、罵粗話，但不能更糟了。瞧瞧，她不就到這兒來，抽查康納有沒有來上學嗎？

「我也不知道，我只是……陶德舉止怪怪的。我在想……康納也是嗎？」

寶琳的頭略微往後仰。「原來如此。」

「就是這樣。」

愈來愈多家長來到校門口，聚集在她們四周。見到十一歲與十五歲的孩子迎向自家父母，讓珍不禁暗想這種事自己只做過寥寥數次，她多半選擇留在辦公室，仔細檢視當事人披露的事證、評定實習生、製作大量文件。賺錢。只是此時她反倒納悶，這一切所爲何來。

「他看起來沒事……」寶琳慢慢地說，珍頓時對這個朋友感激不已，她聽出了弦外之音卻選擇不生氣。「不過我還是來挖一下。」就在康納和陶德到來之前，她又補上一句。

「嗨。」康納向珍打招呼。他有個看似項鍊的刺青，沒入T恤的衣領內，也許是玫瑰念珠。珍暗暗告訴自己：刺青是個人選擇，別這麼自以爲是了。

他從口袋拿出香菸，珍看到寶琳皺起眉頭，覺得鬆了口氣。他點燃打火機的同時仍然盯著珍看。火焰在短暫的瞬間照亮他的臉。他對她眨了眨眼，速度快到要是不認眞看根本不會發現。

這是個難熬的夜晚。陶德一回家就又出門了，說是「要去找克麗奧」。珍到學校接他惹惱了他，他也生凱利的氣。「你們兩個可不可以培養點個人興趣？」見他們全都在四點以前回家，他這麼說道。

他出門後，珍上臉書找克麗奧。她比陶德年長幾歲，但還在念書，是附近的一所藝術學院。她的網頁經過精心設計，有她像模特兒般的照片、有數量多得出奇的政治哏圖、有許許多多花束。漂亮而無害的青少年玩意。珍決定要快點去找她，跟她談談。

她一面收拾家裡，一面想著寶琳會有什麼發現。當她擦拭流理台、將髒碗盤放入洗碗機時，忽然意識到整理也沒用。等她再醒來，回到昨天，這些事將會一件也沒做過，但做家事不總是會有這種感覺嗎？

二十分鐘後，寶琳來電。「我跟康納談過了，」她說。她向來不會有什麼開場白，總是直接切入正題。「而且我挖了一下。」

「說吧。」她拉起落地窗窗簾時，手臂感到一陣寒意。

「我檢查了康納的手機，沒什麼可疑之處。有幾張不雅照，像他爸爸。」

「天哪。」

「陶德是怎麼回事？」

「他好像認識了幾個年紀較大的男人——他新女友的叔叔和朋友。他們家有種奇怪的氛圍，而且他們開了一間『剪裁與縫紉有限公司』。是全新的公司，沒有營業額，沒有財務報表。我覺得那一定只是個門面，兩個大男人開一間縫紉公司，很不尋常吧？」

「對。就……這樣？」

珍嘆氣。當然不是，但其他的太不可思議。一個黑暗的罪惡世界最後以命案告終，而她必須解開這樁命案之謎。她轉身離開落地窗，滿心驚慌。

這時候她忽然想到了，就一個靈光乍現。她昨天看到的新聞報導，那起道路交通事故。意外發生在今晚，明天新聞才會報導。這點她可以善加利用，可以用來說服她最需要透露祕密的人。倘若她能說服凱利，或許就能打破循環，打破時間迴圈，然後就能在明天醒來。

「我再跟妳聯絡。」她對寶琳說：「別擔心，這……很可能沒什麼。」她加上一句，卻不明白自己為什麼老覺得有必要這麼做。要不慌不忙，不要讓別人擔心，**要當好人**。

「希望如此。」寶琳說。

大半天之後，過了十點，凱利晃進廚房來。

「怎麼了？」凱利見到她的表情好奇地問：「出什麼事了？」

「你可以跟我去一個地方嗎？」她說。

「現在？」他問完看著她片刻。「妳上瘋人鎮去啦？」他皺著臉微微一笑說。他們相識後，曾開著一輛小露營車跑遍英國，一家三口在蘭開夏的鄉下待了好幾年，住的是一棟有灰色石板屋頂的小白屋，座落在一個山谷谷底，冬天會蒙上層層霧氣，宛如戴上一頂棉花糖帽。那是珍這輩子最喜歡的房子。凱利是在那時候發明了瘋人鎮這個說法，因爲她常常在回家後向他會報一整天的工作情形。她覺得只要有他在身邊就好滿足。

「一點也沒錯。」她說。

「那走吧，可以去散散步。」

他們倆四目相交，珍不禁好奇自己是否即將啓動些什麼，未來是否已經改變了。好奇他倆若是合作，會不會把未來搞得更糟；好奇當她動也不動站在廚房的此時，會不會有另一個未來正在展開，而在那裡是陶德被殺了，或者他逃跑了，或者他攻擊了不只一個人。

珍推開前門，內心十分興奮，爲了可以向他展示確實的、實質的證據。

夜風寒冷潮濕，和第一個晚上一樣。空氣中可以聞到秋天的霉味。

「我有事情要跟你說，而我知道你會有什麼反應，因爲我已經告訴過你了。」她說。凱利牽著她的手，手心溫熱。道路被雨水打濕發亮。珍對這番解釋愈來愈得心應手。

「跟工作有關嗎？」凱利已經習慣珍問他工作的事，向他暢談一堆理論，但他多半都只是靜靜聆聽。就上星期，她才跟他提起馬洪尼先生只爲了省下麻煩，而想把所有退休金都給前妻。凱利聳聳肩說，對某些人而言能夠免掉痛苦是無價的。

「不是。」接著她在黑暗中，鉅細靡遺地向他娓娓道來。再一次地。她說了關於第一次，接著是前一天，接著再前一天。他凝視著她靜靜傾聽，一如往常。

她說完後，他安靜了一會兒，只是斜靠著即將出事的地點附近的路標，看似陷入沉思。最後他似乎有了結論，說道：「如果是我這麼說，妳會相信嗎？」

「不會。」

他哈了一聲。「就是啊。」

「我發誓，」她說道：「以我們夫妻所象徵的一切，我們所經歷的一切發誓，我現在說的都是事實。這個星期六，深夜，陶德殺了人。而我正在倒退回過去阻止事情發生。」

凱利沉默片刻，天空又下起毛毛雨，他將淋濕的頭髮從額頭上撥開。「我們來這裡幹麼？」

「我要證明給你看。馬上會有一輛車開過來，」她比了比黑暗安靜的街道說：「它會失控側翻。昨晚的新聞才剛報過，也就是我的明天。車主逃出來了，毫髮未傷。是一輛黑色奧迪，在那邊翻車，不會接近我們。」

凱利摩搓著下巴。「喔，好。」他又說一遍，語氣敷衍而困惑。他們倆並肩背靠著路標。

她正開始覺得車子不會來，車子就出現了。是珍先聽見的，遠處傳來疾馳的轟隆聲。「來了。」

凱利看著她。雨勢變大了，他的頭髮開始滴水。

接著車子轉了彎。一輛黑色奧迪，車速很快，失控了。很明顯是危險駕駛、酒駕，兩者皆是。車子從他們旁邊經過時，引擎聲有如槍聲。凱利雙眼緊盯著車子看，表情難以捉摸。

凱利正用一手拉起兜帽遮擋大雨時，車子翻覆了。一陣金屬刮擦聲與刹車聲之後，喇叭聲響起。

然後再無聲響。車子冒著煙，四下悄然，接著車主出現，雙眼圓瞪。他年約五十，慢慢地穿越馬路朝他們走來。

「你真幸運逃過一劫。」珍說。凱利又回頭看她。不敢置信，但似乎還散發出一種怪異的驚慌。

「我知道。」那人對珍說。他拍拍雙腿，好像不敢相信自己真的沒事。

凱利搖搖頭。「我不明白。」

「有個鄰居就要出來了，出來幫忙。」珍說明道。

凱利一言不發地等著，一腳抵著路牌的立桿，兩手抱在胸前。不知何處砰的一聲門響。

「我叫救護車了。」隔著幾戶人家傳來聲音。

「你相信我了嗎？」她對凱利說。

「我想不出有其他解釋。」他停了幾秒鐘才說：「可是這……這太瘋狂了。」

「我知道，我當然知道。」她轉身面向他，直視他的眼睛。「但我發誓，我發誓，

我發誓，我**發誓**這全是真的。」

凱利往街上比了一下，他們起步走開，但不是回家。他們一起在雨中漫無目的地走著。珍覺得他可能相信她了，真心相信。這樣肯定能起一些作用，不是嗎？畢竟陶德的爸爸也信了。也許凱利會和她一起醒來，同樣也回到昨天。希望渺茫，但她非試試不可。

「這真是瘋狂到家了。」他說。移動時，頭上的燈光映在他眼中。「妳不可能會知道那輛車的事，對不對？」她看得出他在試著釐清思緒。

「對，我是說……完全不可能。」

「我不明白怎麼會……」他吐出的氣息在面前化成白煙。「我就是不明白……」

「我知道。」

他們左轉，走進一條小巷，經過他們最喜愛的外賣印度餐館，然後慢慢地繞一圈回家。

最後他握起她的手說：「如果這是真的，一定很可怕。」

那聲**如果**。珍愛死了。這是丈夫向妻子跨出的一小步，一個小小的讓步。她回想起過去幾天的恐慌與孤獨，眼睛不由得濕潤起來，一滴淚水滑下臉頰。他們倆並肩走在街上，她緊盯著兩人的腳看。凱利想必在看著她，因爲他停了下來，伸出拇指爲她揩去眼淚。

「我會盡量，」他簡單地、溫柔地對她說：「我會盡量相信妳。」

進家門後，他拉來一張凳子，打開膝蓋坐在早餐吧台前，手肘靠在檯子上，揚起眉毛注視著她。

「妳有什麼想法嗎？關於這個……喬瑟夫？」凱利說。

亨利八世跳上廚房中島，珍把牠抱起來，兩手像捧碗一樣捧著牠，牠的毛柔細，肥嘟嘟的身體軟趴趴的。她好慶幸能在這裡，與凱利在一起，兩人同處於宇宙的同一點，而且她能對他傾吐心事。

「我還在想……沒有。不過陶德刺殺他那一晚，他好像看到這個喬瑟夫，然後就……驚慌起來，接著就動手了。」

「所以說他是怕他。」

「對！」珍說：「就是這樣。」她看著丈夫。「所以你是相信我了？」

「也許我只是在配合妳。」他有氣無力地說，但她不這麼想。

「對了……我寫了一些筆記。」她說著跳起來抓過拍紙簿。凱利和她一塊兒坐到廚房的沙發上。「不過……說眞的，內容相當貧乏。」

凱利看了那一頁，笑了，輕輕的噗哧一聲。「哎呀，哎呀，太貧乏了吧。」

「別這樣，不然我就不跟你說樂透的中獎號碼。」珍說道。感覺眞好，能一笑置之的感覺眞好。能回到這裡，回到他們原來的輕鬆活力中，感覺眞好。

「是嗎？好吧。這樣好了，我們把他可能會這麼做的理由全寫下來，哪怕是瘋狂的也不例外。」

「自我防衛、失控、陰謀。」珍說：「他在當……什麼呢？殺手。」

「又不是在演〇〇七。」

「好吧，這個劃掉。」

凱利笑著在「殺手」上面畫一條線。「外星人？」

「拜託。」珍笑著說。

隨著夜色漸深，他們列出的清單愈來愈多、愈來愈多。所有她能說得上話的陶德的朋友、陶德認識的人。

在燈光昏暗的沙發上，珍的身體陷落。她躺進凱利懷裡，凱利的手臂立刻纏繞住她。

「妳什麼時候會……該怎麼說呢？會走嗎？」

「睡著以後。」

「那我們就別睡。」

「我試過了。」

她待在那兒，聽著他緩慢的呼吸，也能感覺到自己的呼吸變慢。但今天她很樂意走。能和他共度今天，她已經很高興了。

「你會怎麼做？」她轉頭看著他問道。

凱利抿起嘴唇，臉上的表情讓珍看不透。「妳眞的想知道？」

「當然想。」她說，但有那麼一瞬間，她也不確定自己是否眞的想知道。或許凱利有點黑色幽默感，但——只是偶爾——他的核心內在裡面好像也有點黑暗。若要珍來描述，她會說她看的是人的光明面，而凱利看的則是黑暗面。

「我會殺了他。」他輕聲說。

「喬瑟夫？」珍聽了下巴都闔不攏。

「對。」他原本不知看著什麼，這時硬是將目光轉開，與她對望。「對，我會親手殺了他，這個喬瑟夫，如果我能逃脫得了的話。」

「這樣陶德就不能殺人了。」她以近乎呢喃的聲音說。

「沒錯。」

她打了個寒顫，這冷酷的念頭，是丈夫偶爾會展現出來激進的一面，讓她冷到骨子裡去。「但你能做到嗎？」

凱利聳聳肩，望向屋外幽暗的院子。他不打算回答這問題，珍看得出來。

「所以明天，」他喃喃地說，一面重新將她拉回來靠在他身上。「將會是妳的昨天，我的明天？」

「是的。」她憂傷地說，但暗自心想也許不會，也許告訴他以後，多少迴避了那個命運。凱利沒出聲，他睡著了。珍闔眼的時間也拉長了。

今晚，他們在這裡，兩人在一起，儘管明天可能會再度分離，就像兩名乘客分別搭上兩列火車各奔東西。

負4日

09:00

倒退四天。

更糟的是，筆記一片空白。

珍在廚房裡發出一聲沮喪的尖叫。當然是空白了。這還用說。因爲她還沒寫，因爲她身在過去。

凱利走進廚房，同時咬了一口蘋果。「天啊，」他皺起臉來。「眞酸。喏，妳嚐嚐。好像在吃檸檬！」

他伸直手臂，朝她遞出蘋果，瞇皺的眼中神情愉快。「你記得我們昨晚散步的事嗎？」她迫切地問。

「蛤？」他滿嘴的食物仍張口說：「什麼？」

顯然不記得了。告訴他根本沒用。十二小時前他們才一起坐在這裡，做了計畫。車禍、他支持她時的一臉堅定表情，全沒了，那些不是給過去的她，是給未來的。

「算了。」

「妳沒事吧？妳看起來糟透了。」他說。

「婚姻生活呀，還眞是浪漫。」

但她暗自裡，心思飛快地轉動。如果筆記是空白的，那麼——當然了——她也還沒打電話、寫 email 給安迪・衛第斯。她看了寄件備份：空的。果然如此！難怪他沒回覆。倒退著過日子，實在無法適應。即便她以爲自己明白這是怎麼回事了，其實不然。她仍然會犯錯。

她需要離開，需要離開這個對明天、對後天以及接下來的一切都一無所知的凱利。她需要離開一再消失的筆記與書包裡的刀子，離開那個在原地默默等候著的犯罪現場。

她需要去上班，回去找拉喀什，還有安迪・衛第斯。

上午十點。一杯香甜的黑咖啡、她的辦公桌與拉喀什。這許多年來，他已在這裡站了成千上萬次，經常是早早進來晃一下，抱怨說他不想工作。那是他們建立友誼的基礎：無病呻吟。

「你能不能替我聯絡安迪？」此時珍對拉喀什說。

她剛剛又對拉喀什說了一遍事情的經過。珍向拉喀什解釋得很匆忙，聽起來既不眞實又雜亂。她說過太多次了，已對那悲劇結果感到厭倦，就像見過太多死亡與破壞之後，心也免疫了。

然而，拉喀什似乎相信她眞的覺得自己遭遇到這種事，就像上次的他。他沒有太大反應，一臉嚴肅，或許內心對她有所評斷，但沒有說出來。

「我聯絡不上他，但我必須要。」珍眞誠而急切地說。今天就得找到安迪談談，她也只有今天了。

拉喀什習慣性地搭起指尖，似笑非笑地說：「我很確定我從來沒跟妳提起過安迪。」

「你會提起，幾天以後。」

「原來如此。」拉喀什的褐色眼眸直視著她。他今天穿了一件毛衣背心，紫色的，手上端著咖啡。褲袋裡明顯可以看出香菸包的方形輪廓。有些事沒有改變。

珍忍不住報以一笑。「請打電話給他。他就在附近，不是嗎？約翰·摩爾斯大學？我可以去辦公室找他……怎樣都好。」

「我有什麼好處？」拉喀什倚著門框。

「啊，我們這是在談價碼嗎？」

「一定要的。」

「我替你做布雷克摩的收費明細。」

「天哪，一言爲定。」他馬上說道：「妳實在太好騙了。本來我想說請吃個馬鈴薯就可以的。」

「我還要拿走你的香菸，好讓你能繼續戒菸。」她指向他的口袋。他愣了一下，然後掏出菸來。

「哇，好吧，我懂了。」他順著走廊往回走。「我現在就打給他。」他舉起一隻手，道別的手勢。「再跟妳說。」

「謝謝，謝謝。」珍說道，但他應該已經聽不見。她將手肘靠在她已經使用超過二十年的辦公桌上，想到事情能交給專家去做而暫時鬆了口氣。

陽光溫暖她的背。她已經忘了這一小段的高溫期。十月裡有幾天，熱到一度感覺像夏天。

安迪說他會在兩個小時後進利物浦市區。珍立刻——風風火火地——替拉喀什做他的收費明細。

珍和安迪約好在珍很喜歡的一間咖啡館碰面。這間店裝飾樸實、價格便宜，咖啡好喝又濃烈。店裡的復古特色讓她覺得浪漫：一杯茶只要幾分錢，不用花到幾鎊，菜單上有火腿三明治，坐的是破舊的塑膠長椅。

她徒步過去，穿梭在逛街人潮當中、經過五音不全的街頭藝人之際，她心中不斷湧出各種教養陶德時的不當做法：餵他吃太多好讓他多睡覺；看日間電視劇時打翻奶瓶；覺得無聊；缺少眼神交流；當他不乖乖午睡，她沮喪地大吼大叫；她早早回到工作崗位，因爲父親向她施壓；把年紀還太小的陶德送幼兒園。是她種下了這些因嗎？是因爲她是個爛母親？或者只因爲她是個普通人？她不知道。

安迪已經到了，坐在一張美耐板餐桌旁，珍看過他 LinkedIn 的照片，一眼就認出來了。他和拉喀什年紀相當，一頭亂髮黑灰交織。T 恤上印著「法蘭妮與卓依」。他是沙林傑迷嗎？

「謝謝你願意見我。」珍在他對面坐下，很快地說道。他已經點了兩杯黑咖啡，桌上擺了一個小小的銀製牛奶壺，他不發一語朝奶壺比了一下。他們倆都沒有加奶。

「我的榮幸。」安迪雖然這麼說，聽起來卻言不由衷。他語氣倦乏，就像她在派對上被迫提供免費的法律諮詢那樣。這很合理。
「這想必……我是說，這想必不合規矩吧。」她說道，一面往咖啡裡加糖。
「妳也知道，」他說著背往後靠，微微聳了聳肩。他略帶有美國口音。「確實是。」他兩手搭成架子，臉靠上去，定定看著她。「不過我和拉喀什是好朋友。」
「好的，我不會占用你太多時間。」話雖如此，卻非她的本意。她希望能和他坐上一整天，更理想的是，一直坐到昨天。
安迪揚起眉毛，沒有作聲。
他啜一口咖啡，然後放回桌上。冷靜的栗色眼睛看著她。他無語地比了個動作，就像請別人先進門的那種手勢。
「說吧。」他爽快地說。
珍於是開口，將一切都告訴他，不放過任何一點小細節。她說得很快，比手畫腳，枝微末節多得嚇人。再小的部分也不錯漏。南瓜、裸體的丈夫、剪裁與縫紉有限公司、刀子、她如何努力地熬夜、車禍、克麗奧，等等、等等。
女侍者拿著一只冒著熱氣的摩卡壺，默默地替他們續杯，安迪向她道謝，但只是以眼神與淡淡的微笑表示。他一次都沒有打斷珍。
「我想就是這些了。」她講述完後說道。頭頂上的日光燈四周蒸氣繚繞。這一天——無論是哪一天——既是工作日又是半晌午間時分，咖啡館裡幾乎空無一人。如今暫時有另一個人可接手了，珍忽然感到疲憊襲來，馬上趴在桌上就能睡著。她暗自納悶，如果眞的這麼做會怎樣。

「我不需要問妳是否相信自己說的是事實，對吧？」安迪似乎斟酌了片刻之後說道。

「**妳是否相信**」這幾個字多少帶點被動攻擊的口吻，讓珍心慌起來。那是醫生、訴訟對手、擅於被動攻擊的親戚、「瘦身世界」領導人的用語。

「我相信。」她說：「無論你怎麼想。」

她搓揉了一會兒眼睛，試著思考。拜託，她對自己說，妳是個聰明的女人，這沒那麼難，就像妳所知道的，時間，只是倒著走罷了。

「你會在兩天後獲獎。」她想起他沒回信時，她看到的報導。「因爲你對黑洞的研究。」

當她睜開眼，安迪已停下動作，正要往嘴邊送的咖啡定在半空中，保麗龍杯被他的手勁壓成橢圓形。他張著嘴，凝視著她。「佩妮．詹森獎？」

「應該是吧？我是在搜尋你的時候看到的。」

「我得獎了？」

珍感覺到心裡亮起一個小之又小的勝利火花。中了。「是的。」

「那個獎沒有對外公布。我知道我入圍，但沒有其他人知道。這不是……」他拿出手機，靜靜地打字片刻，然後將手機面朝下放回桌上。「那項訊息並未流入公共領域。」

「是嗎，我很慶幸。」

「好啦，珍，」他說：「妳引起我的注意了。」

「很好。」

「還眞有意思。」安迪抿著下唇，手指敲打著手機背面。

「那麼，這在科學上有可能嗎？」她問道。

他攤開雙手，隨後又重新包覆住杯子。「不知道，」他說：「科學比妳想得更像藝術。妳所說的違反了愛因斯坦的廣義相對論——但誰說我們的生活就應該由他的定理控制呢？沒有人證實過時間旅行是不可能的，」他說：「如果妳能超越光速……」

「對，對，要有我體重一千倍的重力，對吧？」

「完全正確。」

「可是……我完全沒那種感覺。我能不能請問——你認爲在時間上，我也同時在往前進嗎？也就是在某個地方的我，正在過著陶德被捕之後的人生？」

「妳認爲有不只一個妳。」

「我是這麼猜想。」

「等等。」他從一旁的餐具架取出刀子。「妳能用這個嗎？」

「用它？」

「小小一道傷口。」他只說這麼多，其餘盡在不言中。

珍嚥了口口水。「明白。好。」她拿起刀子，在她食指邊緣劃了淺淺一刀，說實話，眞的是淺得可笑。幾乎連刮擦的痕跡都沒有。

「深一點。」他說。

珍將刀子刺得更深，冒出了一滴血。「好了。」她說著用紙巾擦去血漬。「可以了吧？」她低頭看著傷口，約有一公分長。

「如果明天那個傷口不見了……我會說妳是每天從昨天的身體裡醒來。妳從星期一過到星期天過到星期六。」

「不是時間旅行？」

「對。告訴我，」他往前坐。「事情發生的時候，妳有沒有經歷任何一種——壓縮感？或是既視感？」

「只有既視感。」

「太奇怪了。妳因爲兒子而感覺到的驚慌……妳認爲是那個引發那種感覺的嗎？」

「我不知道，」珍聲音輕得近乎自言自語。「瘋了，眞的是瘋了。我不明白。我還沒打電話給你。我會在這星期晚一點打去，還留了一堆訊息。」

「我覺得，」安迪將咖啡喝完，說道：「對於這個妳非自願進入的宇宙，妳已經掌握其中的規則了。」

「我不覺得啊。」她說，而他再次忍不住微微一笑。

「理論上有可能是妳不知用什麼方法製造出這麼一個力量，讓妳困在一個封閉類時空曲線裡。」

「理論上有可能。是啊。可是我要怎樣——才能脫離呢？」

「先撇開物理學不談，顯而易見的答案是妳將會來到那個案子的起點，對不對？會回到導致陶德犯罪的事件？」

「然後呢？如果非要你猜的話？」她舉起雙手，做出無意冒犯的手勢。「不必顧慮什麼，只是猜猜看。你覺得會發生什麼事？」

安迪咬咬下唇，眼睛先看著桌面，然後轉而看她。「妳會阻止罪行發生。」

「天哪，要是這樣就太好了。」珍眼睛泛淚。

「我能不能問一個聽起來可能有點滑稽的問題？」安迪說道，當他二人四目相交，四周圍彷彿安靜了下來。

「**妳**覺得這種事爲什麼會發生在妳身上？」

珍猶豫了，原本想說——而且是以滑稽的語氣說——她不知道：所以她才會逼他見面啊。但不知怎的及時打住。

她想到時間迴圈，想到蝴蝶效應，想到改變一件小小的事情。

「我在想會不會是我——只有我——知道能阻止命案發生的某個方法。」珍說：「在我的潛意識深處。」

「知情。」安迪點著頭說：「這不是時間旅行，不是科學或數學。難道不是只因爲……妳擁有……能阻止一樁罪行的……情報……和愛嗎？」

珍想到她在陶德書包裡發現的刀子，想到艾希北路。「嗯，到目前爲止，在我重新經歷的每一天，我都會得知某件事，因爲做了一件不同的事……像是跟蹤某人或是目睹第一次沒看見的事，甚至只是多留意到一點小細節。」

安迪玩弄著桌上的空杯，嘴角下垂，邊思考邊看向珍背後的窗戶。「那麼，是不是可以這麼說，妳經歷的這一天，對這樁案件或多或少有著重要的意義？」

「也許是吧。」

「所以當妳倒退回去，也許會跳過一天，也許會跳過一個星期。」

「或許。那麼我每一天都應該尋找線索囉？」

「對，也許。」他簡短地回答。

「我原本希望你會——就是幫我指點一條明路，讓我能脫逃。我也不知道，也許是兩管炸藥和一個密碼之類的。」

「炸藥。」安迪笑了一聲，接著起身向她伸出手。握手時，她閉上眼睛，僅短短片刻。是真的，他的手是真的。**她**是真的。

「後會有期了。」她張開眼睛說。

「後會有期。」安迪說。

珍隨他離開咖啡館，深深思索著這一切可能意味著什麼。她打電話給陶德，想知道他在哪裡，想知道他是不是正在做一件她上次度過這一天時沒留意到的事。她頓時感受到一種新的活力，要設法想出如何才能改變情況，才能救他。

「喂？」陶德接起電話，背景十分安靜。珍正好步入利物浦的一個風洞，連忙轉身抵擋強風。

「只是想問問你在哪裡？」她對他說。

「上網。」他說，珍聽了忍不住微笑。這就是他，可愛的他。

「上網……在我們家？」她問道。

「我有個空檔，所以現在在我們家，用我們的私人網路，在英國默西塞德郡克羅斯比的我的床上。」他聲音中帶笑。

她望著天空心想：**好啊，等著瞧吧**。她或許在迎來十一月之前會先來到八月，但不管問題的開端是什麼，她都會找出來。

月亮出來了，是提早在午餐時間出現的月亮，此時正掛在他們倆頭上，無論是哪個版本的他們。她，身處於過去，而陶德，正在經歷會導致他四天後殺人的改變。

「我馬上就到家了。」她說。

「**妳**又在哪裡？」

「宇宙裡。」她說，他笑了起來，那笑聲在她聽來美妙得有如音樂。

珍重回艾希北路，希望找到克麗奧。雖然猜想她並未與叔叔同住，但也許叔叔能告知克麗奧的住址。

珍相信關鍵之鑰就在克麗奧身上。陶德是在兩三個月前認識她——這是就珍所知，但青少年很會保密，所以至少可以再加上幾星期。事情就在同一時間開始，加上他與康納交上朋友，這些不可能只是巧合。「**事情**」指的是一種無形的、難以描述的改變。兒子變得陰鬱、神神祕祕，偶爾臉色蒼白得古怪。

於是她來到這裡，敲門。毛玻璃背後幾乎馬上就出現一名女子的身形。珍的心臟不由得揪了起來。

門開了，珍忍不住要讚嘆克麗奧的美。那時髦的短瀏海，距離相近的雙眼，頭髮鬆散凌亂，但自有其好看之處，要是珍整成這樣，應該會像個瘋婆子。

「嗨。」珍招呼道。

克麗奧回頭瞥了一眼，快速而不自覺的舉動，但珍注意到了，暗暗納悶那意味著什麼。

「我是陶德的媽媽。」珍遲疑片刻後才想到，雖然她見過克麗奧，克麗奧卻沒見過她，因此這麼說道。

克麗奧「噢」了一聲，美麗動人的五官在驚訝中鬆弛下來。

「我只是在想……」珍說到一半，往下一瞥。克麗奧已微微後退，不是要讓珍進屋，而是好像打算關門。珍想起她們第一次見面時，她穿著破洞牛仔褲站在這同一條走廊末端，臉上表情開朗、好奇。如今陶德不在，克麗奧的臉色變得截然不同。「我只是在想能不能跟妳聊一聊。」她向克麗奧打了個手勢。「不是因為……不是因為妳的關係，眞的。我對你們……你們的交往沒意見。我能不能進去……一下就好？妳住在這裡嗎？」她說得很急，夾雜不清。

「嗯，但我不能……」克麗奧說。珍往走廊張望了一下。克麗奧的外套隨意吊掛在上回伊薩關起的櫥櫃門上。外套之上有個香奈兒手提包，珍覺得那是眞品，價值至少五千英鎊，對吧？她怎麼買得起？除非是假貨？

「不是什麼不好的事。」珍說，視線仍停留在包包上。

克麗奧眉頭鎖起，嘴巴逐漸嘟起，露出一種細膩的歉意。「我眞的……」她開口道，雙手擰絞在一起，接著又後退一步。「非常、非常抱歉，我眞的……我眞的不能……」

「妳不能什麼？」珍一頭霧水。

「我眞的不能跟妳談這件事。」

「談什麼事？」珍猛然想起凱利以爲他們已經分手。「你們沒有鬧翻的事？」

克麗奧臉上彷彿閃現某種表情，珍說不上來。像是有所領會，但珍不知道是什麼。

「請妳解釋一下。」珍可憐兮兮地加上這一句。

「我們是分手了，但昨天又復合了。這……很複雜。」

「怎麼說？」

克麗奧往後退避，兩手抱住腹部，彎縮起身子，像個脆弱或不舒服的人。「對不起。」她以幾乎細不可聞的聲音說，並又後退一步。「我們回頭見……好嗎？」她關上了門，留下珍獨自一人。

門閂輕輕地卡嗒一聲，珍透過毛玻璃看著克麗奧遠離。

她轉身正準備離開時，一輛警車巡邏經過，車速非常、非常地慢。正因爲這樣的速度，珍才抬頭去看。車窗閉合，駕駛直視前方，副駕駛座的人——珍很確定他就是那個逮捕陶德的英俊警員——正盯著她看。當她走向自己的車，對克麗奧的反應感到挫敗，也爲眼前不可解的情況感到困惑之際，警車又繞了回來，朝反方向而去。

珍開車離去時想到安迪的話，關於她的潛意識，關於她知道的事，關於她可能看到卻不以爲意的事，關於她來到這裡要做的事。她心中暗想，沒其他法子了，只能去問兒子。

「我有件事想問問你的看法。」珍和陶德一起走向街角雜貨店時，以閒聊的口氣說。他會買一條士力架巧克力。上次，她買了一瓶葡萄酒，但今晚的她沒那個心情。他們經常像這樣散步。陶德是因爲青春期老覺得肚子餓，而……其實珍也一樣老容易餓。

店裡會有一個戴著軟呢帽的人，這頂軟呢帽是珍的王牌。無法預測、活生生的、眞眞實實。她很慶幸自己還記得。可以用這個來說服陶德，然後——別的不說——至少可以問問她這聰明過人的兒子，要換做是**他**會怎麼做。

「說吧。」陶德態度輕鬆地說。

他們轉進一條巷子。夜裡的空氣中有別人家晚餐的味道，這是珍覺得無比懷念的東西，讓她想起小時候和父母一起去露營的假日。她永遠都會記得其他遠遠停駐的露營車發出的橘光、刀叉碰撞聲、烤肉時繚繞的煙。天哪，她好想念父親。也想念母親吧，只是她幾乎不記得她了。

「如果你可以時間旅行，你會怎麼做？是去未來，還是回到過去？」珍問道，他詫異地看著她。

「爲什麼問這個？」他問。

他照例搶在她回答之前說：「我會回到過去。」他說話時，往夜晚的空氣中吐出一圈圈煙霧。

「爲什麼？」

「這樣我就可以跟過去的我說一些事情。」他露出微笑，暗自對著人行道一笑。珍輕輕笑出聲來。令人費解的Z世代啊。

「然後，」他又說：「我會寫email給我自己。過去的我寫給未來的我。先預定傳送的時間。有些網站可以這麼做。」

「email給你自己？」

「對。妳知道吧，找出哪幾支股票的股價會衝破天花板，然後回到過去，排定傳送郵件的時間，寫信給自己說：二〇〇六年九月，還是隨便什麼時候，買進蘋果的股票。」

對，我就來寄email給自己。

這個嘛，值得一試。email，排定時間傳送，在事發當天，二十九號進到三十號的凌晨一點收到。她會寫上一些指令：到屋外面去，阻止一起命案。假如事先得到警告，一定就能以實際行動阻止陶德了吧？

「你眞是聰明。」

「謝啦。」

「你大概會覺得奇怪我爲什麼問這個吧。」她說。

「不會啊。」他愉快地說。

她開始解釋時間的倒退，犯罪一事先暫時略去。

他們邊走邊談的這一路上，她不斷偷瞄兒子。如果要她推測兒子的反應，她會認爲說服他根本無須費勁。她太了解他了。在許多方面都還是個孩子的他，毫無疑問會相信時間迴圈、相信時空旅行，相信科學與哲學與**酷數學**與他生活中發生的特異事件，他年少的心靈依然覺得人生充滿驚奇。

「完全。絕對。」

陶德靜默了幾秒鐘，走在寒冷中，兩眼瞪著自己的運動鞋，五官糾結在一起。接著他對著她揚起一只眉毛。「妳是說眞的？」他問道。

「妳去過未來？」

「是的。」

「好呀，媽，那發生了什麼事？」他歡快地問道，她敢確定他以爲她在開玩笑。

「流星來襲？下一波全球疫情？還是什麼？」

珍默不作聲，心裡琢磨著要老實說到什麼程度。

他看著她，捕捉到她的神情。「妳不是認眞的吧。」

「我眞的、眞的是。你待會兒會買一條士力架。雜貨店裡有個人戴了軟呢帽。」

「……好。」他點一下頭。「時間迴圈、軟呢帽。可以。」珍微笑看他，見他將「帽子」分別出來並不訝異，畢竟那是他無法控制、屬於他人的未來元素。

他這麼做完全如她所預料。陶德比凱利容易說服得多了。

「妳知道爲什麼會這樣嗎？」他說。

「四天後會發生一件事，我想是我需要去阻止的事。」

「什麼事？」他又問。

「我……我……不是好事，陶德。四天後你殺了一個人。」她說道。這一次，好像點燃了篝火。一點星星之火，然後迅速燃燒。陶德倏地抬頭看她。珍感覺到熱度，彷彿就站在篝火旁邊。萬一告訴他以後，反而讓事情發生呢？知道自己會殺人，肯定會對一個人造成傷害吧？

不。她已經決定這麼做，就必須做到底。他，她兒子，可以承受得了。他喜歡事實，喜歡有話直說。

他安靜超過一分鐘，隨後問道：「誰？」和上次同樣的問題。

「他對我是個陌生人，但你好像認識他。」

他沒反應。兩人站在燈火通明的雜貨店外，隔壁是一家外賣中餐館，終於他們四目交接，令她驚訝的是他眼眶濕潤。或許只是眼瞳蒙上一層薄薄的濡濕，或許沒什麼，或許只是店內燈光、冷冽空氣所致。「拜託，我絕對不會殺人。」他迴避她的目光說道。

她張開雙臂，手一攤。

「但你真的做了。那人叫喬瑟夫·瓊斯。」此時她眼眶也濕了。陶德打量著她的臉，舉起食指，轉身走進店內。他說的對，當然對，他不會殺人，除非是別無選擇。她了解他：他會改善狀況、會坦誠面對問題，會列出一大堆清單，都做完以後才會眞的動手。這可能是珍得到最有用的一項資訊。

片刻過後，他出來了，肢體語言徹底改變。極其細微，好像他被某人按了暫停，旋即又重新啓動。就只是頓了一下。

「軟呢帽。」他說，略一停頓。「眞的有。」

「所以你現在相信我了？」

「我猜妳是從街上遠遠看到的。」

「我沒有⋯⋯陶德，你知道我沒有。」

「我絕對不會殺人。絕對、絕對、絕對不會。」他抬起眼望向天空，珍百分之百確信自己看見他臉上掠過失望，但也掠過領悟。好像被告知了某事，好像才剛剛開始，就被告知了結局。他的反應讓她措手不及。打敗她的不是時空旅行，而是身爲人母。

他背轉向她。珍了解他，她一將細節告訴他，他就封閉起來了。「你爲什麼跟克麗奧分手？」

「不關妳的事。反正現在又復合了。」

珍嘆一口氣。他們靜悄悄地往回走，一聲也沒吭。

珍還沒拿出鑰匙，凱利就來開門了。陶德與他擦身而過，沒跟他說話就上樓去。有趣的是，他沒告訴凱利剛剛珍跟他說的話。換作平常，他們肯定會一起取笑她。

凱利在做派餅。當她往廚房的早餐吧台旁坐下，他把醬倒入派皮內，打開烤箱。烤箱的熱氣劇烈蒸騰，讓他彷彿瞬間消失在她眼前。

那天晚上，珍上網搜尋預定時間傳送 email 的方法，然後將信件發送進入虛無。入睡之際，她祈禱能奏效，她祈禱有個未來的她，在某個地方，阻止了犯罪，打破了時間迴圈。

負8日

08:00

電子郵件沒成功。用刀割出的傷口不見了。而且，珍首度倒退不只一天。她移動了四天。今天是二十一號。她起身坐在床上想，看來安迪說對了。

也或許時間加速了，不久她將一次跳過數年，然後完全不再存在。不，別往那邊想。要專注在陶德身上。

彷彿，她聽見他關上臥室門。「要去哪？」她問。

她聽見他上樓來到珍和凱利臥室所在的頂樓，接著他出現了，臉上掛著大大的笑容。用他的話來說，他整張臉根本就像個笑臉貼圖。「老爸要我一起去跑步。」他說：「替我禱告吧。」

「我會想著你。」珍說完聽著他們出門。她很高興能看到他這個樣子，臉色紅潤心情愉快。

不到幾分鐘，還穿著睡袍的她來到陶德的房間，再次搜索他的書桌抽屜、床頭櫃抽屜、床墊底下。床底下。

她一邊找，一邊複誦自己知道的事。「陶德在夏季末認識克麗奧。案發前幾天，凱利說：**他還在跟克麗奧交往？他不是說他們分了？**幾天前陶德證實他們分手後又復合。」

盤杯、網路印出的一疊疊課業資料。衣櫥後有一張天文物理內容的紙。

「克麗奧害怕跟我說話，」她加上一句，覺得這想必具有重大意義。「還有……那輛怪異的巡邏警車。」

終於，終於，終於，在二十分鐘後，她找到一樣比聽著自己叨念更具體的東西。東西放在他衣櫥的頂端，在最裡面，但沒灰塵，不是太舊的東西。

那是一個灰色橢圓形的小包裹，用橡皮筋捆著。珍把包裹握在手心，從他的椅子爬下來。毒品——她認爲可能是毒品。她顫抖著手解開橡皮筋，然後剝開泡泡紙。

不是毒品。包裹內有三樣東西。

一枚默西塞德郡的警徽。不是完整的識別章，只是標有默西塞德郡徽的皮套。上面繡著一個編號和一個名字：萊恩．海爾思，二六四八。

珍撫弄著警徽套，觸手生涼。她舉高起來向著光線。一個青少年怎麼會有警徽？她沒有循著念頭追進胡同裡，不過顯然不是什麼好事。

其次是一張邊角翹起來的 A4 海報，整整齊齊對折兩次，上面有一張嬰兒照片，約莫四個月大。不知性別的嬰兒上方，用紅色粗體字寫著「**尋人**」。四角各有一個小孔。

珍驚愕地瞠目以對。尋人？失蹤的寶寶？警徽？陶德陷入了什麼樣的黑暗世界呀？

最後一樣東西看起來像是一支預付卡電話。關機狀態。珍顫抖著手指按下「on」鍵，看著手機亮了起來，螢幕呈螢光綠色。不用密碼。是舊式掀蓋手機，不是智慧型手機。這東西顯然是不該被找到的。她看了聯絡人，共有三個：喬瑟夫．瓊斯、伊薩．麥可茲，和一個名叫妮可拉．威廉斯的人。

她進入訊息，一面傾聽屋內有無陶德與凱利的動靜。和喬瑟夫及伊薩碰面的時間，一下是晚上十一點，一下是早上九點。但妮可拉不同：

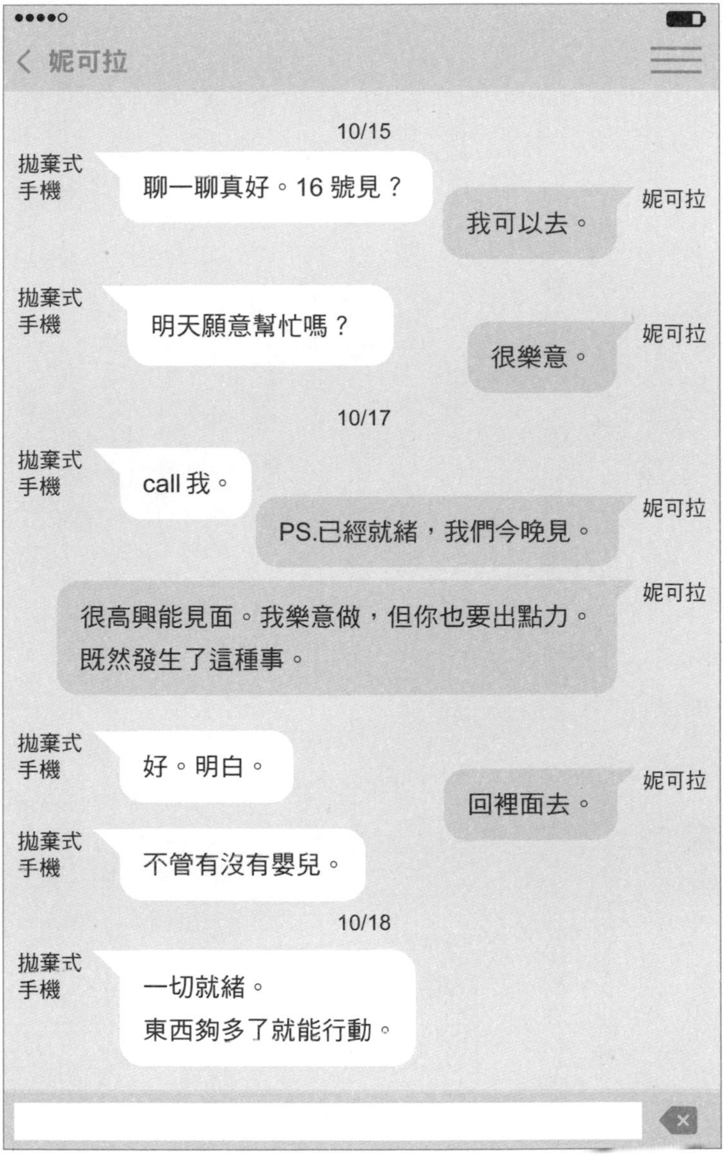

妮可拉
10/15
拋棄式手機
聊一聊真好。16 號見？
妮可拉
我可以去。
拋棄式手機
明天願意幫忙嗎？
妮可拉
很樂意。
10/17
拋棄式手機
call 我。
妮可拉
PS.已經就緒，我們今晚見。
妮可拉
很高興能見面。我樂意做，但你也要出點力。既然發生了這種事。
拋棄式手機
好。明白。
妮可拉
回裡面去。
拋棄式手機
不管有沒有嬰兒。
10/18
拋棄式手機
一切就緒。
東西夠多了就能行動。

珍瞪著這些訊息。挖到金礦了。

確實的、標示了日期的訊息在籌畫著什麼。珍一定要設法釐清。她一定要密切注意兒子在那幾天的行蹤，一定要親自出手介入。

她翻了一下其他物件，想有更多發現，但是沒了。

她坐回陶德的椅子上。一件件災禍湧上珍的心頭。死去的警察、死去的小孩、綁架、贖金？他會不會是個跑腿的，聽命於某幫派的小弟？

她站上椅子，仔細將包裹放回原位，然後坐在兒子那宛如遭洗劫過的臥室內。膝蓋發抖了，她愣愣地看著膝蓋微微顫抖，心想這都是她的錯。一定是。

妮可拉．威廉斯。這名字怎麼這麼耳熟？

她上臉書搜尋喬瑟夫、克麗奧、伊薩和妮可拉。除了妮可拉之外，三人都有，而且彼此都是朋友。

喬瑟夫的個人檔案是新的，但看起來就像個再普通不過的人，興趣是騎馬，對脫歐有一些看法。伊薩的檔案比較完整，上面的大頭照已有十年歷史，但資料全都隱藏了。

她稍作整理，然後鋪好陶德的床，順手整了一下枕頭，卻發現裡面有突起，底下有東西。她始終沒找過這裡，只找了床墊底下，就跟電影演的一樣。她伸手去摸突起物，希望找到一點線索，結果只找到科學小熊。陶德兩歲時獲得這隻玩具熊，小熊手裡拿著一個毛茸茸的藍色本生燈和一根試管。他想必還抱著熊睡覺吧。她的心都碎了，此刻在他房裡，想著他染上諾羅病毒，她用熱毛巾替他擦嘴的那晚，想著親眼看到他殺人那晚。她的兒子，她那半是孩子、半是大人的兒子。

克羅斯比警局大廳看起來仍和第一晚一樣，陳舊又滿是公共食堂晚餐與咖啡的味道。珍在六點抵達，想找萊恩．海爾思。她覺得這是合理的下一步。陶德和凱利以爲她上超市去了。

警局的人叫她等著，她坐在一張金屬椅上，盯著值勤台左手邊的白門。在門背後一條長廊的盡頭，可以看到一個高高瘦瘦的警員邊講電話邊走動，不知說到什麼在笑，緩慢的腳步走過來又走過去。

值勤的是個金髮女警，她嘴唇乾裂，皮膚與嘴唇的界線模糊，看似發炎，一如習慣舔嘴唇的人。

自動門開了，沒有人進來。

值勤台警員沒理會大門，她正在快速打字，目光沒離開螢幕。

外頭暮色低垂，對其他人而言，這不過是個普通的十月天傍晚六點。故障的自動門開合之際，柴煙隨著微風飄入，這次還是沒人進入。珍兩手交疊放腿上，心想著正常的生活種種。一天接著一天，持續不斷。她瞪著眼睛看大門滑開來，頓了一下，然後關上，盡可能不去想陶德是否在未來，在沒有她的某處繼續過日子，面臨牢獄之災，即便再厲害的律師也無法替他脫罪。

「能不能請問妳的名字？」值勤警員說。她似乎並不在意隔著大廳與她對話。

「愛麗森，」珍說道，既不知道萊恩·海爾思人在哪裡，也不知道陶德怎麼會有他的警徽，因此她還不打算透露自己的身分。她最不希望發生的事就是把陶德的未來搞得更糟。「愛麗森·柏蘭。」她捏造了一個名字。

「好。妳有……」

「我想找一位警員。我有他的名字和警徽編號。」

「爲什麼要找他？」值勤警員用桌上電話撥號。

珍沒有說警徽在她手上——還不想交出證據，讓陶德的指紋連結上某件惡行。**另一件**惡行。

「我只是想跟他談談。」

「抱歉，我們不能讓民眾隨便給個名字就找警察談話。」值勤警員說。

「這不是……不是什麼壞事。我只是想和他談談。」

「眞的沒辦法。妳需要報案嗎？」

「我……」珍原本想說**不用**，隨即卻遲疑了。說不定警察能幫她。命案尚未發生並不代表就完全沒有犯罪行爲。刀子……買刀子是有罪的。這要賭一把，也許他根本還沒買，但反正她是有準備了——如果陶德因爲較小的事接受調查，或許就能擋下較大的罪行？

珍內心有個東西點燃了。她需要的只是改變，吹熄一整排火柴當中的一枝，讓原本要倒下的一張骨牌站定，然後，也許，也許她醒來時會是明天。

「是的，」她對著面露訝異的值勤警員說：「是的，我想報案。」

二十五分鐘後，珍和一名警員進了會議室。他年紀很輕，有一雙淺藍色的狼眼。每當對上這雙眼睛，那種不尋常的感覺都讓珍心下一驚：極小的瞳孔，邊緣深藍，中間一汪淺藍。不知怎的，那顏色讓眼睛顯得空洞。他刮了鬍子一臉清爽，身上的制服稍嫌大了些。

「好了，說吧。」他說。他倆面前各有一只裝水的白色塑膠杯。室內有影印機碳粉和不新鮮咖啡的味道。就珍希望能引發的反應來說，這個背景環境似乎太平凡了。

「我來做個紀錄。」他補了一句。一個筆錄做得一絲不苟卻不會回答問題的年輕警員，不是她想要的。珍想要一個特立獨行的人，一個不按規矩辦事，死了老婆還有酗酒問題的人：一個可以幫她的人。

「我很確定我兒子涉及不法。」她說得簡單明瞭。她略過方才給的假名，希望他不會問起這個，而直接進入事件核心：「他名叫陶德．布羅德胡。」

有什麼發生了。他認得陶德。珍有把握，那表情如幽靈般掠過他的五官。

「妳爲什麼說他涉及不法？」

她向警員談及剪裁與縫紉公司、談及兒子去見喬瑟夫．瓊斯，也談及那把刀子。她希望假如陶德已經持有刀子，他們會找到那件凶器、逮捕他，阻止犯罪。

提到刀子時，警員的筆停滯了一下，非常細微的動作。他寒冰似的眼睛瞟了她一眼，顏色有如低低燃燒的煤氣暖爐，隨後又垂了下來。有什麼改變了，珍可以從空氣中感覺到，即使是在這裡。她已點燃火苗，蝴蝶已鼓翅。

「那麼……刀子在哪裡？妳怎麼知道他有買？」

「我現在不能確定，不過我在他的書包裡看過一次。」這件事發生在未來，這點她省略沒說。

「他曾帶著刀子出門？」

「應該有。」

「好，那麼……」警員將筆倒轉過來，說道：「就這樣吧。看來我們有必要找令郎談談。」

「今天嗎？」珍問。

警員寫完筆錄看著她，接著瞄向牆上的時鐘。

「我們會請陶德來問話。」

她打了個寒噤，這警局會談室明明很暖和。萬一她剛剛的行動造成意想不到的後果怎麼辦？如果喬瑟夫．瓊斯涉及什麼壞事，也許他就是該死，而她只須幫陶德脫罪就行了。她怎麼可能知道眞相是什麼呢？

「好……我可以去替你們叫陶德來。」她這麼說時，還在想自己到底會給人什麼印象。這話聽起來一定很怪。即便處於這一片混亂之中，珍仍擔心別人會怎麼看她這個母親。

「留下地址就好了。」警員說著站起來，攤開手比向門。不由分說便下逐客令。**直接逮捕他吧，拜託你們逮捕他，讓他不能再做什麼**，珍暗想。

「你們今天什麼都不能做嗎？」她再次試探。假如她能有一丁點機會阻止命案發生，就得是陶德在今晚被抓進來，在她睡著以前。明天是不存在的，至少對她而言。

警員停頓下來，看著自己的腳，手掌依然張開。「我會盡量。妳知道的——通常年輕人會帶刀是因爲幫派的關係。」

「我知道。」珍低聲說。

「我們會找令郎問話，但要想救出孩子，妳得設法找出原因。」

「我在努力了。」珍說。走到會議室門口時，她忽然停住，然後決定直問。「這一帶有沒有嬰兒失蹤？最近？」

「什麼？」警員說：「嬰兒失蹤？」

「對，最近。」

「我不能談論其他案子。」他守口如瓶。

她只好離開，就在穿過那扇雕飾細緻螺紋格框的玻璃門來到外面時，她聞到了，那出乎意料的氣味：初雨的清香。雨水落在人行道上，夏天回來了。那氣味，那難以描摹的氣味——割過的草地、路旁長的峨參、炎熱夯實的土地——總會讓她想起他們山谷裡的房子，那棟小白屋。遠離城市，多麼快樂呀。從前。

回家的路上她想著萊恩・海爾思，想著失蹤的嬰兒。眼前依然能看到那張海報。那嬰兒不知怎的讓她覺得眼熟，是一種直覺的熟悉，好像那是個遠房親戚，現在已然長大成人……說不定她還見過，只是想不起來。珍對嬰兒向來沒轍。

她是意外懷上陶德的，當時她和凱利才相識八個月。這是晴天霹靂，不過他經常開玩笑說他們那一年做愛的次數抵得上十年份，這是眞的。那輛小露營車，以及他們亂丟一地的衣服，是她對那段時間僅有的記憶。他二人臀部相抵，某天晚上他解嘲地說大家都看得出他們的車在晃動，但她不在乎。

當時他們倆二十出頭，她有吃避孕藥，而且多數時間都會用保險套。正因爲懷孕懷得有點不可思議，才讓她留下了孩子。除了這個，還有凱利說的一句話：「我希望孩子的眼睛像妳。」就在那一刻，她和其他千千萬萬的女人一樣，內心暗想道：**但我希望他像你**。精子遇上卵子，他們的每一個念頭遇上對方的每一個念頭，她立刻覺得自己準備好了。好像她在這驗孕的兩分鐘裡瞬間長大，內心指望的不是自己而是一個未來的世代。

但她並未準備好，完全沒有。

沒有人警告過她生產有如撞車。有一度她確信自己就要死了，至今她始終沒有眞正擺脫那個感覺，即使已經沒事了之後。她不敢相信女人要經歷這個，而且自願一次又一次重來。她不敢相信那種痛眞的存在。

她的母職旅程不僅從痛苦，也從恐懼中開始：害怕健康訪視員的評價、害怕醫生、害怕其他的母親。

不會有人說陶德是個**難帶的嬰兒**。他總是睡得很好。不過不哭鬧的嬰兒還是難帶，本來就容易自責的珍於是被推進一個在其他情況下會被形容爲凌虐的境地。然而用這樣的形容詞是個禁忌。有天晚上她低頭看著兒子，暗忖：**我怎麼知道我愛不愛你？**

珍看得出來自己有可能**什麼都想要**。一個女人家，從事一份需要極盡所能去應付的工作。有一個壓抑的父親。對別人的評價極敏感，往往會將別人口中的小事放到極大。自信不足的特質讓她無法拒絕無聊的社交活動，並承接了實際上根本負荷不了的案件數量，導致她——在育兒方面——痛苦不已。

她想和陶德睡在同一個房間，好讓他能聽到她的呼吸聲；她想要哺乳，她想要、想要……想要把事情做到最好，或許這能彌補她理應要有，但實際上沒有的感覺。

她曾經試著把這一切告訴一位訪視員，對方卻只是顯得不自在，還問她會不會有自殺念頭。

「不會。」珍悶悶地說。她沒有想自殺，她想把話收回。她開車到事務所見父親，像個喪屍似的在辦公室裡走來走去。在前廳時，父親抱她抱得特別緊，卻未發一語。父親什麼也說不出來，沒稱讚她做得很好，沒問她需不需要幫忙。他那一代的人都是這樣，但還是讓人覺得心痛。

一如所有的災難，傷痛慢慢淡去，愛綻放了，又大又美，就在陶德開始會做一些事之後：他會坐了、會說話了、會把巧克力夾心餅乾抹得滿頭滿臉。而且到不久之前，當他朋友一一陷入青春期陰鬱狀態，他卻沒有，還是那個妙語如珠、笑聲連連、實事求是的陶德，是她的好兒子。一開始，由於帶孩子初期無比辛苦，使得她對他的愛蒙上陰影，但後來情況已然改善。如此而已，只是個說大不大、說小不小的緣由。

但是她太害怕了，不敢再生小孩。此時她看著眼前的道路，心想海報上的嬰兒是個女孩，忽然覺得胃裡有顆懊悔凝結成的堅硬小石塊，懊悔自己沒有再生一個。沒讓陶德有個弟妹，一個能讓他傾吐心事的人，一個如今比她更能幫助他的人。

她不能讓事情發生。她不能讓殺人事件上演。她不能讓他失去一切。她那個不哭不鬧並在不知不覺中目睹母親哭泣無數次的小寶貝，若是落得這般下場，她無法承受。她無法承受他是個惡人。讓他、讓他、讓他——還有她——都好好的吧。

負8日

19:30

「好了嗎？」珍回到家時，凱利這麼問道。他站在廚房，穿上了運動鞋和派克大衣，臉上掛著微笑。他沒注意到她迷濛的眼睛。

「要……」

「家長之夜啊？」他語氣中帶著疑問。亨利八世在凱利腳邊繞來繞去。

家長之夜。

也許就是這個。也許這正是她跳過不只一天的原因。誠如安迪所說。這肯定是個機會，或多或少吧。她記得這是她避之唯恐不及的事，但今晚卻反而給了她動力。線索快出來吧，讓我注意到，讓我釐清前因後果，然後讓事情**落幕**。

「當然，」她開朗地說：「是啊，忘了。」

「忘了才好，」他說：「我們乾脆別去了。」凱利也很討厭這種場合，只不過原因和她不同，他是對**既有體制很反感**的關係。上一回，她在車上自拍了兩人合照想放上臉書，被他阻止了。

此時他替她開著車門。「辦公室怎麼樣？」

珍低頭看著自己的牛仔褲和 T 恤。「噢……和一個老客戶開會，二次離婚。」她信口說道，好像眞的有很多回頭客似的。凱利似乎不甚在意，並未多問。

學校禮堂已擺好桌子，間隔分毫不差，看起來像到了軍隊裡。每張桌子後坐了一位教師，桌前擺著兩張空塑膠椅。珍想到陶德，一個人在家玩 Xbox，渾然不覺地等著要爲他可能還沒買的刀械而遭到逮捕。

她第一次經歷這一晚時，見到兒子所有成績都很亮眼，不禁鬆了口氣。物理老師亞當斯以「討人喜歡」來形容陶德。珍記得，她當時因爲工作分了心，暗自琢磨著該怎麼處理吉娜的離婚案，又該怎麼說服她讓即將離異的丈夫能見孩子，但那四字好評穿透了忙碌形成的薄膜，當凱利一本正經地打趣道：「就跟他爸媽一樣。」她還咧嘴笑了笑。

如今珍又在這裡與同一個人對面而坐。禮堂裡燈光通明，地板閃閃發亮。

珍和凱利送陶德到此就讀，一間**優秀的綜合學校**。他們不想讓陶德念私校，變成體制的一部分。他們選定了這裡，伯利中學，學校裡多的是認眞的老師，但教室老舊得可怕，廁所更是怪誕詭異。有時候，特別是今天，珍會希望當初選了別間學校，會在家長之夜供應 Nespresso 咖啡與舒適座椅的學校。但誠如凱利曾經說過：「如果他在人格養成階段，跟著一群呆瓜一起唱聖詩，在未來的人生是會挨揍的。」

「對，很聰明，很用功。」亞當斯老師說道。珍的注意力牢牢集中在他身上。他像個慈祥的長輩，一對大耳朵、白髮、面容和善。他染了風寒，身上有個獨特香味；通鼻塞的 Olbas 精油倒在手帕上的味道。上次她沒注意到。這並不**重要**，但她畢竟是忽略了。

此外還忽略了什麼呢？

「有什麼應該讓我們知道的嗎？」

亞當斯老師驚訝地抬起頭。「比方說？」

「他有沒有……像是，跟什麼新朋友鬼混，比較不用功念書，或是做一些平常不會做的事？」

「有時候在實驗室，可能比較缺乏常識。」

凱利低低輕笑一聲，這是他們到這裡以後他——她這個內向的丈夫——第一次出聲。他拉著珍的手，玩弄她的婚戒。和亞當斯老師談完後，凱利會到供應茶與咖啡的桌子那兒去，替他們倒兩杯茶，可是掉了一杯。知道這種事眞是詭異。

「噢，不過陶德眞的非常聰明，」亞當斯老師說：「老實說，很討人喜歡。」珍的內心再度充滿陽光。聽別人稱讚自己孩子怎麼也聽不厭，尤其是現在。

他們將椅子往後退，走向後方的飲料桌。珍盤算著要不要在凱利把杯子掉到地上以前接過茶來。她看著他的手。

「這些事眞他媽的沒意義。」他壓低聲音對她說，一面忙著泡茶包。「太反烏托邦了。好像某種瘋狂的評鑑體系一樣。」

「我知道，」珍將牛奶遞給他。「比來比去的。」

凱利對她露出一抹苦笑。**還要多久才能走？**

「還要多久才能走？」

「快了，」她向他保證，接著問道：「你覺得他是個好孩子嗎？老實說。」

「嗄？」

「你覺得我們脫離險境了嗎？我是說……青少年誤入歧途什麼的。」

「不會是陶德誤入歧途吧？」珍肩膀旁響起一個聲音。

她轉過頭，原來是寶琳，她穿了一襲亮紫色洋裝，裹著濃烈的香水味。「誰知道？」珍嘆氣道。她已經忘了這段互動，把在這裡相遇的事忘得一乾二淨。

凱利溜達著走向洗手間。寶琳揚起眉毛說道：「妳老公是不是討厭我啊？老是閃人。」

「他討厭每一個人。」

寶琳笑著說：「那陶德怎麼樣了？」

「不知道。」珍對寶琳說：「我覺得我們正要面臨某種……某種叛逆。」

「康納的老師只說他什麼作業都不交。」寶琳說。

「完全沒交？」珍一面暗想：**這事有關係嗎？**這麼點芝麻綠豆大的訊息，或許這事太小，寶琳才會在隔幾天珍問起時，全然沒提。

「天曉得。青春期的男生，我行我素的。」寶琳說：「唯一沒有不良紀錄的就是席歐。好啦，該去見地理老師了。替我禱告吧。」

她臨走前，珍摸一下她的肩膀。凱利回來了，又繼續泡茶。他遞給珍時，茶杯直接摔落在地上，淺褐色液體與茶包四下噴濺。珍瞪著看茶水在地上不斷冒泡。

接下來要見的是山普森老師，陶德的班導。他看起來比陶德大不了幾歲，旁分的深色頭髮，臉上有一種急於取悅的表情。

「都很好，」珍啜著茶時，他快速而簡潔地說道。她忽然驚駭地想到山普森老師將來會怎麼說。犯案後的隔天、再隔天。第一日、第二日。每一天都會和負一日、負二日有一個大小相等、方向相反的反作用力。「是個好孩子，完全不知道他有這一面。」他會傷心地這麼說。珍現在就能想像那場景。「肯定是在某方面不快樂。」

「你沒有注意到什麼嗎？」此時珍問山普森老師。

「他是不是變得比較有那麼一點點沉默寡言？」

「有嗎？他應該沒有……應該沒有涉及到什麼吧？」她問道：「任何事情……不知道……我有時候在想他是不是有點舉止怪異？」

凱利詫異地轉頭看她，但珍的注意力不在他身上。山普森老師有點遲疑，就只有一點點。「沒有，」他這麼說，但是說完之後，空氣中彷彿流出一個隱形的刪節號。他啜一口咖啡，嚥下時抖了一下。「沒有。」他又說一遍，這回口氣比較堅定，卻迴避了珍的目光。

萊恩

這天是萊恩就職的第五天，星期五，但五分鐘前一切都變了。他剛到局裡，這個人，這個李奧，跟他說他今天不必待命服勤。他帶萊恩進入警局最裡面的大會議室（這裡更像是開董事會的地方），萊恩見他反手將門鎖上，不禁感到好奇。

李奧大概四十好幾，身材細瘦但有雙下巴，髮線已後移。他說話簡潔，但帶著點倦怠，好像每次開口都在跟白痴說話。和布瑞福很像，但沒有戲弄萊恩。總之，目前還沒有。萊恩現在知道布瑞福在眾人口中是個充滿憤恨的低階警員，李奧則不同，一般都將他視爲天才瘋子。在許多方面，他要糟得多，但也有趣得多。

傑米剛剛加入了他們，他約莫三十歲。他倆不只是穿便服，還邋遢得一塌糊塗：傑米是運動褲配有污漬的T恤，戴著一頂黑色棒球帽。李奧則一副要去當足球教練的模樣。

此時萊恩與他二人對面而坐，中間隔著巨大的桌子，他十分不安。「抱歉，這是……？」他開口道。

「我們待會兒會說。」李奧說。他說話有倫敦腔，戴在左手小指的圖章戒指碰到木桌發出清脆響聲。「你說你是哪裡人，萊恩？」

「曼徹斯特……」萊恩回答，一面納悶自己是不是要被開除了。「我能不能請問一下……」

坐在旁邊的傑米脫下棒球帽，撥撥頭髮。他將帽子放到桌上，在萊恩看來，他是非常刻意地蓋住錄音設備。萊恩的視線順著看了過去。「999的勤務很無聊，對吧？」李奧問。

「想也知道。」

「是這樣的，你想不想做點比較有趣的事？姑且稱之爲研究調查吧。」

「研究調查？」

「我們需要找一點資訊，針對一個在利物浦一帶活動的幫派。」

負9日

15:00

來到負9日，珍覺得合理。

她來了學校。之所以在家長之夜前一天來，是想看看能不能私下更深入了解山普森老師昨晚態度遲疑的原因。一般人在私底下總會比較坦白。

「我隱約記得他提到吵架的事。」他對珍說。

山普森老師教地理。他背後有一面牆，布置像是對他最喜愛的世界特殊景觀致意——埃及的白色沙漠、墨西哥的水晶洞。此刻他背靠辦公桌，面向珍。

「什麼時候？和誰？」珍問。她四下環顧，這想必是每天早上迎接陶德的教室，她卻從來沒親眼見過，從來沒時間，因爲工作的關係。綠色地毯，兩名學生並坐的白色課桌，藍色塑膠椅。她得知母親死訊時，就是置身在這樣的教室裡。校長來喊她出去。之後她有幾天沒回學校。父親鮮少談起這件事。「已經發生的事改變不了。」他曾這麼說。性格壓抑、偶爾不快樂，非常典型的律師性格。珍原本下定決心要當個不一樣的父母，坦率、誠實、有人情味，但或許她也跟自己爸爸一樣搞砸了。菲利普・拉金*的詩不就是這麼寫的嗎？

她放在椅子上的手提袋裡響起電話聲。山普森老師的視線朝袋子游移。珍看了一下。「只是工作的事。」她說著拒接了，但電話隨即再度響起。

「還是接吧。」他擺一下手說。

珍遲疑地接起電話。這不是她來這裡要做的事。「有人來找妳。」珍的祕書莎姿說道。山普森老師在辦公桌前忙自己的事。

「我會晚點進去。」珍說。

「是吉娜。我要怎麼跟她說？」

珍吃了一驚。吉娜，那個不想讓丈夫見孩子的當事人。珍腦海逐漸浮現一些記憶，關於吉娜人生的某個小細節。「呃，」她支吾著，試圖回想。對了：上次兩人見面時，吉娜在珍的辦公室門口轉過身來說：「我早應該要知道才對，事實上我就是靠這個維生的，我是偵探。是我的報應。」珍聽了緩緩點頭。

珍會在這一天——吉娜到她辦公室的日子——醒來不可能是巧合。但也許和見不見山普森老師根本無關。「我會進辦公室，請她等一下。」她說完掛斷電話，轉向山普森老師，急急忙忙地說：「抱歉，抱歉，你說吵架是什麼時候的事？」

「大概一個星期前吧？他說他和人起爭執，就只是這樣……」

---

*Philip Larkin（1922-1985），英國詩人，此處引用的是〈This Be The Verse〉的開頭，「They fuck you up, your mum and dad.」。

「和誰？」

「他沒說。他當時在和別人說話，我是無意間聽到的。」

「在和誰說話？」

「康納。」

又是同樣的名字。同樣的名字一再出現。康納、伊薩、克麗奧、喬瑟夫。

「他還提到了一個嬰兒什麼的？」

「什麼？」

「我不確定——只是忽然想到。好像說嬰兒怎麼樣了。」

「唉，要是在這之前知道就好了。」珍第一次像這樣，對家人與同事以外的人直接說出心裡話。感覺眞暢快。接下來，她大概會叫當事人都去死吧。

「是啊……」山普森老師尷尬地說。

她凝視著窗外。外面有霧，但依然淡薄。夏天仍感覺近在咫尺。她看著薄霧在操場上移動，猶如潮起潮落。

她友善但無助地聳聳肩，沒有作聲，就像凱利會有的那種冷淡沉默。無須面對自己行爲的後果，感覺也很療癒。這次會面沒有前因後果，像一場夢，像和一個之後不會記得的醉漢進行的對話。

「明天我會問問他。」山普森老師說，珍希望這在將來某個時候會有幫助。

珍走向車子時，霧轉爲細雨，愈下愈大。她漫不經心地尋找陶德的車，一眼就看到了。她正看著的時候，康納也來了，顯然遲到了。她站在那裡，一手搭著車門，望著他，希望能看到些什麼。

但什麼也沒發生。他鎖好車，邊抽菸邊走向校舍。今天，他的刺青隱藏在圓領套頭衫底下。到達門口時，他轉身舉起手向珍打招呼。珍揮手回應，但心裡暗暗吃驚：她不知道他看見她了。

珍回到家，但警徽、失蹤嬰兒的海報和手機不在陶德的衣櫥上面。她找了又找，不見了。起初她猜想他還沒拿到東西，但手機裡的訊息是早在十月十五日傳的。然而，怎麼也找不到，因此她沒有東西可以拿給吉娜看——離見她的時間已經晚了一個多小時。

吉娜坐在珍辦公室角落的椅子上，穿著米色風衣，一副無言的表情。

「眞是抱歉，眞的很抱歉，」珍說：「家裡出了點事。」她放下雨傘，水珠滴落在地毯上。

「沒關係，不用介意。」吉娜客氣地說。珍一直很小心別越過專業界線跟當事人變朋友，但是過去幾週，她和吉娜成了朋友，偶爾還會互傳簡訊。這也不打緊——畢竟珍自己是老闆——但此時珍不禁暗忖，發生的這一切是否其來有自。

她試著回想上一次的這場會面中她說了什麼。她脫下外套，啓動電腦，盡可能回復到那個專業的諮詢角色。她說道：「我能不能問個問題，如果妳成功阻止了前夫見孩子，接下來打算怎麼做？」

「他就會回到我身邊，不是嗎？」吉娜說：「這樣才能見到孩子啊。」

珍咬咬嘴唇。「可是……吉娜。事情不會是這樣的。」

吉娜以驚慌的眼神環視珍的辦公室。「我知道我很瘋，」她垂下頭。「妳幫我看清了這一點。」

珍不由自主地哽咽起來。天哪，現在的她對此深有共鳴。這種不顧一切，這種拒絕接受的心態。這種想要多少施加某種瘋狂控制的迫切。

「這就是我的功用，」珍模糊地說：「不過……妳也知道，最好還是繼續往前走，對吧？」

「天哪，我又焦慮得快要死掉。」吉娜說著輕移雙手摀住眼睛。

「我之所以不拿妳錢，」珍輕聲說：「其實是因爲這本來不在我計畫中。」

「是啊。」吉娜說。她坐在椅子上，不停地換邊翹腳，身上的衣服皺巴巴的。「我知道，我知道。當我們……」她抹抹眼睛，「當我們聊起那該死的《戀愛島》，我就明白了。我以爲……那些女生就絕對不會苦苦哀求。眞可悲，我竟然是從電視節目裡學到教訓！」

「那節目很有教育性。」珍淡淡地說。

吉娜低頭看著大腿。「我只是需要……怎麼說。我只是需要一點時間，好嗎？」

「嗯，好，」珍說：「好。」這次的發展比上次來得好。

「要不要跟我說說妳家發生的事，轉移一下我的注意力？」吉娜有氣無力地說。

「也許可以喔。」珍自己露出猶疑的笑容說。她坐挺起身子，瞄了吉娜一眼。

「說吧。」吉娜說。

珍遲疑了。這既違反職業道德，也可能會有危險。但是……太有幫助了。她人在這，在這一天，在這場會面。一定，一定，是有原因的。

她決定向吉娜詢問關於海報、警徽和預付卡手機上的簡訊。**要講嬰兒，還是不要。**這是什麼意思？她應該不知道吉娜的職業——因爲尚未被告知——但她輕鬆帶過，吉娜似乎沒有發現。

珍解釋說陶德最近舉止怪異，後來她就發現那個放著警徽和海報的包裹。

「現在東西不在妳手上？」吉娜問道，眼睛直直盯著珍，神情變得精明。

「沒有。抱歉。本來在我兒子那邊，但現在沒了。」珍舔舔嘴唇。「我很確定他牽扯上什麼不好的事，我需要有人查出是什麼事。」

吉娜與她四目相交，僅僅只眨了一下。她的手機開始作響，但她沒有理會。「好。我。」

「對。」

「那麼……我們把話說清楚……妳希望我盡可能查出關於警員萊恩和失蹤嬰兒的事？還有妮可拉．威廉斯？」

「正是。」珍說道，同時對吉娜挺得筆直的姿態深感讚嘆。工作時的我們竟然跟內在的狀態差異如此大。

「交給我吧。」吉娜說。珍眞想親親她。終於，有人來幫忙了。吉娜迎上珍的目光。「也謝謝妳，因爲……妳知道的。《戀愛島》。」

「不客氣。」珍說著眼眶濕了。

「妳需要盡快知道嗎？」

「最好是今天，」珍說：「可以嗎？如果今晚以前能查到，多少錢都沒問題。」

吉娜揮揮手。「妳是怎麼說來著……無償嗎？」

「對，」珍說：「沒錯，無償。爲了公益。」說到底，阻止命案發生不就是公益嗎？

珍待在辦公室，極盡所能運用各種工具搜刮資訊。

她寄email給事務所的檔案管理員，要求找出利物浦最近所有的失蹤嬰兒案細節。她收到回覆，是幾篇文章關於：法庭訴訟戰、有人謊稱孩子被綁架、有個女人的嬰兒在超市外被擄走，後來送回某醫生的診所。

珍有條不紊地一一瀏覽。沒有一個和那名失蹤嬰兒長得相似。她能認得那個嬰兒是一種很基本的感覺，一種熟悉感。想必是母性本能。

她接著搜尋妮可拉．威廉斯，但這名字太普遍，又沒有其他著力點。早知道應該記下電話號碼，或是背起來。

妮可拉。妮可拉．威廉斯。

等等。第一個晚上，在警局裡，陶德被捕當晚，在警局裡她好像也聽到妮可拉．威廉斯這名字？是警察說前兩天晚上遭到刺殺的人？

珍兩手撐在桌上抱住頭。是嗎？她很確定是，但她無法向前……只能後退。而且google也沒用：事情還沒發生。

假設那時遭刺殺的**確實**是妮可拉……想到這裡珍打了個寒噤。陶德當時人在哪裡？負2日時他在做什麼？那案子跟他有關嗎？她想不起來。全都一團模糊。

她不知道。她就是**不知道**。

珍離開辦公室，漫無目的地開著車。雨勢變大了。她不想回家，不想回到犯罪現場，不想呆坐在屋裡，面對一團亂。她慢慢駛向海邊。明知道雨天去海邊太瘋狂，但珍也是眞覺得自己瘋了。她想站在那裡，感覺每一滴冰涼的雨水打在皮膚上。她想提醒自己她還在，還活著，只是不同於她習慣的方式。

她來到克羅斯比海灘停下車。海灘上空無一人。雨水順著通往大海的步道蜿蜒而下，形成一條條水道，已有幾吋深。短短幾秒鐘，珍的頭髮整個濕透，還帶著冰冷鹹水的氣味。風吹起沙粒打在她臉上。

有個遊民坐在停車收費碼表旁，她從他身邊經過。遊民已被淋成落湯雞，珍覺得不忍，便遞給他一張濕的五英鎊鈔票。

海灘上有安東尼．葛姆雷的作品：〈另一個地方〉。數十尊銅像面向大海眺望遠方。珍朝銅像走去，四周滂沱雨聲有如火車。海灘上只有她一個活人。

她的腳陷入扎實得有如雪地的白沙中。

她站到一尊雕像旁，肩並著肩，望著大雨濛濛的天際。此刻身旁的是雕像而不是另一個人。好希望，好希望能和某人一起解決這難題。她敢說，若她不是只有一個人，要想出解決之道一定簡單得多。在她掌心下，雕像的身體傳來陣陣冰寒，它張著口卻無聲無語。她看著海灘上的眾多雕像，彷彿各自都是在不同時間、不同地點，獨自望著大海尋找答案。

那天夜裡，很晚很晚，珍才出發回到艾希北路，只希望能再有些發現。壞事、罪行只會發生在晚上，所以她還不如坐著監視房子。

吉娜還是沒有消息。

十點十五分，伊薩走出家門上他的車，身上穿著像是某種制服——深綠色長褲、綠色夾克、反光背心。

珍尾隨在後，保持一段大距離，車頭燈開了，就像個普通駕駛，就只是碰巧開在這條路上。就這樣開了一會兒，兩輛車先沿著一條泥土路，接著穿越一個左右路口錯開的交叉路。

她一路跟著他來到伯肯黑德港口。他下車後，從另一人手上接過一塊寫字夾板，然後一手將識別證掛到脖子上，另一手摸找香菸。他站到檢查進入車輛的崗位上，只顧著抽菸，什麼也沒做。

珍失望地垂下肩膀。原來他只是在這裡工作。

她讓引擎怠速運轉，監看之際，一輛特斯拉車出現了。港口裡狂風大作，樹葉隨風飄搖。車來車往十分繁忙，不過這輛特斯拉做了不一樣的事：它閃動車燈，隨後慢慢轉進一條僻巷消失不見。伊薩徒步尾隨過去。她打了檔，緊跟在後。她把車隨便停在一戶人家的車道上，希望看起來像是住戶，然後熄燈。

有個男孩——年紀與陶德相仿，但較矮小、金髮——下了特斯拉車，腋下夾著一個橢圓形包裹。伊薩向他打招呼，跟他握手，然後他倆一塊兒蹲在車前。珍花了幾分鐘才弄明白他們在做什麼：他們在拆卸特斯拉的車牌，換上另一塊。

少年離開後，伊薩開著特斯拉回來進入停車柵欄，把車留在那裡等著裝運上船。原來伊薩是個不老實的港口工人。收贓車、換車牌，以船運往某處銷贓，無疑還有一些額外的現金收入。她猜想那個金髮男孩應該算是個跑腿小弟，拿一點小錢去偷住家車道上的車，指望著哪天能在幫派裡出人頭地。陶德會不會也在替伊薩和喬瑟夫幹活？然後事情不知怎的出了差錯，結果喬瑟夫死了。珍不願相信，但這也可能就是事實。

她等了一會兒才離開，經過走在路邊的男孩。她小心地觀察他，只見他目光直視前方，年紀頂多十六歲，一個青少年，一個孩子，青春正熾，渾然不知自己正如何傷害那個在家倚窗等候的母親。

將近午夜時分，吉娜傳來十二張照片，都是去年在英國失蹤的嬰兒。沒有一個在默西塞德附近，也沒有一個和海報裡的寶寶長得相像。有些髮色較淺，有些眼睛較大，但很難確定是不是同一人。珍忽然閃過一個可怕的念頭，那個嬰兒也許還沒失蹤。她滑著手機看吉娜的訊息。方才在港口時沒注意，全都沒看到。

妮可拉毫無所獲。名字太普遍。

不過有查到萊恩——他死了。

驚慌竄遍珍全身，彷彿被丟進滾燙熱油中。她立刻打給吉娜，但沒人接。她讓電話響了又響、響了又響。吉娜今天沒接電話，完了。明天又得從零開始，明天、明天、明天、昨天。

負12日

08:00

倒退了十二天。珍睜開眼醒來的這天，正好是妮可拉・威廉斯傳簡訊到陶德的拋棄式手機說**「已經就緒，我們今晚見」**的日子。因此珍打定主意今天要跟蹤陶德，不讓他離開視線。管他什麼私人偵探。這樣肯定更好。珍可無法等著跟吉娜從頭過一回今天。她一睡覺一切就全消失，實在太令人沮喪了。

她跟著陶德去上學，打算整天等在外面的停車場，不管要等多久。沒有更好的做法。今天的唯一任務就是不讓陶德有絲毫機會與妮可拉單獨見面。

等候之際，她送出幾封工作上的電子郵件，眼睛不斷盯著陶德的車、盯著學校大門。她搜尋了當地失蹤嬰兒的消息，並更深入地搜尋遺產處分紀錄，查找萊恩，但什麼都沒發現。

十一點左右下起雨，碩大雨滴像銅板似的紛紛落下，打在她的擋風玻璃上化爲無形。她凝視著車外，停車場逐漸變成一條流動、顫晃的河。她不記得這個。十月中旬反常地多雨。

珍瞪著看擋風玻璃上的雨水，心裡想著天氣、想著兒子、想著一滴雨水擴散開來的漣漪效應。

她思索著今天所做的改變會牽引出什麼。眞希望能想通。也許可以。只是需要先做一番冗長的解釋。

她撥了安迪辦公室的電話，沒想到他馬上就接起來。

「你不認識我。」她猶豫地開口說。

「對，顯然不認識。」他的語氣毫無起伏。

她盡可能簡要地說明自己的困境，他則在電話另一頭以沉默向她傳達困惑與評斷。

「大概就是這樣。」她最後說。

他略一停頓，說道：「好，我偶爾的確會接到這樣的電話，所以也不至於太驚訝。」

「是啊，通常是惡作劇，對吧？」珍說。她也到處會看到這種事。今天早上她才在Reddit上讀到一則貼文，撰文者自稱從二〇三一年穿越時空來到二〇二二年。她並不相信，儘管與她自己的經歷十分相似。那人根本無法提出證明。他說二〇三一年會爆發核戰，反正也沒人能反駁。

「對，正是如此。很難知道該相信誰，不是嗎？」他說。她無法忍受，她受不了有人——哪怕對方素昧平生——覺得她瘋了或是她糾纏不清或是她在裝瘋賣傻，覺得她打電話來就是要胡說八道一通。

「對，但我要告訴你——十月下旬左右你會入圍，並且贏得一個獎項，」她說道：「佩妮．詹森獎。今天這件事對我的幫助不大，不過……對，反正就是那樣。你得獎了。」

「那個獎……」

「沒對外公開，我知道。」

「我不知道自己入圍，但我知道我報名了。可是妳不會知道這個。」

「對，」珍說：「這是我僅有的，我能給的證據。」

「我喜歡妳的證據，」他說得簡單扼要。「我很樂意接受。」科學家特有的明晰。

「我剛剛 google 了這個獎，網路上完全找不到。」

「你那次就是這麼說的。」

又靜默了片刻，安迪似乎在琢磨什麼。「在哪裡？我們在哪見的面？」他的口氣明顯熱情了些。

「在利物浦市中心的一家咖啡館。是我提議的。你穿了一件 T 恤，上面印著『法蘭妮與卓依』。」

「我最愛的沙林傑，」他詫異地說：「告訴我，妳現在是不是在我辦公室的窗外？」

「不是。」珍笑了一聲說道。

「那麼妳一定很氣惱，這些——呃——這些驗證問題，每次都要跟我重頭來過一遍。」

「是的，沒錯。」珍老實地說。

「我能幫妳什麼？」

「我們一星期後在利物浦碰面時，你提到是我潛意識的力量讓我回到某些特定日子。」

「……是，」安迪說。頓時，在這雨中，在她的小車上，珍領悟到原來關鍵不在安迪的專長，而是她需要有個願意關懷她的人在電話另一頭積極傾聽。能有個安全空間讓她理清自己的想法：說到底，這難道不正是每個人都需要的嗎？像是吉娜，甚至於陶德？

「老實說，現在的情況正是如此。我已經跳過好幾天，而且我重新經過的日子好像都很重要——就某些方面而言。」

「那很好，很高興妳能在有限的框架內想通這些。」他說道。她聽見手撥弄鬍子的窸窣聲。「那麼……妳還有其他問題？」

「是的。我想問問……假設再過幾天、幾個星期，我把這件事解決了。」

「是。」

「其實我只是想知道，我已經做過的事會『保持』——能這麼說吧——會保持到什麼程度？比方說，我在某一天告訴陶德他以後會殺人，但我現在退回到那段對話發生以前，那麼……它……發生過嗎？」

安迪停頓未語，珍感到慶幸，因為她需要一個會仔細思考的人，一個不是為了填補沉默而說話、而胡亂臆測的人。過了好一會兒，他才開口。「這是蝴蝶效應，對不對？假設妳在負十日中了樂透，但日子仍繼續倒退回負十一日、負十二日，依此類推。結果妳在某個時間點解決了命案，醒來回到第零日，那麼妳還會是負十日的樂透得主嗎？」

「完全正確，這就是我想問的。」

「我認為不會。我不認為妳現在做的事會維持。我想妳會從妳解決的那一天開始往前走，也只有從那天起所做的改變會保留，其他一切則會被抹去。這只是我的感覺。」

雨水答、答、答滴落。珍看著雨落下，然後散開，形成一道道細流。她搖下車窗，伸出手臂，只爲了感覺它，感覺眞正的雨落在皮膚上，從前她也一度體驗過同樣的雨水。「那麼……再假設我沒有解決問題。」

「我想事情會愈來愈清晰。要有信心，珍。有時候萬物會有一個我們根本不知道的法則。」

在電話另一端的這個男人，這個和善、聰明的男人，有如珍的心靈導師。一個睿智的老教授，像《魔戒》裡的甘道夫，也像《哈利波特》裡的鄧不利多。「可是……我是說……萬一我直接倒退四十年，忘卻了一切，難道就這樣了嗎？」她問道。現在這或許是她最大的恐懼。她想著這個悲劇性的可怕念頭，乾嚥一口。喔，給我一個不會逼死自己的大腦吧。

「其實，這是每一個人都會經歷的過程，只不過是反方向罷了。」他說道，但絲毫無助於緩解珍的焦慮。

「你介不介意我把所知道的每件事都告訴你？就是……看看你能不能發現些什麼。」她問他。

「說吧。我連紙筆都準備好了。而且如果妳的預感準確，我很快就會被冠上英國偉大物理學家之名了。」

「噢，那是眞的。」她說：「好吧，我開始囉。」

於是她全告訴了他，關於失蹤嬰兒的海報、死去的警察、那支拋棄式手機和傳給妮可拉·威廉斯的簡訊；還說了那個港口工人，以及她懷疑那是組織犯罪；還講到妮可拉·威廉斯可能也遭到刺殺。她將她知道的每個日期、每個時間點都告訴他。她說話時，能聽到拔下筆蓋的聲音，很可能是鋼筆，清晰、清脆的喀嗒一聲。「就這些了。」她一口氣全揭露出來，有點上氣不接下氣。

「那麼，依照時間順序排的話……」他說道。

「喔，好。陶德在八月認識克麗奧。女孩的叔叔在經營某種……怎麼說呢。犯罪組織。」

「好，然後……進入十月。」她聽見他在翻紙。「妳說陶德找一個名叫妮可拉·威廉斯的人求助。也許是設陷阱，說要見面，然後那女的就受傷了？」

「對，在這個時間點，就是十月十七日，嬰兒可能已經失蹤，那個警察也很可能死了，識別證才會被拿走。」

珍背往後靠。原本波濤洶湧的大海如今是那麼地清澈，她都可以看見水底的岩床了。

「就是這樣。」

「那麼，看起來妮可拉就是少掉的那塊拼圖。妳對她的了解最少，而且她似乎與陶德有直接的關聯，還在命案發生兩天前的晚上受傷。」

「好，沒錯，我得找到妮可拉。」珍附和道。

三點半，珍跟著陶德回家，晚他兩分鐘進門。

他轉頭看她，臉色或許有些蒼白，但除此之外神情十分愉快。他說：「妳知道嗎？跳蚤的加速度比火箭還快。」

「我很好，謝了，剛剛工作了大半天。」她嘲諷地說。

「那，媽媽，妳看這個。」他放下書包開始翻找，臉上露出陽光般的開朗表情。完全嗅不到任何一丁點跟犯罪組織、幫派、暴力、死亡警察相關的氣味。「妳看。」他遞給她一份報告，成績A+，他的手指輕輕拂過她的，輕得有如羽毛。

珍低頭看，是一篇生物報告。這事她依稀有印象。上一次，是在晚上，她只敷衍了一句「做得好」。陶德拿A+是常態，不是特例。但這回她認真讀了內容，過了幾分鐘才說道：「眞不簡單。」陶德驚愕地眨眨眼，而那一眨眼——讓她又開竅了那麼一點點。她此刻可說拚盡了全力，但瞧瞧他，這會兒有多震驚。「你花了多少時間？」她問道。

「噢，妳知道的，沒花多少時間。」

「我可做不到。我連什麼是光合作用都不知道。」

「不會吧。」他輕笑一聲。「跟植物有關，媽媽。」

他目光落在自己的報告上，重讀一遍，臉上很快露出一抹淡淡的微笑。他確實自信滿滿。她至少做對一件事了。但願陶德永遠不會夜不成眠地懷疑他本身的教養、才智，懷疑他的自我價值。

「你今晚要怎麼慶祝？」她問道。

他看著她。

「什麼也不做吧？」

「沒計畫？」她再問。

「我現在是在出庭受審嗎？」陶德舉起雙手說。

「你不去見誰嗎？克麗奧？康納？」

「啊，妳的好奇心作祟了，對吧？我才在想妳什麼時候會來打聽克麗奧的事。」

「就今天吧。」珍弱弱地說。

陶德背轉過去，走進廚房。「算了。」

「算了？」

「也不確定我有沒有機會。」

「什麼？她不是你的……你的正式女友。」

「已經不是了。」陶德咬著牙說道，同時低頭盯著自己的手機。

凱利來到廚房，兩眼定定地觀察陶德。他似乎陷入沉思，但沒多說什麼。「我有工作要做。」他邊說邊穿上外套。

「好啊，」珍虛應一聲，又轉來問陶德：「你和克麗奧怎麼了？」

「嚴禁詢問。」陶德嚴厲地說。凱利挪動廚櫃裡的瓶瓶罐罐發出哐噹聲，然後咒了一句。「喂，那是我的可樂。」陶德喊了句。

「好吧，那晚點見。」凱利說：「我自己去買我的可樂。」

「再會。」陶德對凱利說，語氣似乎略顯尖銳。「我想去玩 Xbox 燒燒腦，慶祝我的報告拿高分。」他對珍說。

他從水果缽抓了一顆柳橙丟給她，大笑一聲，那笑聲宛如低音鼓在她心裡持續輕敲著。**我愛你，我愛你，我愛你，寶貝**，她接住柳橙的同時心中暗想。「這個現在有光合作用嗎？」她舉起柳橙問道。

「妳不懂的詞就別亂用。」陶德說著走過來撥亂她的頭髮。珍心想：**不管你做了什麼，我永遠都不會停止愛你**。

他整晚都沒有離開家門。珍在午夜時去他房間查看，他睡了。她一直醒著待到四點，以防萬一，然後才上床。今天，陶德不可能見到妮可拉．威廉斯。完全不可能。

萊恩

萊恩在曼徹斯特接受娛樂性十足的訓練。其中最棒的部分是暗示他將在眼前這個有趣、漫長且變化多端的職業中遇到哪些事：人質談判、反恐訓練、臥底任務……有太多方式可以培育一名警員。曾有一名警官來上課，教導警員如何在行動時遵守適當武力法規。他站在講堂最前方，說出了萊恩此生聽過最有意思的一句話：「總而言之，警察呢，可以簡單區分成兩類：一類是可以在必要時殺人，另一類則做不到。」

萊恩聽了手臂上的寒毛都豎起。自己會是哪一類呢？他能做到嗎？如果逼不得已的情況下，他開得了槍嗎？

因此，當他今天一想到那堂有趣的課，又聽見傑米說他不只不用進行調查，還撥不出多餘的辦公室，他不禁備感失望。他們還問能不能在清潔工具間替萊恩擺張桌子？萊恩很樂意在工具間工作，沒問題，但要**做什麼**呢？

他環視四周。裡面冷得要命，沒暖氣，而且今天天氣超冷。灰色亞麻地板，一排排的架子，一張暫時搬來的桌子，桌上有個信件架，還有一塊軟木板和一個拖把水桶組靠在牆邊。就這樣。說句公道話，他們確實有把其他清潔用品移走。

李奧來到工具間，一臉苦惱地說：「天啊，這房間也太小了吧。沒有空的牢房嗎？」他隨意抓起信件架上的一張紙，紙上有線條，他翻到空白的背面。「好吧，關門。」他對傑米說。傑米隨後從門邊走開。

終於，萊恩要聽到解釋了。「那麼……」他開口道。

「就我們所知的是，」李奧以他一貫的態度搶話。「這一帶有兩個不同的犯罪組織在做交易，懂嗎？他們之間有重疊，不過大致說來，一個偷車一個進毒。然後兩邊的錢再匯集起來。」他拿著原子筆點在紙上，接著往上畫了個箭頭。「我們現在有三個供應人的名字，只是監視還沒抓人。但我們要找的是進口的人——比他們高一階。」

萊恩點頭如搗蒜。「對，這些我都懂。」

「好，總之呢，接下來，」李奧接著說：「這個幫派有兩個分支——毒品和竊盜。毒品運進來，不過同一批港口工人對於運出去的東西也睜一隻眼閉一隻眼，就是另一個分支：贓車。我們認爲，有其他人」——他的筆拖行過紙張，在箭頭另一邊畫了個框框——「在偷車。他們趁夜裡把車開到港口，車主都還沒醒呢，車就送到中東去了。然後他們會洗錢。這兩個業務從來不會交叉。」

「明顯是如此。」萊恩說。

「這……很明顯嗎？」

「我哥哥……」

「對，那個哥哥。」李奧說：「多跟我們說一點關於哥哥的事。」他往前坐，眼中閃著奇怪的光。

「我已經跟人事和審查部門確實報備過他的事。」萊恩心慌地說。

李奧不耐地擺擺手。「我知道。是我核准的。我不是懷疑你，是他對我們**有幫助**——你哥。要知道一個幫派裡誰是誰，當然最好是找親眼看過這些人作業的。」

「明白……」萊恩慢慢地說。

「那麼……他的業務也是分開來的嗎？」

「對，一定是的。比方說，你絕對不會用贓車運毒。不然馬上就會被抓。」

「好，」李奧說：「好。你可以多跟我們說一點他的事嗎？他年紀比你大很多……對不對？你們是同一個老爸？」問題一個接著一個。

「別理李奧。」傑米冷冷地說：「他一旦盯上一件事，就會死命往裡鑽。」

「請回答。」李奧說。

「是，」萊恩說：「好吧……沒錯，他是比我大一點。他牽扯上一些事情。不知道，我們很……應該說是很生氣吧。他一直——我們兩個一直都很有雄心壯志，只是他有點誤入歧途。他需要錢，結果就開始販毒。」

「什麼毒品？這樣我們才能商量……你知道的。關於他的能耐。」

「這個嘛……他就是……呃，他的進程非常老套：大麻，然後古柯鹼，然後白粉。」

「他會帶白粉回家嗎？」李奧目光灼灼看著萊恩。

「有時候。」

「你看過嗎？」

「我啊，有。」萊恩眨眨眼說。

「如果現在有一些白粉在面前，你會怎麼打開？」

「就像拆禮物那樣。」萊恩想都不用想。

「沒錯！」李奧手搥桌子高喊道。李奧讓萊恩覺得害怕。他或許眞的是那種天才瘋子型的人，但也很可能純粹就是個瘋子。

「我常常幫他。這東西，白粉，會入侵你的生活，不是嗎？我起初覺得好奇。到最後」──萊恩絕望地笑了一聲──「我他媽的就跟他一起混毒了。」

「很好，有這方面知識很好。」

萊恩沒吭聲，他向來差不多都是如此困惑。

李奧瞄傑米一眼之後開口說：「等你做完研究，會有任務給你。」他端起茶，咕嚕咕嚕分三口喝光後，將茶杯放到桌上。「如果你有興趣的話。」

「非常。」萊恩直視著李奧說。

「我們需要一個動腦的人。知道爲什麼嗎？這集團裡很可能有個小聰明，懂嗎？一個替他們解決問題的人。就像他們有那種專門跑腿的小弟。」

「喔。」

「所以我們也需要一個小聰明，」李奧說著伸出手，輕輕碰一下萊恩的肩膀。「來分析那個資訊。不只如此，我們需要的是一個眞正知道這玩意怎麼運作的小聰明。目前已經知道三個毒販，可是我們對偷車賊一無所知。我們需要他們的名字、長相、互相聯繫的方式。一個龐大的犯罪家族圖譜。你願意做這個嗎？」他比了一下軟木板。「總之你的工作就是每分每秒盯著那個監視器，看是誰送車過來。好嗎？」

「喔，好啊。」萊恩說。他忽然意識到自己的心臟在胸腔內強力、清晰、興奮地跳動。

「然後等我們知道他們的身分和行動，就能一網打盡。你知道的，就是盡可能在合法的情況下設圈套。」他一派輕鬆地說。

萊恩連手腳都亢奮起來，幾乎可以起身做開合跳。終於有件他媽的重要事情可做，一件他或許擅長的事，一件能讓他改變世界的事。

李奧抓起軟木板放到桌上。萊恩愛死這種戲劇性場面。貨眞價實的警察工作。瞧瞧此時的他，終於是如魚得水了。李奧將那張紙釘到板子上，在上頭寫了一個名字。「這傢伙在港口工作，人不老實。他睜隻眼閉隻眼讓贓車上船。我們就在監視器的角角發現他，還沒出手，想看看他是這整部機器裡的哪種齒輪，懂嗎？」

萊恩看著釘在上頭的紙：伊薩．麥可茲。

「注意看是誰把車送來給伊薩，好嗎？」李奧說。

「然後……」萊恩抬起頭，滿懷希望地看著李奧。「一旦多知道一點關於他們的訊息……我是說」——他指了指李奧的邋遢穿著和傑米的帽子——「我就能進你們部門了，對不對？祕密的？」

「對，」李奧倒乾脆，講白了一件直到目前都尚未說出口的事。「臥底。」

負13日

19:00

今天有一輛警車尾隨陶德回家。珍很確定。她想到那輛雨度駛過克麗奧家門前的車。

現在是晚上，陶德和凱利對面而坐。早餐吧台上方的燈已亮起，門後的天空彷彿是一片被照亮的白鐵。

屋外樹上的葉子變多了。幾天前院子露臺上堆得像山的落葉，如今又回到樹上原位，好似一簇簇亮麗的紅旗。

「妳好，大律師。」陶德對她說：「我們正在談論薛丁格的貓。」

珍上午進了辦公室，假裝一切如常。她和一位新客戶開第一次會，她知道這個客戶在開過幾次會後，會跟她說自己終究還是不想離開丈夫。因此珍沒寫太多筆記。

陶德直接就著盒子在吃外賣中餐，像美國人那樣，只不過不是附帶筷子的俗氣紙盒，而是一個特百惠塑膠盒。好樣的。凱利睜大眼睛看著早餐吧台另一邊的珍，笑著說：「不是我們，只有**你**。**我**忙著吃翅膀。」

「爸爸恐怕不是你的最佳聽眾。」珍說，接著便聽見那十足被逗樂、小小的噴氣聲，她丈夫的笑聲。

「金星和火星計畫怎麼樣了？」凱利問道。

陶德慢慢從口袋拿出手機遞給凱利。珍第一次過這一天時，她在工作，對這個計畫毫無所悉。

凱利看了陶德的手機幾秒鐘之後說：「啊……拿了A耶！天文物理學神童拿A。」

「是亞歷山大·庫澤姆斯基拿A。」陶德說。

「你能不能說人話？」珍問。

「他是個偉大的物理學家。」陶德說：「是這個作業的內容。」他把手機遞給她看。

「做得好。」她誠心地說，並開始興致勃勃地閱讀起陶德的作業，也半好奇這裡頭會不會有一些科學內容能幫得了她，不料陶德把手機搶了過去。

「眞的，妳不必勉強。」

「我有興趣啊！」

「妳向來都沒興趣。」陶德反擊道。

她的胃裡頓時墜下一塊愧疚的石頭。爲人母的愧疚，她大半輩子都在對抗這感覺，但再怎麼努力，它總是在那裡，時時刻刻。妳向來都沒興趣。

「妳沒事吧？」凱利笑了一聲說道：「妳看上去活像個死神。」

陶德吃著他的外賣餐哼了一聲，珍則將她的份盛到盤子上。

凱利的手機響了，他離開吧台。她瞪著走廊看，心裡想著陶德。

「你這麼說是什麼意思？」她問他。

「我的意思是……妳通常不太關心我的事。」

「你的事？」珍忽然覺得世界定住了。陶德沒說話，只拿起一顆雞肉丸子整個放進嘴裡。「你覺得我不聽你說話？」她問道。

有種模模糊糊的意識籠罩下來，宛如置身雲層：人在其中不太看得清，但感覺得到。

陶德低頭看著盤子，眉頭緊鎖，似乎在認眞思考答案，最後才說：「有一點。」他依然凝視著她。他有凱利的眼睛，但其他一切都像她：蓬亂的深色頭髮、白皙皮膚、大得嚇人的食量。她造出了他，結果怎樣：他覺得她都不聽他說話，說得如此理直氣壯，好像這是擺明了的事。

「妳沒興趣。」他補了一句。

「喔。」她喃喃地說。

「我喜歡物理，」他說道：「所以我會喜歡亞歷山大．庫澤姆斯基並不奇怪，我是眞的喜歡他。」

珍有個詭異的感覺，好像自己是在爭論中錯的那一方，而且錯得離譜。她腦子用力轉動。這一切跟星球、跟重力無關，重點在於他們的關係。

陶德總有許多好玩的科學知識，而且老想些有的沒的。珍則是聽不懂他在說什麼，回以一臉苦相。一直以來她都是這麼想的。她和凱利實在不敢相信他們會造出一個頭腦這麼好的孩子，那種聰明與他們夫妻截然不同，他們是那麼地世俗，而陶德則完全……不然。但他並不是**造出來的東西**，他不是物品。此時，他就在她眼前，在告訴她自己是怎樣的人。她擔心自己笨，而這份不安全感將兒子的知性變成被一笑置之、**被嘲笑**的事情。

「天哪。」她雙手抱頭。「好，我明白了。對不起，我不是……眞的很對不起。」她笨拙地做結。

「喔。」他說。

「你做的所有事情我都有興趣，」她一說淚水跟著泉湧而出，像個沒有明天的人，有著一種不論什麼事都只能聽任宿命的態度；宛若一份臨終遺言，一通從被劫飛機上打來的電話。一個可以一再一再跟兒子聯繫的女人，但那沒意義，一切都無法存續下去。「我從沒像愛你一樣愛過任何人，以後也永遠不會。」她直率地說，眼眶濕潤。「要是我沒能讓你有這感覺，那是我的錯。因爲那絕對是眞實……最最眞實的事。」

他眨眨眼，臉上慢慢泛起哀傷的漣漪，好像有石頭丟進池塘裡。「謝謝妳，」他說道：「這實在……妳知道的。」

「我知道，」珍說：「我知道。」

「謝謝妳。」他又說了一遍。

「不客氣。」她輕輕說，凱利就在此時大步走進來。

「我把丸子都吃光了，因爲這最後一顆也是我的。」陶德微笑著說。這句玩笑話是爲了轉移焦點，是爲了保護這個私密時刻，不讓另一個家庭成員瞧見。珍雖然想哭，卻也還是笑了。

「客戶打來的。」凱利多此一舉地說道。珍回眸瞥向陶德，只見他把最後一顆雞肉丸放進嘴裡，看向她的眼眸裡滿是笑意。她伸出手撥撥他的頭髮，他順勢向她靠近，像隻來討寵愛的小動物。

陶德把特百惠盒子直接丟進垃圾桶，平常遇到這種事她都會念他兩句，但今天決定不要。

「今晚要去哪？」她問陶德。

「打撞球。」他拋出一個表達「完美」的飛吻。

珍很快地點點頭。「好好玩吧。」隨後又補充一句：「我也要出門。和寶琳去喝一杯。」

「是嗎？」凱利驚訝地說。

「是啊，我告訴過你了。」說謊。「去哪裡打？」她問陶德，希望口氣聽起來只是好奇。

「克羅斯比。」

她對他微微一笑。因爲，事實上，不管他上哪去，她都會跟。

克羅斯比運動酒吧的入口位在商業大街上，是一扇不起眼的小黑門。上方有個老式的霓虹燈招牌，再上面則是一面英格蘭國旗。那是一棟二〇年代的建築，有直櫺窗、紅磚，屋頂上還有三根煙囪。

珍將車停在後面，兩間餐廳（運動酒吧和一間旅屋飯店）共用的停車場。下車後，她聞到碳烤肉的香味從某個通風口排入秋日夜空中。天哪，她才吃過中式餐點，但現在要她再吃個漢堡完全沒問題。

酒吧後門儘管看起來像是安全門，她仍推了推，門緊閉著，上了鎖。她繞到正面，兩手遮在頭的側邊，透過玻璃窗窺探。裡面很暗，什麼也看不到。她心想，乾脆就待在這，額頭貼著玻璃好涼快。她好累，累斃了。就讓她這樣吧，不想繼續了，就讓她變成撞球館的一部分，一件裝飾，不想再當個會飽受折磨、活生生、會呼吸的人類。

裡面亮起一盞燈，紅色的，很微弱，照亮她眼前的景象：漆成黑色的樓梯。簡陋、髒兮兮、老舊，更重要的是：空蕩蕩。

她推開門，盡可能悄聲上樓。樓梯通往一個空空的平台，兩邊各有一扇關閉的門。想要偷聽坐在這裡再完美不過，想要鋌而走險這裡就是個完美的地點。

她屏氣凝神。幾秒鐘後，她聽見球的撞擊聲。球桿末端敲打地板的聲音。

她背後有一面裝飾藝術風的落地窗，街燈燈光灑了進來。地板漆成黑色，老舊的木板好像快要散開，她一走動就吱嘎作響。

「下禮拜，很確定。」陶德說。喀嗒一聲。想必是輪到他出桿。珍朝門的鉸鍊處傾身，往裡面看，暗自希望不會有人看過來，看向暗處，有一隻眼睛。

「也許我們可以明年夏天去。」克麗奧說。絕對是克麗奧，正是她那夢幻般的聲音。

陶德在她的視線範圍來回走動。他拿球桿彷彿拿著權杖，姿勢和他最喜歡的電玩遊戲中的巫師如出一轍，全身的重量靠在上頭，另一隻手插腰。珍看著他，看著兒子，心怦怦狂跳。他在裝腔作勢。她很確定。

他的頭髮特別梳整過，運動鞋白得發亮，他慢慢繞著撞球桌走動，忽隱忽現。他完全是裝腔作勢的模式。

「如果你們還在一起的話。」一個男聲說道。雖然看不見人，珍有九成把握是喬瑟夫。

「當然會在一起。」陶德說，聲音中透著神經緊繃的嗡鳴。珍聽得出來，只有她能察覺，就像鋼琴鍵被壓下時引起的顫動。

「打得漂亮。」另一個聲音說，可能是伊薩。

「希望我沒打擾你們。」這回是女聲。珍挪動身子以便能看見。有個女人從撞球間另一邊一扇深色的門走進來，她與珍年齡相仿，也許稍微年長些。她將花白的頭髮整整齊齊地往後梳成馬尾，穿著看似隨意，運動褲搭T恤。她的步態帶有一種敏捷，充滿活力，像個運動員。

「妮可拉，」喬瑟夫說：「好個驚喜啊。」

妮可拉。珍差點就倒抽一口氣。

「好久不見。」

「是啊。」喬瑟夫走進她的視線，身子斜靠著球桿。妮可拉跟在他後面。「這是陶德，和克麗奧。伊薩妳認識了。妮可拉以前替我們工作過。」

「妮可拉・威廉斯，還是老樣子。」伊薩說。

珍皺起眉頭，坐在階梯上傾聽事情發展。陶德**被介紹**給妮可拉認識。可是陶德已經和妮可拉傳過簡訊了，不是嗎？她很快地回想手機簡訊的日期。對，沒錯，**他傳了**。他十五號傳的訊息，還說：**聊一聊眞好**。今天是十六號。可是他和她約見面是十七號，不是嗎？

珍盡可能安靜地挪移，眼睛眨也不眨，越過亮綠色撞球檯緊盯著另一邊。較遠端的牆邊擺了一張華麗的紅沙發，上面坐著克麗奧。那雙古銅色美腿，短短的瀏海，沒錯，就是克麗奧。珍瞠目直視，等著閒聊告一段落。

「能讓我這小女子玩玩嗎？」妮可拉說。她從陶德手上抓過球桿，陶德退開坐下。看上去像是個再正常不過的聚會，陶德的女友、她的家人。但妮可拉的出現卻成了引爆點，也許是因爲珍知道陶德在撒謊，也或許他沒有。總之表面之下有股危險暗流，彷彿水裡有鯊魚。

珍又動了動身子，看著和克麗奧坐在長椅上的陶德。他倆不像前幾天晚上那麼親密，但無論如何，他還跟她在一起。所以呢——他是今晚提分手嗎？

忽然間音樂聲響起。由貝斯主導、嘈雜的饒舌樂曲蓋過了他們的聲音。珍轉頭窺探，看見音樂來自她先前沒注意到的一台投幣點唱機，紅色復古風，歌單周圍亮著白光。

歌曲播放期間，她靜坐著，希望趕快結束，不料又接著另一首。陶德在和喬瑟夫說話，克麗奧也起身加入他們，還有妮可拉，但珍什麼也聽不見，只能看著眼前景象。似乎像是在閒聊，可是陶德很不安，她看得出來，從他以先墊起腳尖後腳跟才落地的方式繞著球檯走就看得出來，分明是一隻踱步的獅子。

驀地，珍領悟到音樂並非偶然。這是爲了將其他人排除在外，像是她這種會偷聽的人——還有其他人，她想起了巡邏警車。

一小時後，喬瑟夫穿上外套。陶德清了台，自己一人毫不費力就讓所有球入袋。喬瑟夫與妮可拉離開時，珍鑽進左手邊的門內，這才發現那是廁所。她獨自站在這復古風裝潢的洗手間裡，側耳傾聽腳步聲。

洗手間裡貼著古典的壁紙，粉紅色貝殼圖案，由於年代久遠，質地已經發毛。兩個洗手台中間放了兩個裝盥洗用品的木盒，也是粉紅色，牆上還掛著一面鏡框鍍金的全身鏡。

她靠在洗手台邊，想著她已知的事：

陶德與克麗奧在八月相識。

他們目前還在一起，可是到明天，他就會離開她。但後來在命案發生前五天，他們又復合了。

昨天，陶德請妮可拉幫他某個忙。

今天，妮可拉出現在司諾克撞球間。他假裝不認識她。她顯然認識克麗奧的叔叔，曾經**替他工作過**。

再過幾天，有個金髮少年會爲伊薩偷車。克麗奧的家人明顯是罪犯。瞧瞧那個香奈兒包。然後又過幾天，妮可拉受傷。然後陶德成了殺人犯。

她注視外面，思考這一連串事件的時間序。窗戶開著，涼爽晚風陣陣吹入。她等了十分鐘，正打算離開時，聽見外面有個低低的聲音，是笑聲。她不假思索便爬上兩個洗手槽中間連接的部分，膝蓋因爲跪在堅硬表面而發疼。她從窗縫往外看，是陶德，在講電話。他把車停在後面，現在已來到停車處，兩隻手肘撐靠著車頂——他個子眞高啊——一面熱烈地講著電話。

她豎起了耳朵。外面很安靜，應該能聽得清楚。她往旁邊伸手把燈關掉，那麼就能坐在這裡，再一次隱身在另一扇窗戶旁。

「我差點就打你的祕密電話。我正在努力慢慢疏遠克麗奧。」他說道：「別擔心。你的骯髒活，我會保密的。」他的口氣酸溜溜地像檸檬。

稍一停頓。珍屏住呼吸。「對……我是說，誰知道呢？」他補了這麼一句。她不知道他在跟誰說話，無從判斷。不是朋友。是個對等的人。

陶德又笑了，是一種沒有笑意的笑聲，帶著苦澀與譏諷。「**不是**。我剛剛想說的就是這個。我們已經窮途末路了，不是嗎？」他仰頭看天，當空明月，也不過是一個夜幕上的蒼白投影。氣溫逐漸下降，珍開始發冷，她跪在洗手台偷聽兒子講電話，而他似乎覺得他們已**窮途末路**，這個口吻如大人般的古怪說法，究竟是什麼意思？他是因此才會在不到兩週後動手殺人嗎？

陶德的視線往下移，好像看著一顆球慢慢掉落，他直直看往珍所在的窗戶。珍沒法往別處看，他們目光交會了，但陶德很快轉移目光。他不可能看得見她，窗子是毛玻璃，而且沒開燈。

「喔，好啦。」陶德說。

又停頓一下。

「去問妮可拉。我們家裡見。」陶德對著電話說。

世界彷彿瞬間停止，只那麼一剎那。**我們家裡見。我們家裡見。我們家裡見……**

那對方只可能是：她丈夫。

負13日

20:40

陶德上車後啓動引擎，隨即駛離。珍獨自待在黑暗洗手間，由於剛剛往旁邊歪坐下來，膝蓋都沾到水了。

我們家裡見。

在電話那一頭的，是凱利。

去問妮可拉。

認識妮可拉的，是凱利，不是陶德。陶德剛剛在引見時，並未撒謊。

我差點就打你的祕密電話。

擁有那支拋棄式手機的，是凱利。是凱利傳簡訊給妮可拉。

「你剛剛在跟陶德講電話。」珍一衝進家門劈頭就說。陶德還沒到家，也許又去見克麗奧了。但是珍沒法等，管他的！她沒有明天，現在就得問個清楚。

凱利穿著仿舊牛仔褲和白T，坐在他們的天鵝絨沙發上。這沙發放在客廳的凸窗，大小剛剛好，連一公分的多餘空間都沒有。當初試著把椅子塞進去時，他倆笑到幾乎岔氣，凱利還說乾脆用點潤滑油，珍咯咯笑個不停。

她把手提包丟在地上。屋裡安靜無聲，亮著的燈光微弱。

凱利看似需要一點時間思考。那三秒鐘他媽的傷透了珍的心。

「我知道他捲進什麼不好的勾當……而這個事你也知道。」她說。

凱利顯然決定否認到底。「他遇上女人的麻煩。」凱利說這些話——這些謊話——的時候，目光絲毫沒有閃爍。「珍？」他手伸向她。

「我聽到你們說話了。」她說。

「我們在說克麗奧。」

「妮可拉是誰？」

「什麼？我不認識什麼妮可拉。」

「凱利，」這兩個字從她口中爆發出來。「我知道你認識他們。喬瑟夫．瓊斯是誰？」

「不知道。」凱利立刻回答，連接得天衣無縫。他起身打開頭上的燈，想找事忙，她這個謎樣的丈夫。神祕——或是愛撒謊的騙子？「抱歉，我不知道妳在說什麼。」他轉向她說道。

就在他轉身時，她瞥見他的髮際線附近滲出汗水，映照到光線的瞬間閃爍了一下。

「我知道你在說謊，」當他又準備迴避時，她對著他的背說。現在他在穿鞋，然後外套。

「這沒什麼好說的。」他說完打開大門走了出去，並用力甩上門，身後的門框微微晃動。

萊恩

萊恩終於適得其所。萊恩終於可以有所發揮了。

他面前有一塊更大的軟木板，就跟電影裡頭的一樣，是他三天前向採購部門預訂的。板子長四呎，高三呎（他尚未獲准把它豎起來），只好靠在牆邊，萊恩則翹著腳坐在它前面。

這兩個月來他一直在蒐集監視器影像的資訊。一開始，他將一台電視推進工具間，然後幾小時幾小時，持續不斷重看港口的監視器，看到眼睛都花了。一支帶子接著一支帶子又接著一支帶子，不分日夜，不分平日週末。他仔細地觀看，把造訪不只一次的人、和伊薩交談的人，或是和他一起消失不見的人都記下來。萊恩用便利貼寫下重點，然後釘到板子上。

到了月底，他已經有一份經常露面者的名單。

「你能不能把這些面孔放到系統上比對一下？」某個週五夜晚，他請一位剛好經過的分析師幫忙，指著畫面定格列印出來的臉孔說道。

「交給我。」分析師一口答應。

現在他找到了：那些跑腿小弟。

如今臥底團隊也提供給他毒販的名字了。有一名臥底警員已滲入幫派中，假裝成買家，打扮得邋邋遢遢（李奧如此形容），說要買白粉。交易就在李奧組員的監視下進行，接著該名警員回報藥頭的名字，而這名字現在也釘在萊恩的板子上。

臥底又做了五次交易，假裝購買五次。接著他說他要搬家，但知道有幾個人要買，還想試著賣一點。藥頭便幫他引介上游毒販，這個名字也釘上了萊恩的板子。

「萊恩啊，」李奧大步走進他的工具間，說道：「你是個如假包換的天才。」這是萊恩所做過最棒的工作。最有趣、最有成就感，也最有自主性。看看他與他的軟木板，一股傲氣油然而生。

「這只是開始，」他對李奧說：「只是全貌的一部分。那個老大手下大概有十個不同的分支在運作。」

他們一起默默地看著軟木板。

李奧沉默了一分鐘，也許更久。有另外一名警員經過工具間，從門口探頭進來，對李奧說：「有空嗎？」

「沒有。」李奧大吼一聲，關上了門。你若是置身李奧的光明面，就會覺得此生美好，若是撞上他的陰暗面，就會覺得人生好恐怖，不過，許多上級主管都是這個樣。

「在我們上次的任務，」李奧深思後開口，好像他們之前還沒交換過這段對話。「那個老大是那麼平凡，很普通，真的太普通。行事低調，你懂吧，他沒做什麼了不起的工作——自己當小老闆，收入低到免繳稅，也不出門旅行。」

「似乎不太可能啊。」萊恩說。

「是啊，不管怎麼說，請看看這個，」李奧說：「我們在創造一個**假身分**啊。」他往椅子上坐下發出吱吱嘎嘎聲，同一時間，萊恩從板子上取下各個跑腿小弟的資料遞了過來。「也許應該替你找個好一點的辦公室。」他笑著說。

「那就太好了……」

「好，說到這些假身分。準備好要上一課了嗎？」

「準備好了。」

「當警員去臥底，就會扮演一個我們老早已經設定好的角色，對吧？」

「對。」

「通常有人要買白粉，罪犯一定會懷疑是掃毒組。所以我們會事先創造一個假身分。他住在這裡，開這輛車，在這裡工作，做這個事情。這樣就有整套**經歷**了，對吧？無論什麼地方，看是上網還是什麼的，都能查到。然後他就套入這個角色。我們現在就是在做這個。」

他摩搓下巴，然後喝一口萊恩的茶，萊恩心裡不高興卻沒說什麼。李奧每回思考時都會做這種事，而思考時的李奧聰明過人，所以大家都會容忍他。

「李奧，」傑米推開門喊道。他看起來煩惱又焦慮，寒毛都豎起來了。「出問題了。」

「什麼？」李奧原本把弄著一根大頭釘，這時用力地釘回板子上。「你們能不能他媽的別打……」

「昨天晚上有兩個小弟在沃勒西的一間豪宅偷了一輛車，」傑米說：「有接到報案。」

「嗯……」

「聽說他們鎖定了幾間沒人住的房子，他們以爲那是其中一間，結果不是……」

萊恩回轉頭看著傑米。

「車子後座有個嬰兒。他們偷了車，車子正要送往港口——問題是，嬰兒還在後座。」

負22日

18:30

珍躲到她的避難所：辦公室。她想來這裡，想工作，想待在這個平靜、井然有序、完全在她掌控之下（至少可以假裝是）的環境裡。得知凱利牽涉其中後，她不斷地反覆思考，覺得自己彷彿在一艘船上，腳下的地面不穩定又滑溜。凱利。她的凱利。她可以無話不說的男人。但，顯然這只是她單方面的認知。那天晚上他怎麼能假裝相信她，還和她一起商量解決之道？

底下街道滿是逛街人群，恣意享受夏日的最後暖意。十月初與月底景致很不一樣。現在外面是一片薑餅色光線，蜂蜜色的樹葉，夏日最後的餘韻。她打開窗，空氣中僅有一絲絲涼意，宛如滴入水中的一滴染劑，很快就會散開。

她嘆了口氣，信步走過走廊。去年春天父親去世後，她重新裝潢了事務所。他的辦公室——原本門牌依他的意思，寫著「執行合夥人」——如今成了茶水間，是她的決定，這樣她就不必面對他的舊門，或甚至自己在裡頭工作。

她父親是個好律師，敏銳、謹慎，能夠接受並面對壞消息而不逃避。頑強，又堅忍——她在事後哀悼緬懷時如此形容他。有一回，在一週工作結束後，她發現他為了把事情做完，已經在辦公室睡了兩晚，卻絕口未提。

如今她倒退的時間已經遠超過預期。珍覺得自己最害怕的就是錯過了犯案的起點。她好希望能問問父親該怎麼辦。肯尼斯·查爾士·伊果斯，平常多以名字的縮寫ＫＣ自稱。假如珍和凱利生的是女兒，會替她取名叫凱西，ＫＣ。父親應該會很高興。

十八個月前，他孤單死去。動脈瘤，在晚上某個時間點。坐在扶手椅上，旁邊放一包花生和一瓶喝了一半的啤酒。父親剛走那段日子，珍必須強迫自己轉移心思，不去想他最後的那段時刻，就好像在駕駛一艘只能單向前進的船。她已經比較能夠面對了，現在，還能夠站在這個父親曾經待過的地方。但是今天，她格外想念他。時空旅行理論什麼的他是絕不會買單——但她覺得自己應該會怕到不敢跟父親說，擔心他會大肆批評——但她仍然想念父親，正如同孩子總會想念父母引導的手，想念他們能為你擋開問題的時候，哪怕只是擋一下子。

她沖了杯茶，隨後走出茶水間。拉喀什和另一位律師莎拉從她辦公室走過。

「那個丈夫還要求要把他老婆的贍養費砍半，說是因為她向來只穿運動褲，所以要把治裝補貼、剪髮和買胸罩的錢全刪掉。他還備註說他老婆都穿老舊褪色的內衣。」莎拉說道。

拉喀什不敢置信地大聲爆笑出來，宛如教堂鐘聲。

珍無力地笑了笑。待在這裡，置身在這些工作狂的苦中作樂幽默感裡，總讓她感到無比自在。

她寄了幾封 email，愉快地傳達資訊、提供建議。這是她閉著眼睛也能做的事，都已經做了二十年的事。

晚上七點，有個即將成爲珍某位客戶前夫的人派快遞送來超過二十五箱的帳目資料。珍從一個倦容滿面、身上有 T 恤曬痕的快遞司機手上簽收這些箱子。上一次，她留下來動手整理，爲內容物列表造冊，還把箱子整齊地堆在辦公室。當時拉喀什從門外探頭，問她是不是在蓋碉堡。

現在拉喀什又在同一時間經過。不過今天，她既不想整理箱子也不想回家，乾脆問他想不想去喝一杯。

「當然好，」他嚼著口香糖說：「這些是什麼？妳在蓋碉堡啊？」

珍暗暗一笑。倒退的天數愈來愈多，她也愈來愈記不住每一天。不過聽到自己的預測以一種有趣的方式應驗，感覺挺好的。

「這些是禮拜一的事，」她說：「從另一個角度揭發，那個丈夫的帳目資料。」

「他是幹什麼的，在他媽的英格蘭銀行工作啊？」

「這是很常見的伎倆，」珍邊說邊移動一個箱子，替他開路。「送這麼多箱子來就是希望你不會去看。」

「禮拜一我會來確認一下，免得妳被這堆箱子活埋。現在我需要我的酒點滴。」拉喀什說著抓起她的外套遞給她。

「今天不順呀？」

「我今天送了起訴狀去給當事人，只是讓她簽名而已。簽在她用筆——寫的第四項不合理行為旁邊，她寫的是：**老用襪子打手槍**。好像是什麼緊急補充要點似的。可是，現在得寄回去給她。那種東西不能呈上法庭。」

「抱怨得有理啊。」珍說：「關於襪子的這個細節不錯。」

「要在法庭上見到他本人的又不是妳。」

「那你得小心，別跟他進廁所。」

因為才剛剛入秋，他們離開時只把外套掛在手臂上。能回到這裡，回到工作，回到這個跟人共渡生命中一些最親密時刻的崗位，感覺眞好。她與拉喀什已共事超過十個年頭，她知道他午餐多半吃馬鈴薯；也知道他下午三點犯懶時段會整個人泡在《每日郵報》網站；知道每當他電話響起，都會先無聲罵一句「滾開」；甚至還知道他曾在一個特別棘手的聽證會上汗濕了褲子，在座椅上留下了印子。

因此，今晚這樣眞的很好，能脫離一下家庭生活的那些烏煙瘴氣，能丟下那個謎團，單純地與老朋友喝杯酒，在露天啤酒店笑談當事人為了誰先搞外遇而開戰，邊喝上兩杯（不，三杯）邊抽菸。能這樣眞的、眞的很好，能這樣假裝沒事。

珍喝了太多酒不能開車，便走路回家。時間剛過九點，她沿著人行道迂迴而行，抬頭看見亮著燈的家就在前面，她想到了凱利，想到自己跟他說今晚要加班。

她鬱鬱地暗忖，她是專辦離婚的律師，卻沒發現自己另一半的背叛。沒有預料到會發生這種事，完全沒有。

她依照現在所知的一切，試著重整出事件的條理。酒有助於她放鬆心情。在寒冷的夜裡，她的心變得有彈性且不受拘束。她難得覺得心胸開闊，不是封閉而神經質。

拋棄式手機是凱利的，那麼失蹤嬰兒的海報與警徽想必也是他的。但東西怎麼會在陶德房裡？

快到家時，她聽見一些人聲。聲音來自外面，戶外的某處。太大聲了，不可能在屋內。她在凱利的車旁停下來，車身散發些微熱氣，她將手放到引擎蓋上：剛剛有開過。

那是她丈夫和兒子的聲音，正是讓她想破頭的兩個人，他們彼此吼叫，口氣急迫。他們人在後院。珍盡可能安靜地趕到柵門前，她就停在那裡，一根手指搭在涼涼的黑色門閂上，頓時徹徹底底地清醒了。

「你幹麼跟我說這個？」陶德說。珍聽見他的聲音帶著驚慌哭調，不禁心亂如麻。

「因爲我得拜託你一件事。」凱利說：「好嗎？要不然我不會告訴你。」

「什麼？」

「你得和克麗奧分手。」

「什麼？」

「你一定要，」凱利說：「我可以請妮可拉幫忙，但你不能再跟克麗奧見面。已經出太多事了。」

珍胃液翻騰，忽然覺得想吐，而這和酒無關。

「那只會更讓人起疑。」陶德說：「更不用說還**他媽的**讓我傷心透頂。」

珍膝蓋發軟。那痛苦，那痛苦，她寶貝兒子聲音中充滿了痛苦。

「對不起，」凱利說：「對不起、對不起、對不起。還要我說多少次？」

「我從沒碰過這麼爛的事。」陶德說。只不過他不是用說的，而是大聲吶喊。苦悶的吶喊。

忽然一個重擊聲，也許是拳頭打在桌上。「我努力了！」凱利的聲音沙啞、刺耳，情緒瀕臨崩潰。他的這一面，珍只碰過寥寥數次。一次是在警局，陶德被捕後。也難怪。他現在一定是想忍住別爆發，但很顯然，他沒有成功。「我是那麼地努力。喬瑟夫要不是已經知道就是快要發現了，陶德，我們必須脫離他，而且不能讓他知道原因。」

「附帶損害活該，是嗎？」陶德說：「我是指**我啊**。」珍想到克麗奧不願談論兩人的分手，心下納悶陶德是否多少跟克麗奧提及了這段對話，說了什麼他不該說的話。

「對。」凱利輕聲說道，珍很想從柵門邊這個冰冷孤單的位置走出去，用力搖晃她丈夫。那只是修辭法，她會告訴丈夫，兒子不是眞要你回答，你這個大白痴。

「沒有跡象顯示他知情。」陶德說。

「他一旦知道，就會到這裡來，然後他會……」

「那是假設。我眞不敢相信你竟然把我扯進去。撒謊？綁架小嬰兒？」

珍全身定住不動，起了雞皮疙瘩。嬰兒。

「不只這樣，也許還更糟得多。」凱利的語氣極度陰沉。

「是嗎?不計一切代價都要保密，哪怕要犧牲我和我的初戀!」陶德大喊道。後門砰的一聲，屋內樓梯傳來腳步聲。

珍留在柵門邊，試著呼吸。

問他們也沒用。他們肯定會說謊，還有在他們關係的核心肯定有個大祕密，而爲了保守這個大祕密他們什麼都做得出來。什麼都會做，就是不會告訴珍。

兒子變成殺人犯的三週前，在涼爽的夜風中，珍聽見丈夫在院子裡哭了起來，那啜泣聲愈來愈輕、愈來愈輕，彷彿受傷的動物逐漸死去。

負47日

08:30

三個星期有可能發生許多事。這是目前爲止跳過最多天的一次。

負四十七日，早上八點半。總共倒退了將近七週。

珍下樓時停佇在觀景窗前。街景已截然不同。夏末的棕褐色調，草地因缺水而乾枯。輕吹在她手臂上的風暖暖的。不知道這次安迪會怎麼說。

昨晚她和凱利一起上床。他發揮了絕佳演技，表現得一如往常。若非她偷聽，根本不會知道有情況發生。

他躺在他們的床上，兩手壓在頭下面，手肘往外張。完全是一個丈夫回到家放鬆的樣子。「工作還好嗎？」他問道。

「一堆文件。你做了什麼？」

「喔，妳知道的，」他說：「就是洗澡、吃飯，精采無比呀。」

她記得上次他也說了這句話。那時她覺得凱利只是在故作正經要幽默，但昨晚他的言辭底下隱隱有一股怒火在震顫。一個無法掌控情勢的男人。

她去睡在他身旁，躺在她滿口謊言的丈夫身邊，因爲不知道還能怎麼辦。他一如平時從背後抱著她，身體溫熱。當他入睡後，她看著他手臂的肌膚。他的外表——和她一樣——看起來跟以往沒兩樣，但眞實面貌卻已不是她想的那樣。

如今回到四十七天前，她又再度像最初幾天那樣感到疏離孤立。她腳趾上塗了粉紅色指甲油，她記得是在八月中旬塗的，爲了度過最後一段穿夾腳拖的暖和日子。

現在是九月中。她知道了些什麼？凱利覺得喬瑟夫即將發現某事，因此要求陶德別再見克麗奧。他照做了，但後來又與她復合。凱利向妮可拉．威廉斯求助。妮可拉受傷，接著喬瑟夫出現，被陶德殺害。

珍知道的比以前多，但從許多方面來說，卻是知道的太少了，這一切實在太令人困惑。門鈴響起，打斷她的思緒。

她又看一次日期。沒錯，是陶德的開學日，上十三年級的第一天。她試著讓自己振作起來。

「哪位？」她問道。

「是克麗奧！」陶德說。珍從窗邊跳開，走進臥室。這事上回發生過嗎？八點半……她應該已經出門。身穿套裝、蓄勢待發，標準的上班日狀態，手持拿鐵，隨時準備對付離婚案件。但是在這裡，在家庭生活的中心，藏著祕密。「他一旦知道，就會到這裡來。」凱利是這麼說的。

「我去開門！」珍喊道。雖然她身穿一件破舊的孕婦短褲，和一件肯定看得見乳頭的薄T恤——眞要命，就算是九月，睡覺的時候就不能穿得像樣點嗎？但她還是要去開門。她套上睡袍，兩階併作一階地下樓。

「嗨。」克麗奧招呼道。這女孩就在眼前。兒子愛上後分了手，然後又再次復合的女孩。是他爸爸逼著分手的。這個女孩——肯定——就是核心之所在。

珍不知道該先問什麼。

「珍是嗎？」克麗奧說。她魅力十足地主動與珍握手。修長的手指，在夏天曬黑了，手勁不大，皮膚乾燥但柔細，依然像個孩子。除此之外，她看起來與十月並無不同。那瀏海，那雙大眼睛，眼白閃著健康的光芒。

「是，很高興見到妳。」珍說。

「我明天才開學，但我答應要陪陶德走路去上學。」克麗奧解釋道。

「差不多了。」陶德說。他將書包背在肩上，一如五歲、八歲、十二歲的他。他也更黑一點，看起來比十月時健康許多，比較沒壓力。珍忍不住盯著他看，想到昨晚他流下的淚水，他的憤怒。一場激烈的爭執，如今卻是這樣——後退了好大一步。這意味著什麼？

凱利從廚房出來，但一看到珍便停下腳步。「妳今天不上班？」他對她說：「我沒想要吵醒妳……」

「我好像生病了，」她脫口就說：「就把鬧鐘關了。喉嚨痛得像刀割。」

「蹺班吧。去他的律師。」凱利說。

「這個爸爸竟然這麼沒職業道德。」陶德評論道。

凱利將目光轉向陶德，說道：「你夠努力的話，有一天也可以蹺班。」

珍忽然停住，很希望能按下暫停鍵好好享受這一刻，但不是因爲這句話，而是凱利與陶德之間的眼神交流。那是純粹的愛，沒有私底下夾槍帶棒什麼的，他們兩人的眼睛都在發亮。

上次看到他們兩人這麼融洽互動是什麼時候？她都不記得了。

陶德伸手推他，開玩笑地推。珍的目光落在他們身上。

當了這麼久的律師，她向來會在工作中同時注意有跟沒有的事物。證據往往是在人們沒說出口的話裡，在他們拿出的東西裡。那個把自己帳戶資料當武器的男人，想把個人巨大獲利藏在二十五箱資料中，他就指望著律師會懶得看。

但是在家裡，她卻沒注意到。這輕鬆玩笑的氣氛的消失，本身就是個線索。

正因此她才會來到這一天，她心想。來觀察比對這個差異。她在柵門邊無意間聽到的爭吵讓父子倆的關係起了變化，有了裂痕。但如今她人在這裡，在事發之前。家庭氣氛顯然是大大的不同？

「總之，很高興見到妳。」克麗奧被陶德引領出門時，對珍說道。

「很高興又見到你。」她看著凱利補上一句。正是這句話讓珍的注意力從克麗奧轉向凱利。

陶德關上門時，她與丈夫四目相交。她沒聽到車聲，陶德他們想必是一起曬著太陽走路過去。「很高興又見到你？」她問他。

「嗄？」他背轉過身，準備進廚房。她追著他要個說法，這很合理，質問他克麗奧為什麼這麼說，完全合理。可是，爲什麼她覺得有必要這樣想事情？她頓了一下，答案隨即從心底冒出：因爲凱利很可能會閃爍其詞。

「你之前見過克麗奧？」

「有啊，她和陶德來吃過午飯。」

「有嗎？」

「大概只待了五分鐘，覺得我在審問她。」他露出迷人的微笑說道。她看得出來他正飛快地轉著念頭。

「你從沒說過。你從來沒說過你見過她。」

凱利很快地聳一下肩。「不覺得這有什麼重要的。」

「但你明知道這對我來說很重要。」她幾乎從未像這樣挑戰過丈夫。她總是希望自己……怎麼說，隨和，不難搞。「你也知道我很好奇她是什麼樣的人。」她差點就接著說她知道他認識克麗奧叔叔的朋友，還知道他稍後會叫陶德和她分手，但她及時打住了。他只會說謊。

「她人不錯。」他說。她愈是進逼，他愈是閃躲。他這種快節奏，她以前從未察覺。答非所問，回答的是最初的問題。他進到廚房開了一罐可樂，拉起拉環砰的一聲像槍響，嚇了她一跳。

珍思考著該做什麼，然後換了衣服，穿上運動鞋。「我去買個喉嚨痛的藥。」她喊道。

「我去吧！」凱利說，一如既往地體貼。「要不，等等——我們不是有那個什麼……」

「沒關係。」她趁他還來不及反對，便砰一聲關上前門。

她開車到學校後停在一條巷子裡等候，留意陶德與克麗奧的身影。才五分鐘他們就出現了，像《楚門的世界》一樣，兩人手牽手，陽光映照著他們修長的四肢。克麗奧穿了一件卡其連身褲裝，珍穿起來應該會像個胖工友。陶德穿著窄版的牛仔褲，沒穿襪子，搭運動鞋和白色T恤。他們看起來就像在拍一支維他命之類的健康廣告。

珍打算提議載克麗奧回家，並盡量假裝她不是精神不正常才尾隨他們。

她等著克麗奧送陶德進校門。但首先，當然會接吻。她不應該看的，活像個躲在車上偷窺的噁心傢伙，但就是忍不住。他們全身，從腳一路到嘴唇，都緊貼在一起，好像被人黏起來似的。她看了片刻，想到凱利。現在，他們偶爾也還會這樣接吻。這點他很拿手：維持兩人之間的化學反應，保持她的熱情。然而，那不一樣。

等他們終於分開來，陶德撇嘴一笑，昂首闊步地走開，珍也駛出小巷，來到克麗奧身旁停下。

「我剛好路過，」她說：「要不要載妳一程？」

克麗奧露出困惑神色，問道：「妳不是要去上班嗎？」她一腳踩在人行道上，一腳垂下路邊，猶豫不定地看著珍。天哪，珍覺得自己好像什麼邪惡罪犯，跑來攔截兒子的女友，可是……在車上五分鐘，她可以問她任何事情。這誘因太大，她無法放棄。

「不，不是，我是拿東西來給陶德。現在正要回家。」

「喔，那好啊。」克麗奧愉快地說。珍有點慶幸，因爲發現克麗奧就跟她一樣，是個不裝腔作勢的人。克麗奧本可輕易劃出界線，但她沒有，而是上車坐到珍身旁。她身上有牙膏味——可能是陶德的，珍偷偷地想——和體香膏的味道。一種健康的氣味。她捲起了連身褲的褲管，露出光滑、黝黑、纖細的腳踝。珍看著那對腳踝，不禁懷念起往日，無論那是什麼時候；某個未知的時間。當她上酒吧，當她和男生接吻，當她身材苗條（其實從未有過），當她前途一片光明。

「上哪去？」珍問。她並未進一步解釋爲何會出現在校門前。在某些事情上，珍從丈夫那兒獲得了啓發：他謊能撒得這麼好，就是靠著把祕密藏在人眼皮底下。凱利從不過度的解釋，不提細節，事實上，他根本是徹底省略細節。最高明的說謊家，超級聰明。

「阿波比路。」克麗奧說。位在艾希北路後面。合理。

「噢，原來妳不住在艾希路？」她說出後，珍隨口問道，同時將車駛離。

「不，不是。」克麗奧說，但似乎很驚訝珍知道她的住址。沒錯，珍從未去過，她應該從未去過才對。「只有我和我媽住在阿波比。」克麗奧沒有再多說，和上次一樣。

珍在一處路口停下，迅速地瞄她一眼。兩人的目光在短暫瞬間交會。

克麗奧先轉移視線，將一邊屁股微微抬高，從牛仔褲口袋拿出手機。「凱利一定以爲我住在艾希路。」克麗奧笑著說。

珍盡可能不動聲色。「爲什麼？」

「我老是都在那裡，不是嗎？」她略一停頓。「凱利和伊薩和喬瑟夫……他們認識好久了，對不對？」

「對，對，沒錯。」珍說：「抱歉，那麼是……是凱利介紹妳和陶德認識的囉？」

「就是啊。」她說：「是這樣的——我和喬瑟夫拿東西來給凱利，開門的是陶德……然後……他都沒說過嗎？」

「妳知道嗎，凱利朋友太多了。」珍說道，此話與事實恰恰相反。「我眞的忘了。」

克麗奧的目光轉向左邊，透過副駕駛座的車窗往外看，渾然不知自己傳達的訊息有多重要。

珍不知所措，以至於接下來一路都沉默不語。她讓克麗奧在她母親家下車，她母親來到自家車道上向珍揮手。她和克麗奧長得一點都不像，克麗奧想必是像爸爸，就跟陶德一樣。

兩個小時後，珍生平第一次做瑜伽，她在凱利的車上擺出一個怪異的下犬式，頭探到座位底下，屁股翹到幾乎和鄰居窗戶一樣高，感覺是這樣。

珍必須再次找到那支拋棄式手機，如今她知道那支手機是凱利的。而且她想用來打給妮可拉。

因此她現在要趁他外出跑步時做這件事。

但在他車上一無所獲，只有幾個用過的咖啡杯、一個千斤頂、一罐沒開過的雪碧。說也奇怪，她很慶幸他沒把手機藏在這裡，不在座位底下，也不是和備胎一起放在後車廂。凱利向來對老套的東西不感興趣，她喜歡這樣，至少他的行為沒走那些不忠男人的老路線。就好像這麼一來，她仍能在這一團混亂底下的某處認得他。

她搖搖頭，走回屋裡，繼續搜尋。工具袋、熱水器儲藏間、舊外套。任何地方。

他稍後回來了，她立即停手，試著將她製造的混亂整理乾淨。他沖澡時，她抓起他平時用的手機，打開「尋找我的 iPhone」app 來追蹤。她得每天早上都做這個動作，因為她倒退著過日子，但無所謂，凡是有必要做的事她都會做。

現在是晚上七點五十五分。凱利和珍還沒吃飯。珍在靜待機會，等著質問凱利關於——嗯，一切吧。她剛剛想出了該從何問起。

陶德在樓上，在玩他的 Xbox。珍可以聽見他玩遊戲的響聲在頭頂上有如閃電雷鳴。

「你覺不覺得他好像變得有點——孤僻？」珍坐在吧台椅上說，凱利則兩隻手肘撐在流理台上看著她。

「沒啊，怎麼會。」他說：「我在他這個年紀也是這樣。」

「打電玩？」

「這個嘛，妳知道的。我實在不想潑妳冷水，不過他會上色情網站。」凱利舉起雙手，掌心向著珍。好輕鬆啊，像這樣跟他互動，怎麼會這麼輕鬆？他們倆向來都有共通的幽默感。早在第一次約會，在那個咖啡館裡，凱利本來一聲都不吭，防備心好強，可是到了當晚尾聲，他就把她逗得開開心心上床了。

「什麼……就在《決勝時刻》玩得正激烈的時候？」

「當然，戴耳機是為了色情網站，《決勝時刻》只是幌子。」他站起來轉向廚櫃，心不在焉地開開關關。「沒有吃的了。」

「你剛剛害我沒胃口了。」

「拜託，別這樣，那是再自然不過的事情，珍。」

「什麼，你是說看那些有假乳頭的女人假高潮？」

「我就學到很多。」凱利轉身衝著她揚起一只眉毛，儘管、儘管、儘管發生了這麼多事，珍仍感到胃部一陣熱。那個可愛的壞樣子，就只屬於她。他一直是個好丈夫，至少她這麼覺得。算不上有野心，偶爾有些不得志，但是風趣、活潑不死板、很性感。這難道不是她一直想要的嗎？

「我想吃咖哩。」他又接著說，正當她在心裡解構他們的婚姻，他顯然只想著食物。

她聽到電話震動聲。那種噪音在他們家太無所不在了，她通常會置之不理。凱利不由自主地把手伸向前口袋，可是當他轉身，她發現他的 iPhone 放在後口袋。她仔細地觀察他，兩支手機，他都帶在身上。之前她絕不可能注意到，怎麼會去注意呢？拋棄式手機很小，像顆小石頭，而他又都穿著寬鬆的牛仔褲，褲頭垂得低低的，向來如此。

珍把頭往後仰，打量著他。「好啊。」她說。外賣的印度餐館離他們家三條街。他們都很愛，雖然價格頗高（說不定正是因爲地點才這麼貴）。餐館整個外牆都是木板，有點像中心公園度假村的小屋，亮起燈後很美。珍和凱利說他們絕不可能去內用，因爲那裡的侍者太常看到他們穿家居服去取餐。

「我去吧。」他說。

是啊，就是這樣找空檔，對吧？他出門，帶著幾包香味四溢、令人心情愉悅的印度料理回來。回家時間有沒有比她預期得晚呢？好像沒有。天哪，不能把每件事都當成線索，是吧？

「我一起去。」

「不了，我去，妳休息。看一點色情片。」他離開時匆匆披上外衣。她可以聽見他笑著開門出去，好像完全沒什麼不對勁。

他若非要接電話就是去見某人，這是珍下的結論。於是，他前腳才出門，她立刻來到觀景窗前看著他離去。她沒開燈，隱身站在那裡，只是看著他走。

隔著幾棟房子，有個人在等候。凱利舉起一手向他招呼。珍挪動身子以便繼續觀察他們，由於幾乎貼靠著窗，一吐氣窗子便起霧了。她瞇起眼睛，試著看清那人是誰。

太陽才剛剛下山。珍比昨天更接近夏季。黑暗、充滿陰影的屋群背後，天空依然銀光閃耀，有助於照亮他們。珍看見凱利緊抓住男人的肩膀，是老師會做的那類動作，像導師、治療師。

或是相識甚久的老友。

在一個和引發這所有事端的那一夜幾乎一模一樣的夜晚，他二人轉過身來，珍發現凱利打招呼的對象是喬瑟夫。

他們沿路走了兩三公尺後，喬瑟夫不知說了什麼。兩人停下腳步，喬瑟夫交給凱利一小包東西，褐色的，約莫凱利的掌心大小。他沒有打開也沒看裡面裝什麼，而是放進牛仔褲口袋，又摸摸喬瑟夫的肩膀，然後離去時朝身後舉起一隻手。喬瑟夫往回走，經過他們家，珍連忙縮到一旁躲起來。喬瑟夫經過時抬起眼睛望向窗戶。

陶德從房間出來時，珍正在想：原來講半天說什麼沒有吃的，是在做鋪陳，像建築師打地基一樣謹慎小心。凱利是在等那支電話響，是個暗號通知他喬瑟夫到了。倒退著重新過日子，眞是步步險惡。會看見當時沒看見的事；會察覺當時不知道正在身邊上演的事件那可怕而重大的意義；會戳破丈夫的謊言。若非如此，珍永遠都會認定凱利是個直率得不能再直率的人。但所有說謊高手不都是如此嗎？

「這裡有點什麼可以吃的嗎？還是我得打電話給社福機構了？」陶德來到她背後說道。

「你知道那是誰嗎？」珍指著下方街道問他。事實上，這肯定比問凱利來得好。陶德與喬瑟夫的關係沒有她起先以爲的那麼緊密，而且距離陶德刺殺他的日期還有將近兩個月。所以他也許不會撒謊。

陶德瞇起眼睛。「那是克麗奧叔叔的朋友的車。」

「爸爸怎麼會認識他？他們剛剛在說話。」

陶德往後移動，幾乎不到一步。珍注視著他。他心裡起了某種重大轉變，但珍不知道那是什麼。

「他們認識嗎？」珍再問一次。他倆又重新看著下方街道。天色漸漸暗了。她丈夫剛剛就在那裡進行了某種交易，簡直膽大妄爲。珍可以感覺到這件事，還有凱利與陶德即將發生的爭執的重要性。各樣資訊線索洶湧而來，也許終點在望了。

「我必須知道。」她對陶德說。

「拜託，我……我不想引發婚姻問題。」

「陶德，現在可不是在演什麼情境喜劇。」珍厲聲說。

「不可思議吧，不用妳說我也知道。對，爸認識克麗奧的叔叔和他朋友，但他叫我別告訴妳。」陶德赤腳在地板上磨蹭。

「什麼？爲什麼？」

「他說他們是他的老朋友，以前妳覺得他們很討厭，所以應該不希望他再跟他們有聯繫。」

「他要你騙我？」

「妳並沒有討厭他們嗎？」

「我根本不知道他們是誰。」珍完全糊塗了。幾個星期後，凱利叫陶德不能再和克麗奧見面，不能再和他們任何一個人來往。可是……瞧瞧。在街燈下交遞物品；主動利用拋棄式手機安排交易。

凱利和喬瑟夫有某種合作關係。克麗奧與陶德的交往讓這段關係變得複雜。而凱利……凱利以爲他們終究會以分手收場，以爲他能掩蓋得夠久，可是當他再也瞞不下去，便要求陶德做個了斷。並告訴他原因。

這個**原因**就是缺少的那塊拼圖。珍非常確定，今天的陶德並不知道爲什麼。只有凱利知道。

陶德舉起雙手。「我只知道這麼多。」

「喬瑟夫是個麻煩嗎？」珍好奇地問，其實她內心的疑問正像煙火一樣爆發出來。

「他可能是個會耍心機的人，我也不知道，他有點不老實。」

「怎麼說？」

陶德嘴角往下垂。「不知道。他沒有工作，但是有錢。我眞的**不知道**。」

「克麗奧知道的會比較多嗎？」

「不會。」

「我去問爸爸。」

珍抓起一件外套，胡亂套上運動鞋，走入溫暖悶濕的夜晚，這是夏天吐出的最後一口熱氣。她很慶幸不用在陶德身邊做這件事。很顯然，這孩子已經知道太多了。

她沿著街道匆匆趕往外賣餐廳，對於方才質問陶德她深感內疚，萬一讓兒子擔心，讓兒子覺得自己多少成了傷害她的共犯，她實在過意不去。他還只是個孩子呀，眞要命。爲了留住那個魅力四射的女友，他當然會說謊。

珍半走半跑，足音在街道上回響。空氣滯悶，夕陽呈單一色調，被雲層遮蔽變成灰色。街上已出現零星的九月落葉，棕褐色，裂成三片，有如孩童的繪畫。還會有更多、更多、更多聚積、落下，而只會倒退的她一片也看不到。

珍轉進外賣餐廳所在的街道，看見凱利便隨即停下。他背對著她，兩條腿交叉，身子倚著一根路牌。他在講電話，就是她十月在陶德房間發現的那支拋棄式手機。她現在想到了那是在他們起口角之後，那麼……那支手機怎麼會跑到陶德房裡？是陶德從凱利那兒拿走的嗎？

「我已經做了，」他說：「所以你也非得加入不可。」

珍等在那裡，未發一語。她靜靜地往回走了幾步，躲在一個角落，但仍然能聽得見。

「我會帶去給你。是一把備用鑰匙，地點在曼陀林道，不遠。我得走了。得回家露個面。」

後面那句話比前面那句更讓珍心如刀割。

她目瞪口呆，站在那裡，雙手平貼著牆壁，整個世界彷彿從她四周急速旋轉開來。

她正打算衝過去，突襲他，大聲喊叫時，聽見他說：「謝了，謝了，妮可。」

Ω

當說謊的丈夫拿著外帶餐點現身，珍讓自己鎮定下來。她需要想一想。她希望能盡量獲取更多資訊，而不是與他對質。

他看到她時放慢了腳步。

「嘿？」他的笑容輕鬆，但帶著提防。他並不笨。他知道她知道了些什麼。

「怎麼回事？」

他立刻明白珍的意思，知道那些問題蘊含什麼樣的警訊。「那通電話？妮可？不是……」他的猜測頗有見地。「妳該不會以爲……」

「讓我看你的口袋。」

他往路上看一眼，隨後回頭看印度餐廳，接著看自己的腳。他咬咬嘴唇，然後將外帶餐放到地上，照她說的做。她朝他走去。

兩支手機和放著鑰匙的褐色包裹掉落在珍手裡。

她不發一語，只是等著聽解釋。

「我……這是我客戶的手機，妮可拉。還有她的車……」

「別再騙了！」珍大喊。她的話語在街道四周回響，彈回來時已扭曲變形。凱利驚愕之餘臉垮了下來。「你在騙我，」她哭得無法自制。無論她最初意欲爲何，事情終究還是演變成她一直想避免的夫妻爭吵。她實在無法不對他發脾氣。

他用手梳一下頭髮，接著在原地轉圈。他生氣了。

「拋棄式手機和非法交易，凱利。」

他沒有開口，只是咬著嘴唇看她。

「好吧……對，那包東西，不是客戶的東西。」

「那麼是誰的？」

他再次沉默。凱利經常會讓停頓拉長，在別人忙著說這說那的時候，他寧願選擇一聲不吭。總是讓別人先開口。不過這次珍也等著，只是定定地站在安靜黑暗的街道看著他。

他的目光從她臉上掃過，試著猜測她知道多少，試著設想該怎麼打自己手上的牌。

「車子是偷的，但不是……不是妳想的那樣。」他最後說道。

「那是怎樣？」

「我不能說。」

「為什麼？」

他又不說話了，低頭瞪著自己的腳，明顯在思考。

「怎樣？告訴我，要不然……我們就有麻煩了，凱利。」她舉起一隻手。「我不是在開玩笑。」

「我非常清楚妳不是在開玩笑，」他咬牙說道：「我也不是。」

「告訴我到底發生什麼事了，不然我就走。」

「我……」他又踱起步，再次徒勞地繞圈，好似這麼做真的能夠宣洩情緒一樣。

「珍……我……」他臉頰泛紅。她惹惱他了，她看得出來。她丈夫或許冷靜，但終究是有極限的。事情爆發的那一晚，看看他在警局裡的模樣就知道。

「你只要告訴我，鑰匙要給誰？告訴我，剛才和你碰面的人是誰？」

「是……如果可以我會告訴妳的。」

「你不想告訴我你牽扯上什麼事情，不就這麼簡單嗎？你是在給我上演一齣無可奉告的偵訊戲碼，凱利。」

「事情絕對沒有這麼簡單。」

「我不能呆呆袖手旁觀，任由非法的事情在家門口發生。」

「我知道，我知道。」

「失蹤的嬰兒，被偷的車。」

「失蹤的嬰兒？」他眼睛閃了一下，然後對上她的眼，表情從氣惱轉爲驚慌。

「那個失蹤的嬰兒。」

他停頓不語，呼吸粗重，接著定定看著她。「我要是說了……妳會相信嗎？」

珍大剌剌地攤開雙臂，就在街道上。「當然。」

凱利急促走上前，抓住她的肩膀。「不要查那個嬰兒。」

沒有別的話會比這句更令珍震驚。「你說什麼？」

「不管妳發現了什麼，到此爲止。」

「喬瑟夫．瓊斯是誰？」

「也不要查喬瑟夫．瓊斯。」他的語氣既狠毒又尖銳，像蛇一樣。

他們倆默默站在那裡片刻，珍依舊被凱利抓著。

「凱利，我……你是要我……」

「就……住手吧，不管妳正在做什麼。住手。」

珍討厭他這種口氣，她內心一股久違的情緒被激發出來。她想跑，想逃走：因爲恐懼。

「爲什麼？」她近乎呢喃地問。

凱利的導火線終於燒到頭了。「妳會有危險，珍。」他說。她驚愕地退開，肩膀上布滿雞皮疙瘩。她開始發抖，感覺孤單無助。她還能相信誰呢？

凱利看著她。在憂傷背後，她很確定他臉上出現一種前所未見的情感，她無法解讀的情感。

她告訴他，如果不再對她說其他事情就別跟她回家，於是他沒回家，他離開了。她不知道他上哪去，也幾乎不在意。外賣的紙袋放在地上，風輕輕吹打著袋子的側面。她拾起紙袋拿回家，給陶德的。難得一次，她竟然沒有胃口。

萊恩

喬安．札莫警長主持的緊急簡報會議開始前，萊恩在瞎混。

李奧、傑米和萊恩站在簡報室的後牆邊。就在札莫警長開始說話前，傑米說：「給你一個提示，OCG就是犯罪組織集團。」

「謝了，」萊恩說：「這我知道。」

「好了，」札莫說話了。她身穿褲裝、黑色平底鞋，手裡拿著一杯咖啡。她的重心放在一條腿上，雙眉低垂，眼睛盯著地板，明顯在想事情，但也很可能什麼都沒想。「現在監視組傳來一些東西了。大家準備好了嗎？」

簡報室裡有一種平時罕見的、腎上腺素激發的氛圍。有個萊恩不知其名的警察豎起一塊板子，在上面釘了案情相關物件。另外兩人在講電話，而且愈講愈大聲。

「好，」札莫說：「監視組已經告訴我們，OCG鎖定了一間空屋。之後當OCG發現隔壁車道上有一輛怠速的BMW，鑰匙插在車上，引擎已發動，他們便把車子開走。」

她抿起嘴唇，嘴角兩邊出現酒窩。「但是他們不知道，車主其實是個新手媽媽，正打算開車出去夜遊哄小女兒睡覺。她把女嬰安置在安全汽座之後，暫時留在車上，自己則是衝回屋裡去拿手機……」

萊恩胸腔內有什麼在翻湧著。一切都歷歷在目。驚慌、恐懼，女人眼睜睜看著車子開始移動，跟在後頭追趕，打999通報……

「現在已過五個小時。還沒發現車子，但我們在車子即將前往的港口安置了眼線。」

萊恩想到那個嬰兒，和罪犯在一起。也可能已經上了船，在公海上，在車子後座，孤單無依。

「監視組正透過車牌自動識別系統找車，但他們有可能已經換掉車牌。我們目前已禁止所有船隻出航，讓我們把伊芙寶寶找回來吧。」

李奧覷了萊恩一眼，眼神令他不解。

萊恩心想，現在該輪到他去取下軟木板上的人名了，接下來要派出更多跟監組員去監視那些人，看能不能找到車子，還有嬰兒。

萊恩凝視著釘在板子上的尋人海報，伸出食指去碰觸，紙張感覺又軟又薄。

女嬰很漂亮。萊恩一直很想要小孩。兩個，一男一女。他知道這想法有多落伍，但他始終有這種念頭：兩個小孩和一個女人，能讓他開心地笑。他想建立自己的家庭，脫離他成長期的那片廢墟。假如留下的東西沒能有所累積，那就在眼前創造新的人。

伊芙寶寶四個月大，有美麗無比的眼眸，彷如充滿靈性的小獅子。他有職責找到她。

一小時過後，李奧說道：「好了，萊恩。抱歉拖這麼久。去申請更多臥底吧。」說完便啜一口咖啡。

萊恩眞的很想喝那杯咖啡。他累死了。他擔心自己漸漸更喜歡這局裡的咖啡，說不定連在家裡都要拿塑膠杯喝才對味。

「依你看，他們會把嬰兒帶到哪裡去？」李奧問萊恩。

「最方便的地方。他們不在乎她，不會管那嬰兒的下場。」

「沒錯……所以說，港口嗎？」

「他們無論如何都想完成訂單，那是他們最優先的考量。他們可能會把嬰兒丟在中途的某個地方。他們不會走A級公路或高速公路，要躲車牌識別系統。他們會走鄉間道路，至少我哥會這麼做。」萊恩說道，自覺這番話像是背叛了哥哥。他的哥哥，向來都會保護萊恩，某種意義上是，但瞧瞧他現在做了什麼。「『聯邦條子隨時隨地都在盯著。』他以前總是這麼說。」

「你是個寶貴資產，」李奧說：「托你那個哥哥的福，你知道嗎？」

萊恩聳聳肩，覺得難爲情。「我是說……」

「不必謙虛，」李奧說著從椅子起身。「我的重點是：你知道這些玩意，而且你人在這裡。你在那邊長大」——他的左手往旁邊伸得遠遠的——「但最後你來到了這裡。」

「謝謝。」萊恩含糊地說：「我是說……在某些方面，凱利教了我很多。我猜罪犯所能教的他都教了。」

負60日

08:00

「早啊，美女。」凱利說道。他走進臥室，只穿了一條四角褲。珍驚愕不已。

她險些高聲尖叫。之前他們一起度過的最後一天，她甩開這個男人，留他獨自在街上。夫妻口角、陰暗不祥的街角、背叛、犯罪。此時——又往前十三天——他滿是睡意地親密喊她，表情溫和得有如外面的八月明燦晨光。

「早。」她喃喃地說，因為不知道還能說什麼。被偷的車、被偷的嬰兒、死去的警察、不要查喬瑟夫·瓊斯，不要試圖去找那個嬰兒。兒子在後院的痛苦吶喊。

但現在呢，凱利，人在這，上身赤裸，衝著她咧嘴笑。

他察覺到了，牛仔褲才拉到大腿便停止動作。「怎麼啦？」

「喔，沒事。得早點進辦公室。今天是實習生輪調日。」她說道，話出口前她甚至沒有意識到這件事。潛意識的力量。從事法律工作二十年的她，一看到日期立刻知道今天是調換實習生的日子。

那麼她還知道些什麼呢？

陶德走進他們的房間……天啊。和一個成長中的人同住，竟有那麼多小事是她從來沒注意到的。現在的他可能比十月的他矮上三五公分，胸膛也沒那麼寬闊。他從珍的五斗櫃上拿起一瓶香水聞了聞。凱利則是準備穿一件T恤。

「妳看起來怪怪的。」陶德冷靜地對珍說：「妳的實習生慘了。」

珍拍了陶德一下趕他走，但這不是她的本意。她好想一輩子和他待在這裡。還有——她實在羞於承認——和她丈夫一起。她想讓一切暫時停止。看著陶德聞香水，看著凱利的頭從T恤領口探出，她要像繞行雕像一樣繞著他們走。好愛他們，很單純地就是愛他們，好想永遠留在此刻這個一無所知的幸福中，不要前進到會吞沒他們的黑暗與謊言裡。

凱利去沖澡時，珍還是查看了他的 iPhone，隨手打開位置追蹤設定，就像吃早餐一樣自然。

有些律師在職業生涯中，偶爾會出現靈機一動的時刻。法律工作多半都很單調乏味：填表格、編預算、盡力讓所有人脫困並將傷害降到最低，但有時也會有眞正靈光一現的時刻，就像今天，珍發現回到實習生交接日**的確**有其重大意義。因爲在這裡，在珍的辦公室，有一個不知道珍丈夫叫什麼名字的全新實習生。

而且透過「尋找我的 iPhone」，珍發現凱利似乎並不在附近清煙囱，而是在利物浦市中心的格羅夫納飯店。

珍本想自己去跟蹤調查，但現在可以派實習生代勞。

指派給珍的實習生名叫娜塔莉亞，是個典型的培訓中律師：做事有條理，過度地開朗，工作與外表都乾淨俐落。她的頭髮往後梳，用橡皮筋綁起，那一絲不紊的光滑表面讓珍在陽光照耀的辦公室裡讚嘆了片刻。看上去真像一條馬尾。

珍知道娜塔莉亞的生活會在十月初內爆。她會在回家後發現男友打包走人了。男友不肯跟她談，整個人消失得無影無蹤。在經過幾天以淚洗面又毫無收穫之後，她才告訴珍。

「我要給妳一項任務。」此時的珍說。她的語氣可能有點太隨意了。但她已經和娜塔莉亞共事八星期，娜塔莉亞哭著說她恨賽門的時候，還陪伴她一起吃了達美樂的義式臘腸披薩。但就算娜塔莉亞對她的口氣感到驚訝，倒也掩飾得不錯。

珍在電腦上拉出丈夫的一張照片。沒想到照片少得出奇。「嗯，這可能有點不太正規。」她說。

「沒問題，我什麼都可以做。」娜塔莉亞愉快地說。

「此時此刻，這個男人就在格羅夫納飯店。」她指著螢幕說：「可能跟某個人在一起。我們需要知道他們在談什麼。」

娜塔莉亞眨了眨眼。她就連眼皮也是完美無瑕。珍知道注意到這種事很奇怪，但無論如何，確實如此。平滑的眼皮上塗了眼影，顏色只比膚色略淡，足以讓她顯得機伶警醒。「哇，好啊。所以說，就像監視外遇的配偶嗎？」娜塔莉亞說。

「沒錯，正是。」珍輕輕地說，並將謊言加以強化。「如果能證明有姦情，法官會對妻子寬容許多。」這在法理上絕對正確，只是珍通常絕不會說到這麼細。

「好極了。」娜塔莉亞拿起本子和筆就要離開。

「要是找不到人，打給我。」珍說。

娜塔莉亞不在的時候，珍試圖完成一點正事，但又覺得其實沒那麼重要，於是等候之際，她改而做一些建檔、填寫出勤卡等無用的工作。

娜塔莉亞在一點回來，距離珍派她出去已超過兩個小時。她手裡拿著一本藍色橫線拍紙簿和一枝伊果斯筆，筆管上印著珍父親多年前設計的標誌。她的頭髮依然絲毫不亂。「我買了一瓶可樂，沒關係吧？」娜塔莉亞問道。

珍頓時內疚不已。天啊，實習生上班第一天就讓她做這種髒活，竟然還沒告知公費報帳的事。「我的天哪，當然沒關係。」珍說著從皮包掏出一張十英鎊鈔票遞給娜塔莉亞。

「不是應該跟……公司報帳嗎？」

「我就是公司。」珍說得乾脆。「別擔心。」

「好。」娜塔莉亞回答，珍忽然覺得自己好像什麼變態，竟派一個全新的實習生去監視自己的丈夫。就像一個精神失常、一個濫用權力的人會做的事。她隨即摒除這個想法。這一切是爲了更大的利益著想。

「是這樣的，」娜塔莉亞接著說：「他——凱利——去見一個女人，他喊她妮可。

不過我不認爲他們在搞外遇。」

妮可拉．威廉斯。一而再、再而三。儘管知道她的長相，還是無法在網路上找到她。

「沒有嗎？」

「看起來不像。他們見面是談正事。」

珍嚥了口口水，說道：「那好，說吧。」

「好像是再次進行某種安排。至於是什麼事，很難說。可能是在替一個叫喬的人做事——我不知道。凱利不想做，但妮可希望他做，她好像……也許覺得凱利有欠她什麼。聽起來話裡有很多意思。我不知道……」

「好。喬不在那裡嗎？」

「不在——他們一直說他在『裡面』。但我不太明白，因爲**他們**就在裡面啊。」娜塔莉亞不再說話，筆懸在拍紙簿上方，快速翻閱著本子裡一頁頁字跡整齊完美的筆記。眞要命，珍暗想，娜塔莉亞讀的是牛津大學，再之前是馬爾柏勒學院，結果怎麼樣呢。她竟然不知道**裡面**是什麼意思。這些小孩啊，眞是太純潔天眞了。

「大概就是這些了。兩人的談話大多圍繞著他們替喬做的工作，但沒提到具體細節。」娜塔莉亞報告到這裡。

裡面。

珍豎起食指，然後google「喬瑟夫．瓊斯、監獄」。關於他的資訊一直都在，隱藏在這些常見的姓名之間罷了。他上星期從阿特寇斯監獄出獄，是在二十年前一場極大型審判後被判入獄的。

意圖販賣而持有A級毒品罪、串謀強盜罪、串謀僞造貨幣罪、第十八條故意重傷害罪，罪名不一而足。毒品、洗錢、強盜、偷竊車輛、侵入住宅、暴力，多到有如陶德殺害他時，屋外瀰漫的霧氣水珠。珍詳讀每一則資訊，娜塔莉亞則默默站在一旁。對於這些，對於這其中可能透露出什麼關於她丈夫的事，又可能對兒子意味著什麼，她都漸漸感到麻木了。

「謝謝，」不一會兒，她輕聲對娜塔莉亞說：「做得很好。」

「可惜他沒偷吃，」娜塔莉亞說：「如果這會有幫助的話。事實上他還說了他有多愛他老婆。」

珍轉頭背向電腦，也背向娜塔莉亞，注視著窗外與底下的街道，眼中泛淚。「是嗎？」她低聲說。

「是啊。就突然說他愛他的妻子。其實有點沒頭沒腦的，他們一直都在說關於喬的事。」

珍點點頭，又重新轉向娜塔莉亞，並暗自納悶：倘若她分享所知，讓娜塔莉亞和她一樣知道自己即將面臨什麼樣的未來，又會如何呢？

畢竟，知道未來比不知道更糟，不是嗎？

負65日

17:05

珍發現在上班日仍照常進事務所工作，能帶給她些許慰藉。無論在那特定的一天有什麼任務在等著她，都逐一逐一地去進行。九月的那天，她先做了財務調查後，和娜塔莉亞一起出了庭。進入八月之後，她一直在撰寫一份關於兒童保護的法律意見書，雖然這有點超出她的執業範圍，但做起來還算愉快，儘管她往下過一天，內容又會消失更多。她有個實習生名叫錢思，九月時跳槽到競爭對手的事務所，現在珍得努力忘掉這件事。

五點五分時，她桌上的電話響起。

「是我，」他們的總機華樂莉說道：「服務台這邊有個人。我知道，我知道，我知道妳很煩。」

珍眨眨眼。「我有嗎？」她一點都不覺得煩。兒童保護意見書寫一半了，桌上擺了一杯熱茶。她正期待回家見到陶德，他在家烤餅乾，每種口味都拍了照片傳給她。她記得餅乾很好吃，所以格外興奮。在她這個亂七八糟、倒退的世界裡，那是一處小小的避風港。

「拉喀什說妳昨天和今天都在寫兒童保護意見書，我知道……」

「對。」珍無力地說。這個她記得。爲了著手寫這個意見書，她花的時間多到令人難堪。有好幾個星期。當事人催了她兩次，第二次還問她是不是連個簡單的說明都寫不出來？在事務所，實在很難騰出時間做龐大的工作。要接電話、要寫email，還有行事曆上出乎意料又嚇人的安排。最後她是擋掉所有的電話才得以開始動手寫，她甚至鎖上了辦公室的門！唉，好個難搞的女強人。

「是誰？」珍問道：「是誰在服務台？」

「他自稱是瓊斯先生。」

珍忽然口乾舌燥。她舔了舔嘴唇。天啊，瞧瞧她漏掉了什麼。

今天是八月二十五日。喬瑟夫·瓊斯出獄了，而且來找**她**。

喬瑟夫在鋪著淺色地毯的接待廳，一看見她便轉過身。服務櫃台後方以粗體大字寫著「伊果斯」。燈都熄了——有設定時器——剩下唯一一盞燈，照向瓊斯。

「我找凱利。」他說。

珍停頓了一下，接著放慢腳步穿過接待廳走向他。

「凱利·布羅德胡？」她問。

當他與她四目交接，臉上似乎有什麼消散開來，但究竟是什麼，珍也說不上來。比起她最初的印象，那第一天晚上，還有她在艾希北路見到他的那一晚，他顯得比較老，很可能有五十多。指節上布滿刺青，眼神冷酷，肢體語言有種蓄勢待發的姿態，像是即將暴起的貓，感覺很靈活。

「是的。」他舉起雙手。「我們是老朋友。」明確知道了這點形成一種具體的感覺，在她的胸腔撞擊震盪。喬瑟夫的刑期有二十年，認識凱利一定是在那**之前**的事。

「什麼樣的朋友？」珍忍不住問道，內心卻在想，喬瑟夫也認識**她**。畢竟他知道要到事務所來找凱利。

喬瑟夫向她報以一笑，但一閃而過不像是真心的。「很重要的朋友。」

「沒想到你會找到這裡來。」她說。

「我離開了很久。那不重要。我是想要重新開始。」他背轉過去。他穿著白色T恤，是那種又薄又廉價的布料，可以看出衣服底下整個背部全是刺青：一雙天使的翅膀，正好覆蓋住他兩邊的肩胛骨。

「重新開始什麼？」她問道，但他沒理會，逕自離開，接待廳的門在他身後輕輕關上。珍兩手放在服務櫃台上，試著呼吸，試著思考。

喬瑟夫幾天前才出獄，但瞧瞧他，幾乎是馬上就來了這裡。珍心裡很明白，在她獲得二度機會的人生，在這個特別分出來的一天，喬瑟夫．瓊斯的出獄啓動了某件事，會在未來某個時間點發生，而且是她目前不管怎麼努力都到不了的時間點。這事幾乎牽涉到她認識的每一個人：陶德、凱利，現在肯定也包括她在內：否則喬瑟夫怎麼會來「伊果斯」？可怕的全體演員名單。全是背叛者的黑名單。

負105日

08:55

七月中的週六。外頭一片晴朗美好，天空藍得有如隨時會破碎的聖誕裝飾球。時間八點五十五分，珍正在阿特寇斯監獄外準備停車。

她一看到日期，就知道喬瑟夫這天還在獄中，便向正在取笑烹飪節目《星期六廚房》的凱利和陶德編個藉口，說要跟一個當事人吃早午餐，就出門了。令她心慌的是，他們倆都不驚訝。珍這一輩子都在爲別人忙：想看陶德上游泳課，卻得去見要求一堆的客戶；想躺下來看書，卻要去看陶德上游泳課。這個當媽媽的慣性思考會跟著她一輩子，不管做什麼選擇都會覺得愧疚。

陶德這時還不認識克麗奧，也還沒開始和康納爲伍。所以呢，如今她回到更遙遠的過去，那些人都不是重點了？

阿特寇斯監獄外表很像一個工業園區，或是古怪的自給自足小村落。珍只來過一次，是律師培訓的一部分。除此之外，她從未打過刑事官司。她父親覺得老是要處理犯罪案件實在很討厭，因此他們從不接刑案。珍雖然覺得靠打離婚官司賺錢也有點討厭，但重點來了，人人都得繳房租，而心碎比犯罪更普遍。

珍走進監獄門廳，心想果眞是無巧不成書，不但這天喬瑟夫還在監獄，而且週間會面對時間、形式都有嚴格規定，週末則是時間不限也不必那麼正式——星期六，任何訪客都可以不用特別許可，就能要求會見任何一名受刑人。也就是今天。

她好像事先就知情似的。

外頭下著雨，仲夏之雨；媒體稱之爲「理查暴雨」。每當有人進入大廳，就會帶進陣陣濕草的氣味。訪客的鞋子在地板上留下水印，有個滿臉倦容的清潔工會定時來拖地，一手插著腰，一面放置愈來愈多「小心地滑」的三角形黃色告示牌。

服務大廳很現代化，有如私人醫院。一張又寬又長的桌子占據了大半空間，有個男人在桌前按著滑鼠，輕聲細語地接聽電話。

櫃台後面有一塊白板，上面寫了許多時間。珍可以聽見在一扇標示著「餐廳（安全門二）」的門後面，有愈來愈激烈的爭吵聲。「你說我可以點煙燻培根口味的，不是鹽醋。」一個男人在說。

「我知道……可是連恩……」

「這他媽的很清楚啊！」男人咆哮道。珍抖了一下。一包洋芋片的影響力。

有一瞬間，就一瞬間，她想要把一切都說出來，就在這個大廳。大吼大叫，犯下罪行，讓她自己被關進去。告訴他們自己正在做時空旅行，然後被帶到某個地方注射鎮靜劑，三餐等人送來，她唯一能掌控的頂多就是點個洋芋片。

「在這裡登記。」服務人員忽然開口。他站起來遞了一張表格讓珍填寫。

「他很樂意見妳。」服務人員講了兩通電話、隔了幾分鐘後對她說。「接見室往那邊。」他往內指向一道雙開門，通向建築物的深處，並交給珍一張臨時通行證，沒有附掛繩或安全別針。

她推了門上冰冷的金屬鑲板，進入一道有兩名警衛看守的走廊。這裡有消毒水與汗水的味道。塑膠地板加了橡膠邊條。許多的門，許多的鎖。

有一位警衛來接她，名牌上的名字是羅伊，有人用原子筆在下面寫了**葛羅斯曼**！他要求看她的袋子，然後進行檢查，手在裡頭俐落地翻弄，像個醫生在進行某種怪異的內診，接著將袋子放進和機場一樣的掃描機。他以手勢示意她張開雙臂，她照做後，他開始對她搜身，同時迴避眼神的接觸。

「手機放那裡。」他說道，珍便將手機放進他指示的一整排置物櫃。

他們通過另一道雙開門，警衛用感應器開了門。從門上方的暖氣底下經過，她的頭頂與肩膀立刻變暖，隨後就進到裡面了。

接見室是個老舊的房間，空間很大、四四方方，公共區域鋪著藍紅相間的褪色地毯，放了黑色塑膠椅，小小的桌子。後牆全部是落地窗。粗大的雨滴打在窗玻璃與上方屋頂，打在天窗上劈里啪啦。室內已經擠滿了人。

要分辨囚犯與訪客並沒有珍想的那麼容易。這裡看起來就跟吵雜的會議室沒兩樣。有一對男女分開坐，隔著一張桌子，放在桌子中央的手並未相碰。很堅定地沒有碰觸，但盡可能在規定的界線內靠近。在另一張桌子，有個小女孩朝父親伸出手臂，手像顆遙遠閃爍的星星一樣轉動著，但母親制止了她，將她拉回自己身邊。

珍想起自己的父親。她是在太平間與他道別的。她沒能來得及趕到。父親躺在那裡六個小時、已然死去、孤孤單單的畫面，始終縈繞在她腦海。後來，在太平間裡，她終於能用手的溫度溫暖他的手，她還低下額頭貼靠他的手。裝模作樣，一點也沒有用。

珍很輕易便認出喬瑟夫．瓊斯。他就坐在房間正中央的一張桌子前。招風耳、深色頭髮、山羊鬍，有著囚犯特有的蒼白膚色，一如她在書上讀到的。不只是缺乏日曬，還多了一點什麼。很像一般人感冒、熬夜、悲痛時的那種膚色。

她去過這人的家，也曾親眼看到他死去。如今她來了這裡，終於就要知道他到底是誰了。

「嗨。」她邊坐下邊打招呼，聲音在發抖。他的罪狀罄竹難書：強盜、販毒、傷害。她的手腳開始發麻。

她坐著的椅子有點不穩，是那種可以折得扁平、靠在牆邊的塑膠椅。

「凱利的老婆。」他說。他將深藍色運動衣的稜紋袖口往上拉，拖延時間。這麼說他認識她，儘管他們從未見過面。

珍發現他有顆金牙，在後端。他與她對上了眼。「珍。」他把剛才的話說完，ㄣ的尾音遲遲沒有收掉。

她整個人發冷，但又萬分冷靜。謎團與對未來的懸念所造成的狂亂焦慮，已經燒乾蒸發。她腦子保險絲燒掉了，現在毫無感覺。接見室在他們四周安靜下來，像一張褪色照片，安靜而模糊。就快有事情發生了，她感覺得到。

「我……」她開口欲言。

「珍，凱利一生的愛。」

她沒有應聲，試圖保持鎮定，卻想到自己這些日子以來有多麼厚顏無恥。搜索他人物事、跟蹤人、藏身偷聽。結果瞧瞧這一切把她帶向何處？來這裡，在監獄中，置身於罪犯之間，看著警車駛過，還有失蹤的嬰兒。她怕到皮膚發燙，彷彿自己被上千隻老虎的眼睛盯著：她是獵物。

「你是怎麼認識他的？」珍嚥下口水問道。

「我們是老交情了。」喬瑟夫沒再多說。他雙腿在桌子底下交叉、伸直，腳伸到了她的椅子下方。這姿勢是故意在宣示存在感。珍想往後退，但沒有這麼做。外面天光漸暗，雲層呈俄羅斯藍，好像有人把燈光調暗似的。喬瑟夫發現她在往外看。「理查暴雨。」他豎起拇指往身後比，說道：「會是場大風暴。」

「是嗎？」珍有氣無力地說。

「是啊。這裡的殺人犯最愛暴風雨了。」他往四周大手一揮。「讓他們很興奮。」眞怪，他竟然把自己和其他囚犯區分開來，珍發現自己這麼想著。她忍不住但就是注意到了。「告訴我你們交情有多老？」她不死心地問。

喬瑟夫上身探過桌面湊向她。「告訴妳吧，等我從這裡出去，妳就會知道了。我打算東山再起。」他在事務所接待廳也說了類似的話。他做了另一個手勢，用拇指摩擦其他手指，可能是在暗示錢也可能只是抽動了一下。珍無法理解，說不定這細微的動作是她想像出來的，那動作不過一秒鐘。他身體其他部位全都文風不動，十分詭異。

「你們是什麼時候認識的？」

「我覺得這個問題妳應該去問凱利，不是嗎？」喬瑟夫說。

喬瑟夫摩搓著他手上的一個刺青，頭全然不動，只是看著她。外頭風勢轉強，有個塑膠袋像氣球一樣飄過。

「珍啊，」喬瑟夫重複喊著她的名字，像在玩弄她一般。「珍啊。」

「什麼？」

「在我走以前，我有個問題想問。」

「好啊。」

「就是，珍……妳怎麼可能會不知道？」喬瑟夫像鳥一樣偏著頭。他瘋了，珍忍不住這麼想，這個知道她是誰的男人，肯定是瘋了。「連我都覺得妳知道耶。」

分岔的閃電照亮外面的天空，一剎那的電光，眨個眼就會錯過。

「知道什麼？」

珍直瞪著喬瑟夫看，接見室彷彿從四面八方朝他們逼近。當上方天空雷電大作，他朝著她傾身，以手勢示意她也靠過來。他左手掌朝上放在桌上，像隻四腳朝天的金龜子，手指向著自己的身體做勾引的動作。她勉強地湊上前去。

「妳問問我我們都做了些什麼。」

「做了什麼？」

「竊盜、販毒、傷害。我們做的就是這些。」

喬瑟夫的罪名清單。

珍眨眨眼，猛地將頭往後退。「可是你在這裡，他並沒有？」

「啊，」喬瑟夫用粗啞的聲音說：「歡迎加入組織。」

害怕、領悟與驚恐之情宛如外面的強風颳過珍的心。她是否早就知道了？在她內心某個深邃幽暗的角落？

凱利。

一個顧家的男人。

朋友不多。

經常獨自一人。

很難摸透他。

時而陰鬱。

不出門旅行。

不喜歡聚會。

不上班領薪水。低調過日子。

家長之夜不與她的朋友交流。

錢好像隨時都夠用。

那陰暗的一面，他的陰暗面，如檸檬般尖酸，以防與人建立親密關係的幽默。這不是老生常談了嗎？以幽默、戲謔，作爲防禦機制。

想想他有時不願妥協，不願多做解釋。不願、不願、不願。他不願搬回利物浦。不願爲特定雇主工作。不願出門旅行。不願搭飛機。

喬瑟夫垂下嘴角，說道：「妳聽著，我不打小報告，我不是告密者。去問妳丈夫。」他說完站起身，對話結束。珍也不管有人在看，兩眼直盯著他離開後留下的空位，任由淚水湧出。

她坐在那裡努力鎮定情緒時，忽然有人很輕很輕地碰碰她的肩膀，嚇了她一跳。喬瑟夫的嘴就附在她耳邊。「我相信妳會有一定程度的發現。」他低聲說完便在警衛陪同下離開。

珍開始發抖，好像一陣寒風吹過，但並不是：外頭是有風狂雨驟，她卻只感覺到他的氣息，在她耳裡，在她心裡。

負144日

18:30

「喔，快要瘋了。」陶德激動地說，字句都糊在一起了。珍正坐在凸窗內的雙人沙發上，想著丈夫涉及犯罪組織的事。「分餾根本沒發生。我們可是做足了準備。我們以爲那是關鍵問題，結果根本不是。」他玩弄著亨利八世的項圈，貓則心滿意足地躺在他腿上。「妳知道嗎？事情從來不會照妳想的發展。」他動了動身子，根本靜不住，貓便跳下了沙發。窗台上點了三根蠟燭。

珍點點頭，微笑看著兒子。

今天早上她最先注意到的是她的手機不是同一支，握起來不太順手。這支比較重，比她七月初買的那支細長型來得大。該死、該死、該死、該死，她暗咒道。不用看日期她就知道又跳回更早以前了。

現在是六月。從臥室窗口向外看，可以看見對面住家前院的玫瑰盛開，芳香花朵一簇簇緊貼在一起，就快要謝了。怎麼可能會是六月？這逆行倒退要到什麼時候才會了結？退到一切化爲無有？退到出生、死亡？而且——有個更晦暗的念頭——就算要像凱利許久以前說的，由珍自己出手殺了喬瑟夫，時間也不對。他人在「裡面」。

珍換了衣服，是幾個月後會被她丟掉的衣服，但她腦子轉的是問題：凱利是喬瑟夫的什麼人？還有，事情是怎麼發展的——喬瑟夫出獄，到事務所來找**老友**凱利；陶德迷上了克麗奧，但得知喬瑟夫和凱利所做的事情後大爲光火，便殺了喬瑟夫？有可能如此，但機會不高，這是她的結論。這種殺人動機也太薄弱。何況還有許多事情有待解釋：誰是萊恩．海爾思？失蹤的嬰兒哪去了？妮可拉．威廉斯、凱利與陶德之間隱晦不明的對話。以及，喬瑟夫對凱利的了解。

此時她看著坐在燈光下、褲子沾滿貓毛的陶德，含糊地說：「你會成功的。」

「老實說，我的確玩得挺爽的！但杰德說我有病。」他有些暈陶陶，是放鬆了，是壓力過後釋放的腦內啡，也可能有其他因素。那是秋天時的他缺少的某種東西，某種輕盈。「說眞的——我是不是個工作狂……還是什麼的？」他說著停下來，從客廳的另一頭看著她。

「你不是工作狂。」她說道，但連她都聽得出自己的聲音中充滿憂傷。她好懷念這個。懷念普通的日常，不是跳著過零碎日子，一切都倒退逆行。她甚至不知道爲什麼會來到今天，會在六月七日醒來。這時陶德還不認識克麗奧。喬瑟夫還在監獄裡。究竟爲什麼是今天？她將臉貼靠著掌心。

「不知道能不能拿到A。」陶德若有所思地說：「也許只有B。」

他拿了A。

就是最近的某天，陶德回家後開心地談論製造**聚合物彈力球**。「聚合物什麼？」當時凱利是這麼說。陶德猶豫了一下，然後從背包拿出一個東西來。「弄了一個來給你。」他漫不經心地說，自信到膽敢偷學校的東西。這孩子是覺得好玩，不在意。陶德太喜歡化學了，但還是不應該同意他這樣亂拿吧？或許就是這類事情導致陶德走偏。珍從未多想自己是怎樣的家長，但也許她太寬鬆，比起疾聲厲色更偏好開開玩笑，又常常被陶德的聰明耍得團團轉，認定他絕對不會要叛逆。其實所有的小孩都會叛逆，就連乖小孩也會，只是叛逆方式不同罷了。

珍看著英俊的兒子，想到未來的陶德會錯過的一切：大學、婚姻、與其他天才合作的研究計畫。而且相反地，他還得要面對：還押、審判、入獄。出獄時至少三十五歲。內心永遠背負奪走了一條人命的壓力，不管當初是被什麼誤導了。

「妳要叫嗎？還是我來訂？」陶德朝她比了比他手機上的達美樂 app 問道。他們想必是說好了要叫外賣。「好啊……就等爸爸一下吧。」亨利八世輕輕走過來，跳到珍的腿上。牠這時也瘦些，她難過地暗忖。

陶德先是一臉超級困惑的表情，接著像卡通人物般愣了一下才恍然大悟。「**好——吧**。」他說：「爸不在，不過沒問題。妳想等就等吧，珍。」

「他不在？」她尖聲問。接著馬上換成咧嘴的笑容，還補上一句：「可能會被你說我老了，不過提醒我一下，他去哪了？」

「今天是聖靈降臨節。」

「噢。」珍感覺得到自己的嘴做出明顯的圓圓 O 型。每年聖靈降臨節週末，凱利都會出門，和一些老同學去露營。如此安排由來已久。她從未見過他們，這點讓她感到納悶，但凱利解釋得很輕鬆。「唉，他們不是本地人，我只會在那個週末跟他們見面。說眞的，妳會無聊到想哭。」

「那就叫兩人份披薩囉。」她對陶德說，但其實她在暗想：難怪啊，難怪是今天。跳過了之前那麼多日子。

謝天謝地。幸好她今早在凱利的手機上開啓了「尋找我的 iPhone」，這是她現在每天早上會做的事。稍早查看時，他人在利物浦，不過她會再查看一次。

「我想想。」珍說著拿出手機，表面上在訂購披薩，其實是在看「尋找我的 iPhone」。凱利說是去湖區露營，溫德米爾湖。每年都是同樣地點。

但瞧瞧。他根本不在湖區，他的藍點在這裡，而且就在索爾福德的一棟房子。

珍回頭看兒子，只見他正低頭盯著手機，一臉專注的神情。

「陶德，」她有些畏縮地喊他。她的寶貝，剛考完試，期待著和母親一起吃披薩；他值得更好的對待。他訝異地抬頭看她。「我如果得去辦公室一趟，你會很生氣嗎？很快的……等我回來我們再吃披薩。」

陶德驚訝地揚起眉毛，但隨即揮揮手說：「唉，好啦。不用擔心。我要去泡在 H_2O 裡了。一般人又稱之爲泡澡。」

珍輕聲暗笑，當他起身走出客廳，她揉了揉眼睛。這樣做對嗎？爲了尋找答案，反而更加忽視陶德？但是她非知道不可。

她決定搭計程車，以便隱藏身分。

「不會太久的。」她喊著對陶德說。放洗澡水的聲音傳來，但沒聽到他回答，她在樓梯底遲疑著，天人交戰，去與不去左右爲難。然而一切都是爲了陶德，當 Uber app 震動通知車子再一分鐘就到，她下定了決心。一切都是爲了救他，美好的他。

「我的培根要加量。」陶德喊道。

「知道了。」

她來到街上等計程車。

此時正值盛夏。鄰居的花園裡有天竺葵、甜豌豆、玫瑰，聞起來彷彿香水工廠。天氣溫和，下著小雨，溫暖的細雨，但珍不在乎。空氣很潮濕，像在蒸氣室裡。

她伸手摘下他們家車道最角落處一朵牡丹花的花瓣，那裡是他們唯一肯花心力維護的一小塊土地。花瓣一度是白色，如今已滾上深褐色的邊，猶如一張舊報紙，但依然散發出香甜撲鼻的氣味。

她仰望靜悄悄的家，只有浴室毛玻璃窗透出一盞燈，她想著兒子和他的披薩。總有一天兒子會理解的。

Uber 車停下後，她驀然想到自己這些年是多麼信任丈夫。太過信任了。和她從未見過的人去露營。她從未多想，一次也沒有。

她握住 Uber 車涼涼的塑膠門把拉開車門，司機名叫埃里，是個中年男子，留著鬍子，戴一頂棒球帽。車內有空氣清新劑的人工香氣與口香糖味道。

她遞上一張從廚房的緊急備用抽屜拿出的二十英鎊鈔票，那紙張柔軟又乾燥，就像牡丹花瓣。「我在跟蹤一個人。」她說。

「喔。」埃里看著鈔票考慮了一會兒，最終接了過去。

「app上顯示的車資我也會付。我們要仔細留意這個。」她將手機拿給他看。「如果藍點移動了，我們可能需要……改變路線。」

「好吧。」埃里說：「像演電影一樣。」他又補上這一句，並在後照鏡中與她四目相交。

「嗯。」珍坐在後座，頭靠著冰冷窗子，看著她住的街道飛快閃過。一個女人搭上黑色計程車去追蹤丈夫。超級老掉牙的故事，加入一點意外轉折。「對，像演電影一樣。」她重複他的話。

決勝時刻等妳唷，陶德傳來簡訊。

天哪，這也太奇怪了吧，珍暗自揣想。默西塞德的燈火宛如稀稀落落的七彩星星飛逝而過，妳怎麼可能忘記人生當中的一整個階段？一起玩PS5的階段，遊戲《決勝時刻》。兩個控制器不時都要充電，他們太常玩了，他們玩上癮了。沒玩的時候，他們就在屋子角落裡互相射擊。「這裡是黑色行動。」陶德會這麼對她說，一面拿著想像的對講機走進廚房。

此時車子疾馳在高速公路上，燈光照亮的藍色路標從頭上一閃而過像在飛一樣，珍不禁暗想，她讓兒子玩那個遊戲，不顧過度暴力的警示，是不是太不負責了？這種事不會發生在他們身上啦，她曾經這麼想。是她太散漫了，一定是的。被律師撫養長大的她，希望能教會孩子如何放鬆玩樂——但是否她做得太過了？

凱利所在地位在一條泥土路盡頭，就在高速公路下了索爾福德交流道後不遠處。埃里盡責地開著車，一言不發。

珍正琢磨著這麼做好不好的時候，他開口說：「妳看起來不太高興。」

「對，我是不高興。」

埃里關掉收音機。空氣很暖和，車子就像一個發亮的蛹。「妳在跟蹤妳先生嗎？」

「你怎麼知道？」

埃里在鏡中與她四目相對，隨後逕自又吃了一片一折就斷的箭牌口香糖。他舉起一片要請她吃，她婉拒了。「通常都是這樣。」他說。

珍垂下嘴角，拒絕回答。通常她會在車上閒聊，盡量讓計程車司機覺得八卦一下無所謂，但今天她不想。

他們繞進一個圓環，從第二個出口離開，然後進入鄉間。泥土路上沒有燈光照明，甚至沒鋪柏油，只是一片泥濘。沿路往前行駛之際，珍手臂上的寒毛直豎。夏日的鄉間氣味從空調出風口飄進來。乾草堆。久旱後下在熾熱路面的雨水。

「也許我該去拍電影。」埃里愉快地說：「弄個專門跟蹤丈夫的角色。」

「也許吧。」

他們駛進一條看似私人的車道，在google地圖上只是細微如骨裂般的一條線，沒有標示路名。

「要不要繼續往前開？」埃里問道。他摘下了棒球帽，他的頭髮原本或許茂密，但如今已漸稀疏，細細的髮絲像洗完澡的嬰兒一樣捲曲服貼。

埃里見珍沒有答話，便將車停下。他們距離凱利所在的點大約將近一百公尺，珍應該下車，但她猶豫不決。想要享受這最後的時刻，直到……直到發現了什麼。

此時埃里已將車燈熄滅，珍的眼睛適應了車道的幽暗光線，只見它向左彎之後又向右彎。就快到夏至了，天空亮得宛如珍珠母貝。樹上一片繁茂，枝葉相連，鬱鬱蔥蔥。

忽然有車燈像雷射光束掃過天空。「他要開車了。」埃里說著很快地倒車上到主要道路。珍瞄了手機一眼，藍點開始移動。

凱利從他們旁邊駛過，愈離愈遠，似乎並未注意到他們。「要不要跟上去？」埃里問。

「不，我們……我想看看他去的是什麼地方，看看這條車道盡頭有什麼。」

埃里沉默地一路開到底。路左彎右拐，彎道遮蔽了盡頭的景象。珍以爲會看到一個婚禮場地、一座城堡、一棟豪宅，不料只是一個小小的、寒酸的住宅區慢慢映入眼簾，一次出現一棟建築，共有七間房舍散布在一條碎石車道周圍。埃里將車停下。那些房舍都是老舊石屋，其中四間的窗戶透出亮光，其餘都是暗的。

有一間最爲雜亂。屋瓦缺損，一扇老式木門看起來不太牢靠，近乎腐朽。二樓的一扇凸窗用木板封起來，上面以粉紅噴漆噴了匿名者Q的圓形標記。埃里默默坐著，珍則仰頭凝視房子。就是這一棟，她確定。只有這棟前面沒停車。

「我完全沒概念這是怎麼回事。」她說。

「看起來很可疑。」

珍的腦袋飛快運轉著。一個交易點。一個藏身處。一個嗑藥的地方。一個殺人的地方。一個藏匿失蹤嬰兒、死去的警察……的地方。什麼都有可能。沒一個是好的。

「他說他要去露營。」儘管如此，她仍低聲對埃里說。

「也許是真的。看起來很有野外的感覺。」他笑著補了一句。

「在湖區。」

「喔。」

「你可以在這裡等一下嗎？」她問道，同時慢慢拉開門把。「我需要去看看。」

「當然。」他雖這麼說，臉上表情卻多了幾分警惕。這個uber司機，她短暫的朋友，她傾吐了最多心事的對象。她走向屋子時回頭覷他一眼。車內的燈將他照亮，猶如昏暗中的一個雪花球。

她猶豫地走過灰色碎石地。外頭空氣中有假日的感覺。夏季的氣味，蟋蟀唧唧。

倏然間，她好希望能回去，回到擺著南瓜的樓梯平台上，看著陶德殺人。她會欣然讓事情發生，接受它。他會去坐牢，出獄後他將能夠有自己的生活。這是她頭一次想將她發現的傷口覆蓋住。不要再往裡挖。日子繼續過。

她走過黑暗，來到屋前，試著去開門，門上了鎖。這棟房子和其他人家有些距離。這裡所有的房舍都沒有分界，沒有圍籬，也沒有前後院。隔壁鄰居以隨意的一條直線為界修整草地，再過來就是這個院子荒蕪的開端——蕁麻、雜草，還有兩株粉紅羽扇豆隨風搖曳。

珍推開信箱蓋。這個信箱讓她想起自己長大的那個家的信箱。指尖所及堅硬冰冷，她因而想起父親，想起他去世那天她未能及時趕到。

透過信箱孔她看到一個舊式玄關。不平整的紅方磚。她猜想凱利是從地上拾起郵件，堆放到那張玄關桌上。

大門側邊的灰泥牆上掛了一塊牌子寫著「檀香」。再過去的下一棟小屋寫的是「月桂」。屋子很小，約兩個房間深。珍順時鐘繞著走，屋後有兩扇舊式橫拉落地窗，玻璃上蒙著一層淡淡青苔。

屋裡鋪著藍綠色地毯，有張深色木餐桌擺在當中，布置得像個娃娃屋。沒有椅子。左手邊一個空空的小廚房，料理檯面上空蕩蕩的，連個茶壺都沒有。她兩手遮蓋在額頭上方貼著落地窗往內看，手指因此染綠了。屋子疏於照料，但並非年久失修，也許是最近才清空。

她重新繞回前門。客廳的窗櫺每一格都有一片扭曲的圓形吹製玻璃。客廳維護得很好，像個博物館或是片場布景。中央有一組一大兩小的粉紅沙發，蓋在扶手上的蕾絲應該原本是白色。有張空茶几斜斜地擺放，上面放著一個遙控器。書架上滿滿的書，但她一本也看不清。書架頂端有兩只滿是灰塵的香檳酒杯。她正打算掉頭不再看，忽然注意到有樣東西就在她視野正前方：一個對開相框，黑色絲絨背面朝著她，放在布滿蒼蠅屍體的窗台上。由於窗玻璃扭曲變形，她差點就錯過了。她貼著窗子移動以便看個仔細。

當照片聚焦，空氣彷彿變軟凝結，宇宙的分子全都在她四周落定。這不是徒勞之舉，這不是瘋狂之舉。

找到了。

那是凱利的照片，分明是凱利，那有所保留、似有若無的微笑。照片中的他年輕許多，也許二十吧。他旁邊站了另一個人。一個光頭男子。他們倆互相摟著。相框蒙著厚厚的灰塵，與她相距約三十公分，但她看得出來他們長得很像。眼睛，還有一種無形的感覺，就像家人之間有時會有些不明顯的相似處。骨架、額頭形狀、站姿：他們體內彷彿蓄積著一股能量，像是準備起跑的賽跑選手。

那麼另一個人是誰呢？這個與她丈夫長相相似的陌生人是誰？凱利說他沒有活著的親人：又是一件她毫不存疑的事。她凝視影中人，思考著這整件事。認識一個坐過牢的人而說謊是一回事，對於自己家人、自己的故鄉說謊，則完全是另一回事。

如果這房子眞是什麼可疑的場所，她丈夫怎麼會把自己的照片放在這裡？他不會，肯定不會。他又不笨。

她走回計程車處。那人有凱利的眼睛，有陶德的眼睛。她只不斷地想著這個。三雙深藍色眼睛，她丈夫、她兒子，和另一個人。一個她不認識，也無法找到的人。即便她闖進去拿走照片，明天也就不在了。

埃里正在玩手機遊戲，手機轉成橫向，隨著尖細配樂聲，手不停按壓螢幕。「不好意思。」他隨即關掉螢幕。珍上了前座，坐到他身邊。

「有什麼……」他的口氣好像覺得有必要問。

「不知道。是空屋。」

珍打開 app，再去看「尋找我的 iPhone」。看來凱利現在正在前往湖區，他一直以來聲稱的去處。但他先來了這裡，這棟棄置的屋子。

「屋主是誰？」埃里問。

「等等。」珍說。上土地登記局的網站，花個三英鎊，就能查出任何一處房地產的所有人。

她下載了地籍資料，滑到產權登記的部分。地主是蘭卡斯特公國。是王室。無主地產都會歸於王室。這是專攻不動產的律師第一個要學的。珍將亮著的手機放在腿上，抬眼盯著房子看。

「介意我抽菸嗎？」埃里搖下車窗說。

「抽吧。」他點燃打火機時發出刮擦聲，兩道火焰，車內發出短暫亮光。他抽菸，她沉思。他的香菸有往日的味道：酒吧外的夏夜、火車站內、夜裡的碼頭。

「我們該走了。」珍說。

「妳會當面問他嗎？」埃里問道。他吸著香菸，顴骨隨之突出。

「不會。他只會說謊。」

他們上路後沉默不語，珍在想著照片中的兩個男人。她的丈夫和另一個人，一個與他相似的人。這一切意味著什麼呢？

珍到家時，流理台上放了兩個披薩盒。一個空的，一個滿的。陶德沒等她就先吃了。他想必是自己叫了，自己一個人。

萊恩

萊恩在髒兮兮的客廳地板上做伏地挺身。毛絮塵土不斷黏上他的掌心。他運動有兩個原因：第一，他已經不能上健身房，第二，因爲他沒辦法、沒辦法、沒辦法停止想那個失蹤的嬰兒。

除了健身房，萊恩平常會做的事也幾乎都不能做了。不能回家探望家人，不能和朋友出去，甚至不能回到他的**舊寓所**……

事情發生得太快了。

他是昨晚搬進來的，位於沃勒西的一間小套房。他要在這裡生活、在這裡進食、在這裡睡覺。這裡隔成兩間，一間浴室，其他全都在同一個空間。其實相當經濟實惠，他心裡這麼想。沙發攤開就是床。最裡面的牆上有一排廚櫃。一台電視，一支室內電話。他還需要什麼？他不在乎，這很刺激。更好的是，這只是暫時。

他在昨晚凌晨一點抵達，確認沒有被跟蹤後，便開門進入小套房，鑰匙是在局裡拿到的。將背包甩下肩丟到骯髒的地毯上之後，他吁了一口氣，暗想：**我來了**。

前幾天在工具間，李奧終於給了詳細說明。「阿萊，現在我們希望你到這個集團裡臥底。」李奧說：「今天開始。」他兩眼緊盯著他不放，一秒都沒有轉開，沒有眨眼，動也不動。「我們設定的假身分是……其實，就是你。」

「好。」萊恩大大吞了一口口水說。一切都變得清晰，就在一轉眼間。那個軟木板。軟木板便是他進入的管道。所有關於他的經歷、他哥哥、他知道的事……等等。

這是他想要的，他試著這麼告訴自己。他想要一份有趣的職業。不過——哇——當個臥底，攔截**幫派**活動。他忽然想知道臥底警員的存活率、成功的可能性。他的機會有多大。

「你應該知道，你說話不像個警察。」李奧說完立刻澄清道：「這正是我們想要的。」

「明白。」萊恩不知該笑還是該哭。老天哪，原來他會被選爲臥底是因爲他完全不像警察？他確實是連警察的字母暗號都會搞錯。萊恩咬咬嘴唇，一種輕柔的憂傷感襲上心頭，好像嚥下一口滾燙又致鬱的飲料。

「不……我的意思是，警察會說：**這位先生，能不能給我一點上等的古柯鹼？**而你會說：**有快克嗎，老兄？**」

萊恩大笑一聲。

「你知道的，我是故意誇張搞笑。不過你在情報方面真的很屌。那個軟木板。了不起。」李奧衷心地說。

「謝謝。」

而現在，萊恩就等著被引介進ＯＣＧ，介紹人是已經混進去的一位同仁，他們的內線。

他的電話響了。

「都好了嗎？」李奧問。

「嗯，應該吧。」他望向外頭寒冷的社區。此時已到冬天尾聲，樹木光禿禿的有如火柴棒，天空陰冷、泛白，沒有一點顏色。這樣的季節了無生氣，讓人提不勁做任何事；沒有陽光、沒有雨，什麼都沒有。

「好好記住，給你三個忠告。」

「請說。」萊恩回頭面向客廳。

「第一，一定要隨時保持你扮演的身分，就算你覺得露餡了也一樣。讓人懷疑你是條子總好過你親口承認。」

「好。」萊恩乾嚥一口。他很緊張，他至少能承認這一點。也許是很酷什麼的，可是……萬一他們起疑呢？萬一大夥兒準備好設下一個大圈套，卻被他搞砸了呢？

「第二，罪犯處處都會懷疑有緝毒組。你也應該要這樣。要是有人這麼指控你，你應該要暴跳如雷，並且反過來指控他們。」

「我會的。這些我都沒問題。」萊恩老實地說。他是奉命要混進相當高的層級，要試圖滲透進那些向組織通風報信說哪裡有空屋的人之中。不是毒品支派，而是竊盜支派。

「第三，絕對他媽的不能告訴任何人。」

「收到。我是覺得……這其實應該擺第一。」萊恩說。

李奧大笑，萊恩頓時感覺滿懷的充實與喜悅。

萊恩手裡拿著手機，上面有一則訊息，他一再地確認：「十字街二號」。他依指示穿得一身黑。

簡訊就在萊恩的內應安琪拉所說的時間傳來。是未知的電話號碼。而這正是他們想查明的：是誰拿到這地址？又是如何拿到的？

萊恩以前沒見過安琪拉，這是警界規則：沒有人會見到執勤中的臥底警員。安琪拉正在執行一項爲期四個月的計畫，目的是查出集團中負責竊盜的分支，到目前爲止她做得很稱職。她偷了四輛車，並在港口認識了伊薩。這段時間內，她一次也未曾踏足警局，以免被人看見。

幾天前的晚上，萊恩在李奧的安排下見了安琪拉。他們在一間綜合商店外談了幾句。安琪拉是個很有條理而嚴肅的人，很抗拒他的玩笑話，好像讓她感到不便似的。昨天，她向幫派裡的人介紹萊恩，說是她的「表弟」也是「經驗老到的竊賊」，除了藉此提升自己的價值，也順便試著讓萊恩能往上爬得更高，以便認識情報幕後的人，而不只是一些跑腿的嘍囉。

萊恩要證明自己價值的第一項任務是：到手機上寫的地址去偷車。

就這麼簡單，也這麼困難。

時間已過凌晨兩點。月亮出來了，一顆明亮的大球被拋上天去，只在那兒停留一晚便會再次落下。

萊恩沒多想，就是去做。打開信箱。算他運氣好：這不會太難，鑰匙就放在不遠處。他拿出黑色長桿，將鑰匙釣出來放進口袋。他戴著手套打開上鎖的車，坐了進去，沒有啓動引擎就直接將車倒出車道。假如警察發現了這輛車進行鑑識，臥底小組便會揭露他的身分：說他其實是萊恩，是好人，不會被起訴。

來到附近一條無燈的道路後，他開始進行下一個任務。他兩手抖個不停。因爲從來沒有裝過車牌。警局同仁以爲他知道怎麼做，但在機械、ＤＩＹ這些方面，他向來都笨手笨腳。他就是不知道怎麼把東西拼湊在一起。有兩顆小螺絲掉了，滾到地上，一下子便和柏油路面融成一片。「該死。」他咒了一句，隨即跪下來用手摸找。

他花了四十分鐘才裝好車牌，還割傷了手，被車牌的鋒利邊緣直接劃破手心。但畢竟完成了。又多了一項罪名。

萊恩將車開到港口，依照指示在那裡等到伊薩忙完了，才慢慢駛上前去，下車將鑰匙交給他。

「漂亮。」伊薩說。就在當下，在那寒冷的港口，萊恩陷入驚慌。**想想看，想想看，想想看**，他滿腦子都是這幾個字。想想看，萬一伊薩發現他的身分。萊恩或許沒有被捕的危險，但肯定有可能會他媽的丟了小命。

「好極了。」萊恩說道。他伸手去拍伊薩的肩膀時手在發抖，便讓下巴左右移動做爲掩飾，這是使用古柯鹼後常見的徵狀。就讓伊薩這麼想吧，以爲他嗑了藥，跟他哥哥的夥伴們一樣。

萊恩往伊薩身後看去，望向貨船，只見一具具色彩鮮明的吊車映在夜空中。

伊薩迎上他的目光，兩人之間彷彿有什麼在流動，只是萊恩不明所以。他的膝蓋開始發軟，他便兩腳交互跳動作爲掩飾。

「第一次嗎？」伊薩小心地問。

「是啊。第一次之後才會有更多次。」萊恩內心驚嚇不已。他們會殺了他。哪怕警察會保護他，哪怕身分曝光後會送他到安全屋去；但是只要被這些人發現，他們就會殺了他。別想了。別再想了。

「四十輛車？」

「我們這禮拜幹了四十件。」伊薩說。

「嗯。」

哇。萊恩吐了一口氣。他萬萬沒想到規模有這麼大。

「你手受傷啦？」伊薩問。

「欸，沒什麼大不了。」萊恩說：「就是車牌割的。」

「我之前ＤＩＹ的時候也是。」伊薩說著伸出自己的手掌給萊恩看。

「哈。」萊恩一邊轉動著心思。

「你應該塗點沙威隆。」伊薩隨口說道，好像他們倆是小孩，不是參與犯罪集團的大人。去他的沙威隆。

負531日

08:40

現在是五月，但是是前一年的五月。這不對，竟然倒退了這麼遠。她得找安迪談談。問他該怎麼辦？怎麼把時間停下？怎麼把時間放慢？

珍下樓，單是從光線與屋內雜音——凱利在煮東西，陶德嘰哩呱啦說個不停——就能知道今天是週末。她停在樓梯的倒數第二階，靜靜聽著丈夫和兒子輕鬆談笑。

「應該是索然才對，」陶德說：「**超然**是公正客觀的意思。」

「謝啦，**牛津字典先生**，」凱利說：「我的意思的確是公正客觀啊。」

「才不是勒！」陶德說完，兩人一起哈哈大笑。

珍走進廚房。「早安，美女。」凱利輕鬆地說，同時將煎餅翻面。這景象看起來是那麼平常。可是……那張照片。他有親人，在某個地方，卻從未告訴她。

看到他珍的心裡更難過，彷彿看著一處虧蝕。珍可以感覺到自己瞇起眼睛。「怎麼了？」他又一次開口。

她的視線回到陶德身上。他還小，還是個孩子，是個青少年。大手大腳，大耳朵，滑稽的牙齒還沒長好長正。臉頰上有四顆青春痘，下巴沒一點鬍子的蹤影。身材矮小。

她移身向正在翻煎餅的凱利。

「所以你是說，你覺得我的電腦遊戲很**公正客觀**？」陶德問凱利。

凱利又往鍋子裡加了點麵糊，陽光正好照在他的黑髮上。「是啊，我就是那個意思。」

「我好像聞到屁味。」

「好啦，好啦，」凱利舉起雙手作投降狀。「多謝指教。我是要說**興趣索然**啦，你這無賴。」

陶德咯咯地嘲笑父親，尖尖的笑聲充滿稚氣。「你想想看——本來可能會有兩個我，要是你們再生一個，你就一個頭兩個大了。」陶德說。

「是啊。」凱利說時，臉上倏忽掠過一抹她以前看過的古怪表情。他一直都想再生一個。

「有你就太夠了。」珍對陶德說。

「喂，我們都是獨生子耶。」陶德邊說邊拿起一根香蕉剝皮。「我以前都沒發現。」

珍仔細地觀察凱利。是因爲這段對話嗎？所以她才會在這裡？

他沒有作聲，逕自在廚房裡忙著。過了一兩秒才悠悠地說：「的確是。」

珍望向外面的院子。五月。二〇二一年五月。眞不敢相信。清晨陽光灑落，猶如天上射下的箭。他們的舊庫房還在，是在改用藍色小庫房之前的那間。珍暗自納悶，光是看照在草地上的陽光，誰能分辨出這一年跟下一年的五月有什麼不同？

他。

「好了，我得去沖個澡。」她說。

她來到頂樓臥室，坐在雙人床正中央，用一支古早的手機搜尋安迪電話，然後撥給

「安迪．衛第斯。」

珍照常急急忙忙地把一大串來龍去脈再說一遍。那些日期，他們已經有過的對話。安迪以他慣有的方式聽著，他的沉默多少有點拒人於外，但帶著渴望，珍這麼想。她告訴他關於未來的佩妮．詹森獎。他說他正受到推薦。

他似乎是相信她了。「好，珍，說吧。妳想問什麼？」

「我只是……都**十八個月**了。」她試著將注意力轉回到手邊該做的事。

「妳所到的日子有什麼共通點嗎？」

「有時候……我會得知多一點新訊息。不過……」她把電話夾在肩膀和耳朵之間，兩手上下摩搓著腿。她冷死了。她手上塗著很舊的指甲油，是一種杏黃色，有一段時間她很愛這個顏色，但現在不了。「有好多事情應該可以讓它停下，卻沒有起作用。」

「也許本來就不是為了阻止那件事。」

「蛤？」

「妳說他是壞人，對不對？那個喬瑟夫。也許這狀況不是為了阻止他被殺。」

「請繼續說。」

「怎麼說呢，如果妳阻止了，好像會有其他的問題。」

「什麼？」

「也許不是要妳阻止它，而是去理解，那麼妳才能辯護。妳明白嗎？如果妳知道了**原因**，就可以在法庭上說出來。」

聽他說完，珍連耳朵都微微打顫。也許是，也許是，畢竟她是個律師。「對，比方說自衛，或是被挑釁。」

「正是。」

珍很希望能回到第零日，一次就好，在知道了現在所知道的一切之後，再重新看事發經過。

「不知道我有沒有在未來跟妳說過這個，不過我總會告訴那些想進行時空旅行的人同一件事：妳要是回到過去找我，就跟我說，妳知道我在學校有個想像的朋友叫喬治。這件事沒人知道，應該說——除了那些聽我提起過的時空旅人之外。到目前爲止，都還沒有人來跟我說過。」

「我會告訴你的。」珍說。這個私人訊息，這條線索，這個捷徑，這個暗號，讓她十分感動。

她向他道謝並道別。

「隨時歡迎，」他說到：「到昨天我們再聊囉。」

珍露出無力而哀傷的微笑，掛斷電話，想著今天。畢竟，這是她僅有的。

今天。二〇二一年五月。

二〇二一年五月。好像有什麼東西慢慢爬向她的意識，宛如地平線上凝聚起薄霧。就像偶爾會有個念頭突然冒出來。毫無預警地。她看了手機。沒錯，她想對了。今天是二〇二一年五月十六日。

重擊驟然而至。

出其不意，又那麼凶猛，讓她一時站不住腳：今天是她父親去世的日子。

珍假裝抗拒了那股衝動。她邊梳直頭髮邊告訴自己，回到過去可不是爲了見父親，不是爲了彌補此生最大的錯誤之一。她是爲了救兒子而逆行，不是爲了來和父親道別。然而整個早上她都想著太平間裡訣別的場景，只有她和他的遺體，他的手握在她手裡又冷又乾，他的靈魂已去了別處。

她看著陶德玩《袋狼大進擊賽車：氮氣爆衝》——他們當時最迷的遊戲——手卻一面急躁地東摸西摸，腳也不停地翹起放下。最後陶德對她說：「妳到底是**怎樣啦？**」她才信步走開，不去管他。

她站在玄關，用手機 google 凱利。什麼也沒找到，網路上毫無資料。她上一個尋根網站輸入他的姓氏，卻出現數百個結果，散布在英國各地。她找到凱利的一張照片，利用反向圖像搜索，仍毫無所獲。

她晃到樓上去。凱利正在記帳。「我眞的是讓微軟予取予求。」他對她說。一杯咖啡放在杯墊上，臉上似笑非笑，當她靠近，他以幾乎細不可察的角度將電腦背轉向她。這回她看見了。前一次她肯定沒注意到。

說不定他另有收入來源。毒品、死去的警察、犯罪。他有比一般油漆裝修工有錢嗎？也還好，她覺得並不多。她就從來沒細想過——眞是如此嗎？忽然一段記憶冷不防地跳了出來。兩三年前，凱利捐了一筆錢給慈善機構，不是小錢，有幾百英鎊。他沒告訴她，後來當她問起，他解釋說剛好接到一份好差事才匿名行善。丈夫說謊，即便是做善事，也讓珍有種難以捉摸的困惑。不過是那麼一個小小謊言，但無論如何，就是個謊言。

「欸，問你一個奇怪的問題。」她若無其事地說：「你還有沒有什麼活著的親戚？比方說表親啦，隔代的……」

凱利皺起眉頭。「沒有啊。爸媽都是獨生子女。」他很快地說。

「連遠親也沒有？也許再上一代？」

「……沒有。怎麼了？」

「忽然想到我從來沒問過你家族的事。而且我記得……記得一件奇怪的事，好像看過你一張舊照片。和你合照的那個男人眼睛跟你很像，身材比你魁梧，一樣的眼睛，髮色比較淺。」

凱利聽到這句話似乎全身都起了反應，他急忙站起來加以掩飾。「不知道，」他說：「我不覺得……我有什麼舊照片嗎？妳也知道我的。沒那麼感性。」

珍點點頭，看著他，心想這話根本錯得離譜。他完全是個感性的人。

「一定是我自己亂想的。」她說。也就是眼睛罷了。也許照片裡的那人只是朋友。

珍對上那雙藍色眼眸，頓時感覺到這一生中前所未有的孤單。她理應四十三歲，但此時此地的她是四十二歲。現在理應是秋天，她卻身在十八個月前的春天。而她丈夫不是他口中所說的他，無論在哪個時間點都一樣。

但是她父親還活著。

那個儘管是用自以為是的方式付出，卻仍是無條件地愛她的父親。就在珍覺得必須好好審視自己的教養方式才能拯救兒子之際，她好想，在此刻，尋求撫養她長大的人來幫幫她。

「我要去找我爸。」她說，沒頭沒腦的。但她克制不住。她需要去握住他的手，感受那個溫度。她需要親眼看著他擺出他噈氣時放在一旁的啤酒與花生。她不會久待。她只會——只會告訴他說她愛他。然後就離開。

「喔，好呀。」凱利說：「好好玩吧。」見她急匆匆下樓，他高聲喊道：「替我跟他問好。」

凱利和她父親始終是客客氣氣的關係，卻從未親近過。珍以為凱利或許會想找個可以當榜樣的父親，樂於把她父親看成自己的父親，不料事實上恰恰相反，他總是與她父親保持距離，一如他與大多數人那般。

她在車上打電話給爸爸，有一部分理智還在想他不會接。

不過他當然接了。這也向珍證明了一點，而且幾乎是最重要的一點：這件事確實發生了，確確實實。

「好個驚喜啊。」父親說。果真是他，在電話另一頭，死而復生了。他的語調——高雅、含蓄，上了年紀後愈發柔軟且幽默。珍深深沉浸其中，彷彿圈養的牲畜在許久、太久之後，終於感受到一絲自由微風。

「你有空嗎？我想過去一趟。」珍的聲音有些濃濁。

「好啊，我會燒水。」

她閉上了眼睛，這句話她聽過不下千萬次，卻也已經十八個月沒聽到了。

「好。」她說。

「好極了。」他似乎很高興。他孤單、年邁，死期也將近了，只是他還不知道。

珍所知道的一切都在在告訴她，她不該來這裡。所有該死的電影都會同意。她只應該針對可能阻止命案發生的事情去做改變，對吧？人不能太貪心、太自私，還想企圖改變其他事情，想扮演上帝。

但她忍不住。

父親住在一棟雙立面的維多利亞式房屋，三層樓高，包括改建的閣樓。大門兩側各有兩扇成對的上下拉窗，鑲著深色木框。很舊式的風格，但舊得迷人。跟他一樣。

當父親後退一步，比手勢請她進屋，她驚異地盯著他看。他的手臂，完完整整、流著溫熱的血，眞眞實實地連在她父親活生生的身體上。「有什麼……？」他臉上掠過一絲困惑。

「噢，沒事。」她說：「我……只是今天過得不太順而已。」

母親死後，父親仍繼續住在他們結婚後就一直住的家。他很堅持，也沒有人能幫她說服他。獨生子女的無奈。他說爬樓梯沒問題，還說他都會自己清簷溝。結果到頭來，讓他喪命的既不是簷溝也不是樓梯。

「怎麼回事？」

「沒事啦。」珍搖搖頭說，並隨他走過玄關走廊，如今她已長大成人，走廊看起來好像變窄了。每當珍來到這裡，心頭都會蒙上一種非常特別的感覺。一種幾乎可以摸得到的鄉愁，被一層薄薄灰塵覆蓋，好像只要她夠努力，就能抓住過去。不過現在，她人在這，在她兒子成爲殺人犯的前一年，她父親去世的當天，這感覺太不眞實了。

「眞的沒事嗎？」他問她。穿過老舊的起居室時，她回頭瞥了一眼。灰綠色地毯很仔細地吸過了，然而邊緣仍顯得灰黑。她以前從未留意過。或許她不屑做家事的心態是遺傳自父親。一塊圓形灰色小地毯，上面有幾何圖案。壁爐與暖氣管上方突出許多深色木架，上面放了他數十年來蒐集的擺飾。

雖然是大白天，他還是打開了廚房的燈。是日光燈。燈管亮起發出嗡嗡聲。「莫里斯對莫里斯案解決了嗎？」他揚起眉毛問道。他是用「對」而不是「告」，就跟所有的律師一樣。

「我……」她沉吟著，顯然根本不記得了。

「珍！妳說會解決的！」

她斜仰著頭看他。這個，她都快忘了。家人間的惱怒焦躁，到最後總會被憂傷所吸納，不是嗎？這類對話在當時應該會激怒她，但今天沒有。能來這裡，能活在其中，沒有死亡阻隔在他倆之間，她只覺得開心。

「對不起，我太累了。」

「在他們解除委任之前，妳有四天的時間。」他說。忽然間，拜後見之明所賜，她清清楚楚地看出自己一部分的不安全感來自何處：就是這裡。長大後，有一股引力將她拉離開與父親相似的人，轉而結交像拉喀什、像寶琳這些不喜與他人來往的人，還嫁給凱利。是他們讓她能眞眞正正地做她自己。

「我知道，沒問題的。我們會在星期一搞定。」她說。

「當事人對我們的收費怎麼說？」

「噢，我不記得了。」她揮揮手，想結束對話。一起工作眞不是愉快舒服的經驗，對吧？有時候很辛苦，就像現在。她父親很有動力、很認眞投入，對細節吹毛求疵。珍也有動力，但最主要是想助人。

她記得很清楚那次和父親參加一個重要的協調會，由於她一下少這份表格，一下少那份，父親大發脾氣，她也不斷傳簡訊給寶琳說：「**我爸眞機車**」，寶琳則回傳許多表情符號。現在想起來她幾乎笑出來，我們跟父母的關係，還眞是苦中帶甜啊。

「抱歉，沒睡好。」她正視著他說：「星期一狀況會好一點，我保證。」

「妳看起來好像……怎麼說呢。對了，妳看起來很像陶德還小、妳老是沒時間休息的那個時候。」

珍半帶笑容說：「那段日子我記得。」

「有了孩子以後在哪都能睡，實在太累了。」他感傷地說。就在這一刹那，稜鏡對準了光線，他顯示出自己的另一面。他向來好強、壓抑，但逐漸走向死亡的這些年，他多少軟化了些，開始容許自己去感受，去展現一個願意流露情感、內心柔軟的他。比起當父親，他是個更好的外公。他們父女相處的時間實在太少。

「有了妳以後，我有一次還在等紅綠燈的時候睡著了。」

「我怎麼都不知道。」她說。

珍背上有股詭異的感覺，好像哪裡的窗子打開了，冷風吹進來。她在這裡做什麼？她不應該這麼做的，竟然得知了一些她永遠忘不掉的事。

「我沒說過，」他解釋道：「父母絕不會想讓孩子認爲他們自己是負擔。」這第二句話顯然很難說得出口，他說完後咬咬嘴唇看著她。他們倆站在餐廳裡，夾在客廳與廚房中間。外頭的光線很美，照亮落地窗前的一束灰塵。

「沒錯，我對陶德也是一樣。」

「生養小孩眞的很辛苦，都沒有人說。」父親聳聳肩，似乎很開心能與女兒度過他認爲很平常的一天。

「我當時也在車上嗎？」

「沒有，沒有！」他笑著說：「那是去上班的路上。天啊，那是……另一回事，那段照顧新生兒的日子。有時候我好想打電話給相關政府部門說：**你們知道照顧新生兒有多辛苦嗎？**」

「我還以爲都是媽在做的。」

他嘴角下垂搖了搖頭。「我恐怕得這麼說，小珍寶的尖叫聲占據了整個家。」

她眨眨眼，看著他走進廚房，不嫌麻煩地在爐子上用水壺燒水，一如既往。把水加到滿——管他地球會怎樣——再用顫抖的手小心地蓋上壺蓋。她已經許久未見這隻茶壺。一年前這間房賣掉了，屋裡的東西她幾乎一樣也沒留。

廚房有個陳舊的味道，單寧、麝香，一種有如露營車的味道。

「爲什麼沒睡好？」他問道。

「和凱利吵架。」她心想這話也沒錯。淚水突然湧上眼眶，她擺了擺手。她還在想等紅綠燈的事。天哪，父母會爲孩子做到什麼地步呀。

父親沒吭聲，讓珍繼續說，站在破舊地磚上絮絮說著。她與他眼神交會，那雙眼和她的一模一樣。陶德都沒有這樣的眼睛，褐色眼睛。陶德的眼睛像凱利。跟某人生孩子就是會發生這種事。

「出什麼事了？」父親說。這不是二十年前的他會說的話。水開始沸騰，水壺在爐子上輕輕晃動。父親直盯著她的雙眼，不去理會水壺，好像那是遙遠的小地震。

「噢，就是一般的夫妻吵嘴。」她含糊其辭。不然還能怎麼說？難道把整個來龍去脈全盤托出？從第零日講到現在——第負五百日，差不多吧？

他靠著流理台面對她。這還是同樣的廚房，始終沒變。八十年代風格，米白色美耐板，仿橡木紋。老舊之中帶有一種慰藉。陳列櫃裡擺著他已經不用的水晶杯。一個花卉圖案的塑膠茶盤，每晚用來裝盛準備好的餐點。

「凱利一直在騙我。」她說。

「騙妳什麼？」

「他牽涉到一些不好的事。說不定一直以來都是。」

父親略等了一下，接著與其說是開口說話，更像是發出一個聲音。「嗯。」他用一手掩住嘴。老人斑。這些斑、都還在這裡，在這個當下，珍覺得鬆了口氣。「是什麼樣的事？」

「不知道。他好像在和罪犯見面。」她說。

父親眼神一黯，語氣堅定地說：「凱利是好人。」

「我知道。可是事情總會……你知道的。」

「什麼？」

「我跟你的感覺不一樣——你跟凱利眞的喜歡過對方嗎？」

「他對妳很好。」父親迴避了她的問題。

珍傷心一笑。「我知道。」

她再次想到那棟房子和那張合照。她理不清頭緒，也不知道該如何理清。對她而言，那是個封閉的謎團。

「還記得他第一次來事務所那天嗎？」

「當然。」珍立刻回答，但她也只想說這麼多。三月屬於她和凱利，儘管如今美好回憶遭到腐蝕。但那個日子對他們意義非凡，才短短幾個月後，他就把它刺在皮膚上了。他沒有說要去刺青，白天裡忽然不見蹤影，回家後也什麼都沒說。直到她脫去他的衣服才發現；他們共同的紀念。

「還記得那時候工作眞是一團亂嗎？」她說。

當時事務所剛成立不久，父親讓珍來當實習生——要是有製造混亂的祕訣，那就是這種安排。他自己是在號稱「魔法圈」的倫敦五大律師事務所之一受訓的，但想自己創業，便搬回利物浦，滿腦子都是合併、收購和野心。九〇年代，她母親得癌症死後，他成立了「伊果斯」。珍始終不明白，既然「伊果斯」是「鷹」的意思，何不乾脆命名爲「法律神鷹」？

早期那段日子，他們什麼案子都接，把專業發揮到極致，以免交不出房租。他們除了接受委託還做房屋買賣移轉和人身傷害索賠。「草擬附加條款的時候，還把參考書藏桌下放在腿上。」他笑說。

珍露出感傷的笑容。「你記得我們做過分時度假屋的產權移轉嗎？」她補上一句，愉快地懷舊。

「那是什麼?」父親問道，不過口氣有些奇怪。有種表演的感覺，好像有人在看著。

「有呀，我們做過分時度假屋產權移轉，爲了整理出哪個時段是誰的，都快搞瘋了，記得嗎?」

「有嗎?」

「當然有了!」珍一時間感到困惑。父親對於過去發生的事件向來記憶力驚人。想必是她誤會了，或許事情與她的記憶有些出入。

「我不這麼覺得。但總之就是那段日子吧?」他說：「在辦公室吃披薩……」

珍點頭說：「沒錯。」不過這不是實話。

「而且所有事情都有點天翻地覆，對吧?」

「對。」她記得她與凱利邂逅的那個春天。當時事務所終於開始賺錢，幫幾個大客戶打贏官司。他們請了一個祕書，還有派翠西雅負責管帳。瞧瞧現在，都上百名員工了。

「留下來吃晚飯?」父親倒來兩杯茶並問她。

她遲疑地看著他。四點了，他還有三到九個小時可活。他倆四目相交。

她一語不發從他手上接過冒著熱氣的茶杯，慢慢啜飲一口，想拖延一下。她知道不應該這麼做，不能改變其他事，專注於該做的事就好，別玩樂透，別殺死希特勒，別脫離正軌。

不過嘴巴自動回答了：「好啊。」聲音好輕好輕，希望這樣低低聲說出來，天地宇宙或許會沒聽到，只說給他聽，沒有見證人，是父女之間的私密話。她不想再孤單一人，哪怕一下子也好，不想再去思考那些費解的線索，始終無法前進，只能倒退、倒退、倒退，好像在玩沒有棋子，只能擲骰的迷宮遊戲。

「要吃什麼？」她接著問。

父親聳聳肩，開心地。「隨便。」他說：「多一個人就會讓生活感覺正式一點，對不對？哪怕只是吃烤豆吐司。」

珍完全了解他的意思。

現在是七點五分。珍和父親已經將他冷凍了「天曉得多久」的魚派放進烤箱。她該走了，她該走了，她不斷地這麼想，理智的大腦以一種驚慌的理性哀求著，可是他穿著拖鞋的腳在腳踝處交叉，也打開電視轉到《超級星期天》看足球，時間已經那麼接近，她不能丟下他，她不能，她做不到。

「也許可以再放個大蒜麵包進烤箱。」父親說：「現在我可以爲英格蘭吃了。妳知道嗎？妳媽很討厭吃大蒜，說是懷孕的時候吃太多。」

「有嗎？」珍邊起身邊說：「我去放。」

「天啊，《超級星期天》實在很討厭，空洞得要命。」他開始轉台。

「我們來看《法網遊龍》好了，可以一邊批評裡面的法律程序。」珍回頭說道。

「有道理。」父親說著轉到 Sky 頻道的節目表，接著又說：「順便幫我拿一罐啤酒，和一些花生，邊吃邊等。」

珍頭背的寒毛一根一根豎直起來，彷彿一個個小衛兵。

「好。」她說完走進安靜的廚房，將大蒜麵包放進烤箱。烤箱內的燈照亮她穿著襪子的腳。

放在冰箱門內的啤酒已經冰涼。

「想吃什麼自己拿。」他從另一頭喊道。

珍在廚櫃裡找到花生，那裡頭好像什麼都有：柳橙汁、兩顆酪梨、巧克力葡萄乾、茶包、薄荷巧克力餅。她替他拿了過去。

「我都不知道媽懷孕的時候有吃大蒜。」

「有啊，吃得才多呢。有時候還生吃。她烤雞的時候會塞幾瓣進去，然後一瓣一瓣地吃。」父親說。珍完全可以想像。一個太早離開她的女人，坐在廚房流理台前吃蒜瓣，手指油膩膩的，珍在她腹中，陶德在珍的腹中，至少是潛在的陶德。

「她說她做得太過火了。我們老是說」——他只用一手便接過啤酒與花生，動作俐落。天哪，他是那麼地健康——「要是再懷上一個，她就不會在懷孕期間吃她最愛吃的東西，以免吃到反胃。」

他往前傾身幫煤氣爐起火。他被發現的時候火沒點燃，烤箱裡沒有大蒜麵包和魚派。這些都是珍造成的改變。煤爐的火很快就點著了，啪啪啪從左燒到右，像一個個字出現在打字紙上。房裡瞬間充滿淡淡、熱熱的煤氣味。

珍來到火邊坐在一張凳子上，上面有她母親繡的椅墊，父親留下來了。她沒有拿點心或飲料，只是看著他。等待著。

當你知道這將是與某人最後一次談話，你會跟他們說什麼？你只會……你不會，你不會離開，對吧？焦慮之情有如父親方才點燃的火，竄遍珍的全身，讓她發熱。她絕對不會離開。她怎能丟下他一個人？

如果事情能就此終止呢？或多或少？

「可是你們沒有再生了。」她對父親說，沒有中斷談話，沒有離開，沒有設法與他道別。是暫時也是永遠的道別。

「一直沒有適當時機，然後就太遲了。」他只簡單地這麼說，然後打開啤酒瓶，響起嘶嘶聲。「法律……耗費我太多心力了，對吧？很容易得寸……我一直都覺得凱利想的沒錯，絕不要在工作上投入太多心力。」

「誰知道凱利在想什麼。」珍厲聲說，父親面露尷尬。

「他想的沒錯。」他輕聲說。珍內心升起一種奇怪的預感。就像……就像是，如果父親知道自己不久於人世，也許會說出點什麼。一把關鍵之鑰。一片拼圖。能讓她派上用場的一段臨終前智慧之言。目前仍處於黑暗中的稜鏡的另一個側面。

他們漸漸陷入沉默，只聽見煤氣爐火的聲音，有點急促，彷彿由遠而近的雨。那火迸發出強烈的熱氣，使得上方的空氣微微顫動。她可以在這裡待上一輩子，在她父親這間古典風格的老客廳，一面等著烤箱裡的大蒜麵包。

事情就在這時候發生了。珍眼看著它像暴雨烏雲般籠罩住父親。花生和啤酒就在他身邊，跟他們說的一樣。第一個徵兆是冒汗，白濁的汗水布滿他的額頭，好像剛淋過小雨。「喔，哇。」他鼓起雙頰說道：「珍。」

珍驚慌之餘全身發熱。她沒想到會是這樣。她原以爲是很突然的。

他一手摀著心口，縮起身子，眼睛看著她。「珍……我不太舒服。」他聲音透著焦慮，很像陶德小時候跌倒了，會先望向她來確認自己是什麼感覺；她這個媽媽就像是他的鏡子。而如今她在這，面對父親人生的終點，親子的角色調換了。

「爹地。」她喊道，一個她已數十年未曾出口的稱呼。

「珍……打999，拜託。」他說道。他的褐色眼睛，跟她的一樣，裡面滿是懇求。她拿出手機。沒問題，完全沒問題。若說她有什麼選擇，那全是幻覺。

負 783 日

08:00

珍身處九月，再前一年的九月。她試著調適之際，想到昨晚，想到父親，想到他在醫院病床上看著她的那個表情。溫暖又有活力。如今又回到更早之前了，他也還是活著，但並非因爲她救了他。她不禁心想，如果她忽然又能繼續往前，是否還會救活他？他是否還能在未來活下來？

臥室角落放了一堆藍白條紋包裝的禮物。啊。想必是陶德的生日，十六歲生日。他生日這天隱藏了什麼？能解釋他爲何犯罪嗎？她想著安迪所說，說這一切或許不是爲了阻止犯罪，而是爲了替罪行辯護。

她盯著那堆禮物看，是昨晚包好的；但那個昨天已消失，是她可能再也到不了的過去。禮物有 PlayStation 遊戲和一只 Apple 手錶。太貴了，但她想買這只錶給他，而且等不及想看他的表情。他們會出去吃飯，只是去 Wagamama 連鎖餐廳，不是什麼特別的大餐。天氣很冷。那一年換季換得早，幾乎一夕之間就跳到秋天。

她趴跪在地，翻看陶德的禮物。兩包軟不拉嘰的是襪子，方方的是 Apple 手錶……她將其他的全擺在木地板上，一臉困惑地看著。那個小小圓圓的禮物看起來像唇膏，但肯定不是。

她不知道，想不起來包了什麼。

無論如何，希望他會喜歡。

她抱起禮物，下樓去敲陶德的門。「呃，請進？」他語帶困惑。當然啦，珍是去年才開始會敲門。是明年。唉唷，隨便啦。

「生日快樂！」她邊說邊用抱著那堆禮物的手肘壓下門把。

「等一下，等一下，等等我。」凱利用托盤端著兩杯咖啡和一杯果汁跑上樓。走過觀景窗時，他身後的天空美極了，屬於仲秋的藍。彷彿所有的意外都從未發生過，也永遠不會發生。

當她走進陶德的臥室，穿著淺綠色睡衣的他坐在床上，滿頭亂髮就跟凱利一樣。珍在門口停步，注視著他。十六歲。說真的，就是個孩子，如此而已。那麼絕對地純真，看著他都讓她心痛。

雖然過生日，陶德仍得上學，他在準備書包的時候，珍發現自己今天要開庭；無論在哪個離婚律師的行事曆上，開庭都是罕見事項。是「艾登布羅克對艾登布羅克」案，去年占據了她全部生活的大案子。這對夫妻結褵超過四十載，還會覺得對方的玩笑話好笑；但珍的客戶外遇，他妻子怎麼也過不去。安德魯後悔痛苦不已。如果他和珍一樣有機會回到過去，那麼他第一個也是唯一要改變的，就會是這件事。

她下樓來，家裡又沒人了，她心想，她不能去出庭。有什麼關係呢，反正她醒來不會是明天，有什麼差別？

她正在考慮著，電話響了。是安德魯。

「妳在路上了嗎？」他問她。她胸口一陣刺痛。根據安迪的理論，她做的事不是沒有後果，而是她不會直接目睹自己行動的後續影響。至少今天不會。

「我……」她沒把話說完。她不忍心這麼對他。

「是……我是說，是今天沒錯吧？」他說。並不是因爲她若錯過今天，將來某個時間點可能會被解除委任。也並不是因爲她早已知道結果——安德魯輸了。是因爲她知道他會心碎，他的語氣如此洩氣又傷心，一如她每個當事人，一如她自己。於是珍告訴他——這是以前面對其他上千個客戶，她曾說過上千次的話——她十分鐘後到。

利物浦郡法院看起來像市立機構，但還是相當宏偉。珍幾乎難得來此——她與多數事務律師一樣，會盡早和解，也往往能和解，省下言詞交鋒與訴訟費用。偏偏安德魯和他妻子不願意，他倆的主要爭點是一筆爲數不小、明年就能開始領取的退休金。珍記得她很訝異安德魯竟然不願放棄，不過背叛或遭背叛的人多半都不理性。這是她執業生涯中所學到最重要的教訓。

她與訴訟律師打完招呼——感謝老天，主導聽證的人還記得這個案子——便對安德魯說：「你聽我說，我們不會贏的。」

通常她絕不會說這種話，太冒犯、太悲觀。但他們不會贏，當然啦，她眞的是知道這點。「我要是法官，也會做出對你太太有利的判決。」她告訴他。

「噢，好啊，太好了，我現在才知道妳是站在哪一邊。」安德魯嘲諷道。他快六十五歲了，但看起來還很年輕，每星期會打三天壁球，其他幾天的晚上則打網球。他一定很寂寞，事情發生後他向妻子寫了長長一篇悔過書，也再沒有見過其他女人。珍有時會好奇，假如她是桃樂絲，她會原諒安德魯嗎？很可能會，但珍說得簡單，因爲她私底下太了解自己當事人的傷心、他的無法正常度日，以及他家裡到處都還放著桃樂絲的照片。

她帶安德魯進入位在通往法庭的走道旁的會談室，裡面滿是灰塵又冷，感覺好像至少有幾星期沒用過。她開燈後，電燈嗡嗡作響。「我覺得你應該放棄一點什麼。」她對安德魯說。

要說服他得費不少唇舌，不過在聽了珍堅定而冷靜的論點，說他這是想省小錢反倒花更多訴訟費之後，他終於同意放棄百分之七十五的退休金。珍帶著這個提案到他妻子所在的會談室。對方認爲這樣應該夠了。

桃樂絲與她的律師群在一起。她外型嬌小、儀態優美，甚至更用心化妝，體格透著一種精實，就像那種會在國定假日健走十五公里的六十五歲長者。

「百分之七十五的退休金。」珍對桃樂絲的事務律師說，是一個名叫賈寇伯的男律師，珍以前在法學院的同學。當年，他每天都吃同樣的午餐——炸雞塊配薯條——家事法才考四十九分。要是珍才不想委任他，但她忽然想到大多數行業裡恐怕多的是這種人。

賈寇伯揚起眉毛看著桃樂絲。顯然他們已經談定能接受的最低額度，因爲桃樂絲點點頭，雙手交握。她在珍細心擬訂的和解協議上簽了名，珍覺得十分開心，因爲今天她讓每個人都好過得多。當她帶著和解協議回到他們自己的會談室，都還不到上午十點，她看見桃樂絲在簽名旁邊寫了短短一句話。安德魯兩眼看著，手拿著紙直顫抖。珍盡量裝出沒有跟著看，但她有。上頭只寫著：**謝謝你❤**。

珍走回辦公室時心裡暗想，不知這麼做，她所做的這個小小改變，在未來，對她和他們是否多少有幫助。很可能沒有——怎麼可能會有呢？她下次醒來必定會回到她做了改變之前。

就在她走到辦公桌前，電話叮一聲，是凱利傳了訊息。**開庭如何？❤**。她讀了但沒回。接著傳來一張照片，並寫著：**一個人的咖啡**。照片中他拿著一杯星巴克外帶咖啡，手腕刺青露出來。雖然背景顯得模糊不清，她卻認得那地方。那間屋子的一個小角落，他在聖靈降臨節去的空屋。同樣的碎石車道，同樣的磚牆。他又去了。如此明目張膽，認定她不會發現，認爲她從沒去過那裡。

所以她會在這裡。收簡訊時人在辦公室，而不是在法院，這果然是有道理的。

最後，她脫掉鞋子，只穿絲襪，溜達到拉喀什的辦公室，這種事她已做過上百次。他看起來年輕些，身上仍有菸味。

她把地址唸出來，說道：「這棟房子，取名檀香，是無主物。」歸於王室的房產。「有沒有辦法找出以前的屋主是誰？」

「噢，無主物啊，妳現在是在考我囉。」他微微一笑，牙齒也比較白。

「我想妳可以找找無主物的產權摘要——等等，」拉喀什迅速按著滑鼠說道。珍很慶幸能在這裡，和他在一起，在過往的他的辦公室裡。法律理論方面，他向來比她強。老早就該問他的。

「他們好像在查要把房子交給誰，因爲繼承人死了。」拉喀什說：「海爾思。大海的海、莞爾的爾、思念的思。」

珍的胸腔像是炸了開來。海爾思。萊恩·海爾思。肯定是他。那個警察。死掉的警察。已經死了，即使是現在，已經在遙遠過去的現在。這意味著什麼？她狂亂地想陶德、死去的警察和殺害喬瑟夫·瓊斯之間，會有什麼關聯？也許是喬瑟夫殺了警察，而陶德替他報仇。也許這就是能爲他辯護的點：追求正義。這聽起來太瘋狂，就連珍也這麼覺得。即便她都已經退回這麼久遠以前了。

「不過……我查了近期資料，沒找到。在一般的出生、婚姻與死亡登記資料中，沒有他的死亡紀錄。」

拉喀什快速地打字，眼睛不斷掃視。「沒有，沒有紀錄。但他肯定是死了。土地登記局堅持說有死亡證明。」

「他什麼時候死的？」她問道，瘋狂的理論在她腦子裡東奔西竄。

「沒說。但花個三英鎊就可以買到死亡證明啦——要不要我來買？要放到哪個資料夾？」

「不用了，」珍疲憊地說：「太花時間。」

「兩天而已啊。」

「眞的，不用。」

離開拉喀什的房間後，她經過父親的辦公室。他正在講電話，門半掩著。她探頭進去，他舉起手揮了揮。父親穿白襯衫搭灰色西裝背心，看起來不像只剩六個月可活的人。她上一次看到他，是他在醫院的時候。此時，她忍不住一看再看，看著健康黝黑的他。這時他對著電話說：「很抱歉，我們的帳目只從二〇〇五年以後才開始。之前鬧了一次水災。」

啊，沒錯。二〇〇五年的水災。當時珍請育嬰假，甚至沒進事務所幫他。她想到這個不禁淚眼迷濛。她的手指才在門框上多停留了一秒，他便不耐地揮手趕她。**他**就是這樣，讓她忍不住含著淚水、苦樂參半地一笑。

陶德正在配著大蒜和辣椒鹽吃毛豆。他熟練地剝殼，將豆仁丟進嘴哩，邊吃邊說話。凱利斜躺在椅子上，只是靜靜地聽。

「重點是，」陶德吞下一顆豆子說道：「川普眞的就是個瘋子——他不只是共和黨員而已。」

珍的心既充實又輕盈，好像胸腔裡有一大團粉紅色棉花糖。她凝視著兒子。她知道他後來會變成怎樣的大人（至少在命案發生前），此時此地便能看到那個雛形。過完這個生日後的兩年期間，他會學到更多關於美國政治的種種，讓她在這方面的知識完全黯然失色。隔年，他們一起看《白宮風雲》影集，陶德還會按暫停向她解釋選舉程序，她則會按暫停向他說明戀愛情節。連這個事她也忘得一乾二淨了。過去像霧一般消失在天際，但瞧瞧現在的她，能夠再重新經歷，細細審視。

「顯然，他會再次當選。」陶德說道，同時又往嘴裡塞一顆豆子。「說什麼全部都是假新聞的關係，對不對？現在只要是關於川普的負面新聞都是假新聞。天才，話都隨他說。」他伸手到桌子底下弄他的鞋帶——亮綠色的。放在圓形小禮物盒裡的就是這個。珍和他一樣驚訝。

「他不是天才，他是個豬頭。」凱利不摻雜情緒地說：「不過我同意，他會再當選。」

珍忍住笑說：「跟你們賭一百英鎊他不會當選。當選的是那個拜登。」

「拜登？喬．拜登？」陶德瞠目結舌。「那個老傢伙？」

「對。要賭嗎？」珍說。

陶德笑起來，頭髮都落下來遮住臉。「好啊，就跟妳賭。」他說。

「好啦，」她對兒子說：「等等蛋糕上來，你要許什麼願？」

他兩手抱頭，透過指縫看她。她想起以前替幼兒時期的他剪指甲的情景。他很怕指甲剪，她便先剪自己的指甲（雖然還不需要剪），向他證明不會有事。「不要，蛋糕或什麼儀式都不要。」他紅著臉說，但她看得出來兒子很開心，就好像兩人心意相通似的。母子關係就像是條拉鍊，隨著匆匆歲月流逝逐漸分開，但眼下的他們比二〇二二年時更親近。

「除非你告訴我們你許什麼願。」她說。

「生日願望不能說出來。」他不假思索地說。天哪，他的皮膚。臉上沒有一點點鬍子的蹤影。他的情緒依然是全都寫在臉上，泛紅的臉頰、羞澀欣喜的笑容、關於許願的迷信。這時的他還不會將一切深埋心底，裝出男子氣概。

「怎麼了？」他看著她，好奇地問。

「就是……你看起來好老喔。」話雖如此，她眞正的想法卻恰恰相反。

陶德揮揮手，但顯得很高興。珍不覺濕了眼眶。

「拜託，別像關不住的水龍頭。」他隨口說道。

「這裡氣氛怪怪的。」凱利說，他永遠都是這樣閃爍其詞打哈哈。珍望著他的眼睛。那深藍色，多麼獨特。但也許照片裡的人……也許那人沒有這樣的眼睛，不完全一樣。也許是珍看走了眼。凱利往後一靠，雙手大大伸展開來。「這感覺很像……不知道，學校走廊嗎？爲什麼大家都擠在一起？」

主菜上來了。珍點的是日式咖哩炸雞排，菜單上她唯一喜歡吃的東西。「我希望你能把心願告訴我。」她對陶德說。

「那妳要保證我說了，它還是會成眞。」陶德邊說邊用一根筷子插起餃子。她現在想起來了，他很堅持要用筷子。先前過這一天時，珍取笑了他，但今天她沒有，因爲想到前幾天晚上在餐桌上他提到關於科學的事。他覺得重要的事。

「我保證。」她說。

「就是……希望一切順利。」陶德簡要地說：「拿到中等教育證書。繼續用功讀書。有點成就。」

「哪方面的成就？」她輕聲問，並在強烈燈光下深深看進他的眼裡。他臉色蒼白。空氣中有大蒜剛下油鍋的味道，珍立刻想起父親與烤箱裡的大蒜麵包。

他聳聳肩，就是一個孩子，沉浸在受父母重視的光輝中，對於有人看著自己思考、做夢、許願而感到滿足。「科學吧，」他說：「科學方面的成就。妳知道嗎？我希望將來能拯救地球。我想改變世界。」

「我知道。」珍輕聲說。她怎能嘲笑這個呢？

「我覺得這很值得稱讚，」凱利說：「眞的很酷。」

「我不是想**耍酷**。」陶德說。

「我說的就是你眞的很酷，不是耍酷而已。」

「最好是。」陶德哼了一聲，凱利輕鬆地笑了。接著他抬高視線，不知被他們身後的什麼東西吸引，表情整個變了。

「對不起，得接一下電話。」凱利隨即跳起身來，將電話放到耳邊，T恤也跟著往上，露出他的細腰。他走到餐廳另一頭，他們聽不見的地方。她瞪著他手上的電話，瞪著他講電話的臉。她很確定電話沒有響，完全沒有亮起。

她回頭去看。

妮可拉．威廉斯就坐在他們後面，相隔兩排。珍敢肯定是她，儘管她的外表截然不同，頭髮披散下來，性感上衣洋溢著女性魅力。她正和一個男人合吃一碗麵，一面笑著。

忽然有一股熱氣在珍的背部上下奔竄。對了。對了。凱利離開了。他離開了生日聚餐。當時他說是工作上有緊急狀況。這時他講完了僅僅十秒鐘的電話，往他們的桌子走來，她再次注視著他。「工作。」他說道，但身子微彎，沒正視他們，當然也沒看妮可拉。「眞的很對不起……有個客戶提早回來，想談談工作的事……我可不可以……？」

「可以，可以。」陶德總是那麼講理，總是那麼隨和，直到殺人那一刻。他揮揮手，頓時又像個男人了，身處於童年與成人間的中間地帶。「當然沒問題。去吧。你的份我會吃掉。」

「他過生日耶！」珍高喊道，想拖延時間。

「我不介意。」

「等你拿到諾貝爾獎要記得我。」凱利對陶德說，同時舉起一手向他二人示意道別。

珍跳起來。她非做點什麼不可。

「妮可拉，」她大聲地說。妮可拉沒有看她，完全沒反應，仍繼續餵那個男人吃麵。「妮可拉？」珍對著她那桌再喊一次。凱利已停下腳步，在原地慢慢轉身，看著珍。

妮可拉困惑地垂下嘴角，搖了搖頭。「妳認識我先生嗎？」珍指著凱利追問一句。

妮可拉和凱利四目相對，但什麼也沒發生。沒有一點相識的火花。他們若非大師級的騙子，或是兩人尚未見過面，再不然就是這個女人並非妮可拉。珍朝她靠近一步。天哪，她的確不是。她只從撞球間的門縫看過她。而現在，瞧瞧這女人，她很確定她不是。她遠比妮可拉更注重打扮，髮型不同，臉上的妝和穿著也講究得多。

「抱歉，抱歉。我以為是我認識的人。」珍尷尬地說。

凱利回到他們的桌位。「怎麼回事？」他壓低聲音問，兩手平放在桌上。不知怎的，對此事的魯莽判斷大大激怒了他。他的情緒轉變成帶有威脅的憤怒。

「對不起，我以為是你以前認識的人。」她說道，但她從未見過凱利任何一個朋友。

「根本不是啊。」他等著她再說下去，見她不作聲，便走了。珍一定是弄錯了。說到底，他的離開想必不是為了妮可拉。

「他先離開你會不會難過？」珍問陶德。

陶德聳了聳肩，但不是想打發她。她覺得他是真的不在意。「不會啊。」他說。

「那就好。」

「通常先離開的都是妳。」他輕輕加上一句。珍猛地抬頭，驚訝不已。她會在這裡，也許根本不是為了監視凱利。

她仔細看著陶德，他則是直瞪著餐桌。她開始思考安迪所說關於潛意識，關於線索不見得是一目瞭然的那些話。

關於陶德科學計畫的那段談話驀地躍上她的心頭。他是怎麼說來著？**妳通常不太關**

心我的事情。她想到前幾天晚上那兩個披薩盒，一個空了，一個滿的。想到自己之前是怎麼丟下他；想到這一切或許要比犯罪組織、比說謊的丈夫、比殺人命案更深、更深、更深。或許凱利只是個煙霧彈。平時經常缺席的她，現在人在這裡，爲陶德慶生。一個人爲什麼會犯罪？嗯，或許問題根源是她的教養方式。說到底，孩子的一舉一動不都是從母親開始的嗎？

珍和陶德又在餐廳多留了兩個小時，服務生顯然很氣惱，不停問他們還要不要點什麼。外頭，太陽已西沉，天空一片深紫。陶德吃了兩份布丁，點完一個又點一個。「除了生日，還有什麼時候可以這樣？」他抱著希望說，珍便由著他。

「你還在長呀。」她天衣無縫地回到媽媽角色，一個孩子還小的母親角色。這是天性，總有人這麼跟她說，是與生俱來的，只不過她從不這麼認爲。她花了好長的時間去調適：剛生的時候一團亂；襁褓時期充滿擔憂、忙得焦頭爛額，珍覺得好像被捲進漩渦似的，隨時都有事情要做。那些話雖然是陳腔濫調，可是說得一點都沒錯，屋裡到處放著沒喝的茶、朋友疏於聯絡、工作只能急就章。

珍深埋內心的是，那份羞愧——沒爲這個像手榴彈炸翻生活秩序的孩子而神魂顛倒的羞愧感。她與那份羞愧共生共存，漸漸適應。然而多年後，她依然覺得羞愧，但也感覺到了愛。

她記得陶德五六歲的某天，她在小小的教室外等他下課，感覺好像剛剛喝下一杯香檳。光是……看到他，小小的他，就讓她興奮得心裡嘶嘶冒泡。

愛，眞心的愛，應該能掩過羞愧才對，只是親職當中涉及太多批判，因此始終遮蓋不掉那感覺。羞愧感來得太輕易了：在校門口、在診所、在該死的媽媽論壇上。她丟不開，也不該丟開。**妳通常不太關心我的事情**。

「要走了嗎？」此時的他說著，拇指往大門一比，作勢要離開。

「爸爸的事我很抱歉。」她對他說。

他皺了一下臉，彷彿一片雲遮蔽了太陽。「不會，我都說沒關係了。」他確實感到困惑，但並未起身。

「我也很抱歉，如果我一直不是……你知道的，你夢想中的媽。」

「噢，拜託，媽媽。」陶德做出彈指手勢，像要把桌上什麼弄出去。十六歲的他，已經學會轉移話題。

「我們這麼說吧……」她忽地打住，不知該怎麼說才好。

「什麼？」陶德的表情轉爲柔和、放鬆。

「我做了一個夢……」珍說。藉由夢來進入這團混亂是最簡單的。「和未來有關。」

陶德「喔」了一聲，但並未帶著他平日的嘲諷語氣。他顯得好奇，或許也有點擔心。他玩弄著巧克力布丁的叉子。

「想喝杯茶嗎？」

他聳聳肩。「好啊。」

他們向一個不耐煩的女侍者點茶飲，她很快就送過來，茶包還在水中浮浮沉沉的。陶德拿起攪拌棒戳著他的茶包。

「在夢裡，」她小心地說：「你年紀比較大，我們也變得疏遠了。」

「是喔。」陶德的手慢慢爬過桌面伸向她的手，就跟以前一樣，沒錯，沒錯，沒錯，就是這樣，當他還半大不小的時候。

「你犯了罪。」她說：「我不禁在想……」

「我絕對不會的！」他笑得東倒西歪（這是他青春期特有的笑法），身體作出劇烈的動作。

「我知道，可是——情況可能會改變。所以我有點想問……你希不希望有什麼改變——我是指我們之間？」

「沒有吧。」陶德又做出他常做的皺臉表情。他第一次露出這種表情是在八個月大吃草莓的時候。珍打從內心深處知道，這是像她。**那是我的臉呀！**她當時驚奇地這麼想。有時候在抓拍的照片中也會看到，但只有當他做出這個表情，她才會認出來。他是她的映像。

頭上的燈似乎裝了某種感應器，開始一一熄滅，只剩他們的座椅置於聚光燈的中心，孤孤單單，像在演舞台劇似的。只有他們倆，在購物中心的地下室，在館子裡替他慶生。他後來的行動必然是從這裡開始：和她——他的母親——一起。

「沒有嗎？」

「妳也是人。」就這麼簡簡單單的一句，卻讓珍體內深處彷彿有什麼東西翻攪起來。在他尚未出生前，她也有過跟現在一模一樣的感覺：她的寶貝，安穩藏在她體內，像個小木桶一樣滾動，溫暖安全又快樂。

「我不會想要妳變成其他的樣子，媽媽。」他說。他將雙手放到桌上，作勢要離開。對話結束。珍端詳著他暗忖，這不是因爲他想結束交談，而是因爲他根本不覺得他們在進行有意義的交談。

他們來到停車處，這時候珍差點就告訴他，說那不是夢，那是眞的，那是在未來，而她現在正在盡力援救他，救她的寶貝兒子脫離那個恐怖的命運、那樁罪行、那把刀、那灘血、那個殺人罪名。不過他不會相信，沒有人會相信。瞧瞧現在的他，雙頰被凍得發紅，嘴唇周圍沾了一點點巧克力，就像他小時候，當時他受到她許多影響，最主要是兩人的愛好：巧克力夾心餅乾。他們吃得可多了。

她好希望能回到那時候，或甚至更早以前。也許這和凱利沒有直接關係，而是關係到陶德怎麼看待自己父親的所作所爲。

「眞不敢相信我以前能抱起你，你看看現在。」她仰頭看著他說。

「我敢說現在是**我**可以抱起**妳**了。」

「我想也是。」他的手臂仍然摟著她的肩，她則環著他的腰。

走去開車的途中她忽然想到，這也許是他們最後一次擁抱。她十分確定，過了這年紀，陶德便不再抱她，因爲他變得太酷而不屑擁抱。前一次的今晚，在他生日當天，在這裡和他一起走的時候，她並不知道這點。
她不知道這個擁抱可能是最後一次。

樓下出現人聲。珍幾乎快睡著，但——顯然——還沒睡熟。她無聲無息地經過觀景窗，往下、往下、往下走進屋內。凱利在書房，走廊的另一頭，珍停下來，傾聽著。

他在講電話。

「好的，」他說：「明天你一聯絡到喬，就跟他說我打過電話，好嗎？」

喬。

但不可能是打到監獄。聽起來不像是在和政府機構的人說話。而且現在這麼晚了。一定是認識的對象。

「對，沒錯。」他說得小心翼翼，緩慢而結巴，像個業餘樂手在撥彈吉他。「不想毀了二十年的夥伴關係。」

珍在樓梯的最後一階坐下。二十年。

這三個字具有雙重意義。背叛，同時也預言了她可能倒退得有多遠。

負 1095 日

06:55

這是 iPhone XR，珍心想。拿在手上有如握著一塊大方磚。她低頭瞪著歇靠在羽絨被上的手機，滿心驚愕。她將這支手機升級了——她記得一清二楚——因爲它再也無法連接車上的藍芽，導致她下班回家的路上，無法打電話探問最需要她關心的當事人。

她查看了今天的日期。二〇一九年十月三十日。星期三。三年前。幾乎**整整**三年前。

她下樓泡了一杯茶，屋裡靜悄悄、空蕩蕩。陶德還沒起床。凱利不在，明明時間還這麼早。

他們後院的橡樹完全呈現出秋天的盛況。樹根處冒出了三朵蘑菇。她打開門。大地散發出類似煙燻潮濕的氣味，冬天的引擎正在輕輕加速中。

她啜著茶，光著腳站在後院露台上，好奇自己究竟能不能見到二〇二二年的十一月。熱氣向上盤旋，遮蔽了她的視線。

珍很氣，她現在只一心想著自己應該發掘出丈夫或兒子的什麼事。

凱利是個天生的好爸爸。不管什麼事，凱利都能自在面對，從不被多餘的念頭、憤慨的情緒或愧疚感所困擾。他愛他們製造出來的嬰兒，就這麼簡單。珍目睹他的種種轉變，覺得很有趣。「看到那個微笑，一切就都值得了。」有一天凱利這麼說，當時是清晨四點，月亮掛天上，全世界只有貓頭鷹和嬰兒醒著。

可是關於犧牲，男女的觀念不同。究竟是值得什麼呢？凱利沒有經歷過身體的變化，他的乳頭不曾像摔破的盤子一樣從中間裂開。如今珍會贊同**一切都值得**，但偶爾仍不免要問，會不會是因爲她的一些東西失而復得了？睡眠、時間。

她暗忖，可能就是壞這裡——她始終堅信自己不知怎的就是會在陶德內心留下陰影。珍當母親當得非常沒自信，她內心深處堅信自己一定做錯過什麼。也許是在陶德年幼時。陶德四歲那年，她壓根忘了去幼兒園接他，還以爲凱利去了。陶德就和負責照顧他的人在上鎖的幼兒園外等了老半天。現在，站在這個霉意漸濃的秋日裡，她想到這事還會打哆嗦。是不是這種事讓兒子在許久許久之後的人生裡，覺得自己必須去解決父親惹上的麻煩？或許這無關凱利，而是陶德對事情的反應。

「希望妳準備好了。」陶德從樓上大喊，他的聲音顫顫悠悠，還在變聲。「終於等到這一天了。」

珍焦慮得像是胃裡著火一樣。她不知道今天是什麼日子，也不知道該預期兒子是什麼樣子。他應該是十五歲。老天爺啊。

他來了，珍的廚房像是多了個陌生人。一個幽靈。來自過往，她的過去。這時的陶德還是個孩子，簡直像不滿十歲。他發育得晚。這點她也忘了，就在一切回歸正軌後，她為此擔的心全沒了，煙消雲散。陶德在滿十六歲前夕忽然像吹氣球一樣長高，似乎在睡眠中身子整個拉長。荷爾蒙、發育期疼痛、變聲、手臂變瘦拉長之後開始長肉。但現在的他，還在這些變化出現之前。是她的小陶德。

「是今天啊。」她的心思有如紡輪般緩緩轉動。十月、十月、十月。沒有概念。不是他生日，也完全不是什麼重要日子。但顯然今天很重要，對他而言。

「那就趕快換衣服，」他說完又開心地加一句：「我也是。」珍知道不能問要去哪裡：不能洩露出她忘記了。

他面向她，一如既往。珍在走廊上伸手摟住他瘦巴巴的肩膀，希望之火順著她的脊柱往下燒，彷彿有人點燃了火柴。就是這個，一定是。她被帶到與兒子的重要出遊日這天。

那個寒冷秋日，陶德生日的晚上，和他留在 Wagamama 餐廳是對的。沒有哪個孩子會嫌被愛得太多。因此，珍確實得到了她最想得到的：親職的重新校正。

「你覺得我該穿什麼?」她問他，希望能有點頭緒。

「當然是時髦休閒風囉。」陶德說，口氣活像個兒童演員。她隨他上樓。他的步態不同，是孩子在尚未適應自己的身體時，四肢不協調地蹦跳。

「時髦休閒風，好呀。」她附和道。

陶德跟著她進她的臥室，隨後信步穿過房間去用他們的淋浴間。啊，沒錯，有一段時期他很喜歡用那個浴室，毫無來由地。純粹是家庭生活的節奏，就像亨利八世會找到牠最喜歡的地方睡覺，然後每幾個月就換一次。十五歲時，陶德不太在意隱私，也很晚才發展出青少年的自我意識。她記得他在他們房間使用浴室都不關門，這讓她很困擾，卻又不知該怎麼說才好。很快地，和許多事情一樣，問題自行解決了，他開始使用主浴室，門也會牢牢鎖好。

「用這條浴巾喔。」陶德喊道。

「好，」珍溫柔地回應：「沒問題。」

她走出房間來到樓梯平台，想找凱利，但到處都不見他人。他的車不在車道，運動鞋也不在。時間還這麼早，他是去工作，還是……？今天早上她還沒起床他就出門了，完全沒機會在他的手機上設定追蹤。

珍的手指輕拂過臥室的油漆。此時仍是木蘭色，他們是後來才重漆成灰色，並換上新地毯；她這下是倒著度過房子的裝修期。

這一天，在她的手機上毫無註記。她搜尋 email，也毫無發現。她正打算去看看冰箱上用吸鐵貼的紙條，陶德開口了。

「可是啊，」他喊著說，聲音被淋浴水聲蓋過，不太響亮。「國展中心超大的，是不是該穿布鞋？」

對了。國展中心的科學展覽。愉快出遊日。在公路上吃甜食、說笑、回家途中喝熱巧克力。科學內容讓珍覺得無聊，但她希望自己掩飾得很好。顯然並沒有。

「說眞的，完全在預料之中。」陶德冷靜地看著一根冒煙的試管說道。一雙大腳、蓬鬆的頭髮、忍住的微笑。這孩子在假裝覺得沒意思，其實內心興奮得很。「他們是以爲固體二氧化碳會怎樣？」

「我就覺得很神奇啊。」珍說。

陶德聳聳肩。他們穿過鋪著藍地毯的展場，瀏覽各個攤位。這裡面很擠，挑高天花板全然抵消不了幽閉恐懼、人造的熱氣與分成兩類的參觀人潮：想看展的人與不想看展卻包容他們、愛他們的陪同者。

珍下背疼痛，上次度過這天時也是一樣。她想去逛商店、想去咖啡館，還不停看手機，多於看科展和兒子。今天她下定了決心，不看其他任何東西。

「那個看起來不錯。」此時陶德指向一處說。只見沿著展場邊緣搭了一個小帳篷，有個穿反光背心、看似工作人員的男人在顧。四下有許多人在各個攤位間慢慢逛，不時停下來把玩物品、買可樂，珍透過人潮縫隙可以看見帳篷的名稱：「周遭世界的科學」。

陶德搶在她前面大步走去，她隨後跟上。他走向一個太空展示區，珍則走向名爲「好玩的東西」這區。

「有什麼讓妳感興趣的嗎？」一個站在光滑潔白櫃台後面、身穿藍色 T 恤的女人問。她前面桌台上散布著各式各樣的科學小玩意：有個看似水晶球的東西，標示爲輻射計；有牛頓擺；有個顯示所有世界時區的巨大時鐘。

珍覺得好熱，覺得手心的血管都膨脹了。這裡，這個全白的空間裡，人太多了。她覺得自己好像《巧克力冒險工廠》裡的電視迷麥克．提維。她環顧四周尋找陶德。他仍戴著耳機，笑得肩膀不停顫動。他斜背著一個托特包，裡面放滿各種手冊和贈品。不久，他會拿到一堆免費的薄荷糖，讓他們吃了好幾個月。

「沒有，謝謝。」她對女子說完，便移步離開那些奇怪的科學玩具。

她慢慢四處轉圈，觀看展覽。她一定、一定、一定能從這裡得知些什麼。

就在這時她看見了。一個名叫「錯誤時間，錯誤地點」的忙碌攤位。是安迪。安迪這時比較年輕、比較輕盈，很有意思的是此刻的他也比較有笑容。他在發宣傳單張。

「這是我對記憶的部分研究。」他告訴一個帶著一對孿生兒子的女人。

珍拿了一張。他與她對上眼，但毫無反應。連一點星星火花都沒有。那是當然的啦。

「記憶嗎？」她說。

「是的。確切來說，是記憶的儲存。記性好的人，記憶的儲存非常有條理。」

「你是研究潛意識的記憶嗎？」她問道。她不知道他的研究是這麼起步的，他從沒說，她也沒問。「或者是研究」——她比了比招牌——「時間？」

「一樣的東西，不是嗎？」他淡淡一笑說：「過去就是記憶，不是嗎？」

忽然間，獨自站在人群中，在過去的此時此地，珍覺得自己就快到盡頭了，也本能地感覺到這將是她最後一次見到安迪。可怕的過去正朝她急奔而來。

她拿起他的一張問卷，兩隻手肘靠在安迪面前的櫃台上。「我們見過。」她說。

他臉上閃現困惑。「抱歉，我……？」

「我們是在未來碰面的。」她說。但轉念一想，這說法其實不太對。照安迪的想法，不管是在哪一天，當她把這一切都弄清楚了，事情似乎會從那裡往下發展，抹去一切，抹去所有倒退度日的一切，而這些倒退其實是爲了探索過去，對吧？所以說他們從未見過才是比較正確的說法。眞有意思，倒退多年後，在國展中心這裡，他們所知的眞實依然相同。

她伸出一隻手安撫他。「我老是問你同樣的問題，但我期待的是你偶爾會給出不一樣的答案。」

安迪衝著她眨眨眼，然後慢慢抽回她手上的紙。他還在看著她。他的鬍子顏色較深也較濃密，身材較瘦，沒戴婚戒。珍想著她能告訴他的所有事情，她對於他未來人生所知道的那些寥寥無幾的零星細節。也許他不會繼續研究時間迴圈。也許她已徹底改變他的未來，雖然她無法讓那個改變持續。

這時她亮出了王牌。

「你跟我說過——在未來……你要我跟你說你想像的朋友叫喬治。」

她話還沒說完，便被他倒吸一口氣的尖銳聲音打斷。「喬治，」他以充滿驚奇的語氣說：「那是我告訴……」

「時空旅人的話。我知道。」她低聲說，手臂上寒毛都豎了起來。魔法。這是魔法。

「我能幫什麼忙？」

珍又重新跟他說一遍。她已數不清究竟說過多少遍了。安迪專注傾聽，他臉上的皺紋比之前少，待人也比較不那麼急躁。

聽她說完，他輕聲說道：「有時候，第一次經歷某件事的情緒，會妨礙我們看清事情的眞貌，對吧？」他摸摸鬍子。「如果我能回到過去——我會好好的、確實的、徹底的去觀看人生中發生的某些事，如果我能知道事情是如何發展……」

珍凝視安迪，這個比較年輕、比較有勁、比較感性的他。

「也許就是這樣……」她說。帶著警惕，隔著一段距離，以某種方式，目睹自己的人生與其中所有的瑣碎細節。

也許她需要知道的就只是這樣。

「不過我很好奇，」他說：「妳怎麼能產生這麼大的力量進入時間迴圈？那可需要……」

「我知道，」她很快地說：「一個超人般的力量。這點依然是謎。」

她向他舉起一隻手，然後轉身走回兒子那兒去，走回他們現在一起走的道路。在這遙遠的過去，她覺得自己差不多準備好了。

陶德取下耳機，招呼她過去，給了她一塊薄荷糖。「$C_{10}H_{20}O$，」他嚼著糖果說：「薄荷醇的化學式。」

「你怎麼會知道這個？」她說。天哪，她眞是太愛這孩子了。她將手臂搭到他肩上，他詫異地瞄她一眼。就讓我們停在這裡吧，在他的少年時期，兩人在一起，其他都不重要了。

「就是知道啊。我是說——它只比癸酸少一個氧。」他高興地說，好像這樣就算是解釋了。

這正是以前的珍會嘲笑的那種說法。「多謝說明啊。」她會這麼說，她**可能**會這麼說。但今天沒有。嘲諷戲謔中可能藏著最糟的罪。有些人嘲笑是爲了掩飾自己的羞愧，他們以嘲笑取代：**我覺得很尷尬又渺小**。她忽然想起凱利。他們總能輕易地說笑。但凱利可曾對她說過自己的感覺？假如她冷靜地觀察他，會看到什麼呢？

無論如何，即使對陶德的這份了解、這份關心，沒能阻止那樁罪行，珍仍然慶幸能獲知這些事。她很慶幸那天晚上在家中廚房裡，兒子能對她說出眞正的想法，說他喜歡物理。

「你對時間旅行有什麼想法？」她問他。

「絕對有可能。」他說。

「眞的嗎？」

「他們說時間會是線性的，是基於因果關係的邏輯。」

「你的難度可能要降低個一兩級……」

「那是一種讓我們，嗯……」他瞥向她的臉，朝一個甜甜圈的攤位揚揚眉毛。她點點頭，他們一起去排隊。「算了。」他說。

「別這樣，跟我說啊。」

「妳會覺得無聊。我看得出來。妳眼神都呆滯了。」

「不會的，」她急忙說道：「我永遠不會覺得你無聊。你眞的很會解說。」

他頓時活了過來。「那好吧。時間只是一種方式，讓我們自以爲是自由行動因子，以爲我們的行動有因果關係。所以我們才會認爲時間朝著單一方向流動，像河水一樣。」

「難道不是嗎？」

陶德聳聳肩，看著她說：「沒人知道。」珍瞬間爲過去的珍，也更爲過去的陶德感到萬分難過。那個她竟然以爲……竟然認定與兒子的這種關係，這種知性的關係，她無法企及。如今的她，可是比誰都更了解非線性時間。

「就像後見之明悖論。」他買到甜甜圈後又接著說：「每個人都自以爲知道將來會發生什麼事。大家總是說：**我老早就知道了！**但事實上，不管有什麼結果他們都會這麼說。因爲我們的大腦很善於思考每一個可能性。每當有**任何事情**要發生，我們都知道。」

珍琢磨他這番話，試著去消化。只要給他個五秒鐘，陶德應該就能解決他自己犯的罪。他是那麼的聰明。瞧瞧現在的他，還是個孩子，心靈尚未受到常規世俗汙染。全世界的人當中，他是最適合談論這件事的對象。這種機會有多難得啊？

最後她決定實話實說：「你眞是聰明，陶弟。」

他們經過一個醫學攤位，有糖尿病檢測、心電圖，一個強調腹主動脈掃描重要性的攤位。「要不要掃描一下妳的主動脈？」他開玩笑說，但她知道他聽見她說的話了，知道他聽見她的讚美了。果不其然，他說：「等我發現某種新的化合物，妳就會說：**我老**

早就知道了！」

珍笑起來。「很有可能。」

陶德打開甜甜圈包裝。「要吃一整個還是咬一口？」他問道。

不知爲何，此時此刻的情景，珍記得一、清、二、楚。當時她拒絕了。她在減肥。沒錯。老天，這時的她穿得下他媽的 M 號牛仔褲啊。不像二〇二二年的她。

「給我咬一口吧，拜託。」她就站在人山人海的國展中心走廊上，兒子往她嘴邊送上一塊甜點。被他倆擋了路的人們氣呼呼地從他倆身邊經過，但他們不在乎。她張大嘴從他手上咬下一口甜甜圈，像動物被餵食一樣。他看了大笑，眉飛色舞，開懷的笑容，那笑印在她的眼眸，生動鮮活。

萊恩

三週後，萊恩送了第三輛車去給伊薩。時值深夜，三點到四點之間。他精疲力竭。由於始終沒能夠躺下來，所以幾乎都沒睡覺。他四肢沉重，又覺得冷，身體忍不住顫抖。

「多謝了。」伊薩對他說。

他正要離開，他的同事安琪拉來了。「啊哈。」伊薩說。

安琪拉對萊恩微微一笑，十分謹慎的一笑，像在表示：**我們認識，但沒一起幹過什麼勾當**。她穿著運動褲，沒化妝，頭髮往後紮成馬尾，露出花白髮根。「有輛賓士要給你。」她對伊薩說：「有點驚險，因爲鑰匙剛好放在拿不到的地方，我只好進去。用鐵鎚打破馬桶上方的小窗子。」

伊薩抹了鬍子一把。「好，好。不過屋主不在吧？」他彷彿是個親切的辦公室經理在詢問，而不是討論犯罪行爲，然後他盡責地在寫字夾板上將這輛車打勾。「換車牌了嗎？」

「換了。」安琪拉說：「沒警報器。」

這是個寒冷的夜晚。三月，卻依然嚴寒，宛如置身於溜冰場。萊恩覺得眼睛刺刺痛痛的。他慢慢意識到當臥底——和大多數工作一樣——有時枯燥、有時惱人，而且非常累人。

「是啊，眞不敢相信有這麼多人跑去度假卻不設警報器。」

伊薩說，但說到最後語調往下降，變得有點陰沉、嘲諷，好像在說個只有他自己懂的玩笑。

安琪拉不笨，即時改變探聽策略；萊恩卻想進逼，想直接問：那你是怎麼知道他們不在家的？「總之呢，這輛應該很不錯，」安琪拉說：「相當新。」

「中東人喜歡賓士。」伊薩說。他向來不多話，萊恩就認識這種人。凱利也是這樣，什麼事都藏心裡不說出口。伊薩的說明夠清楚，不會再引發提問，但也絕不會洩漏任何不必要的訊息。你甚至沒有發現他多數時候都在迴避，沒給回答就走開，通常還會帶著笑，然後你才想到：**等等，不太對**。從伊薩身上可以學到很多。

「你收到明天要幹麼的簡訊嗎？」伊薩說。這又是臥底的另一個問題：工作與遊戲的界線變得好模糊。明天萊恩應該不用上工，但說眞的，他能說什麼呢？「抱歉——不用工作嗎？」

「對。」

「你們兩個是好孩子。」伊薩說。萊恩暗想這可眞是有趣，事實上這句話百分之百正確，只不過和伊薩想的不太一樣。

「我很喜歡，」萊恩說：「從來沒這麼輕鬆地賺過錢。你想想看，找個他媽的正常工作，還要被稅務部門抽走一半。」

伊薩發出一個半笑半呻吟的聲音，說道：「是啊，上班打卡，下班打卡，有國民保險，但是沒法到西班牙馬貝拉買第二個家。」

馬貝拉。多了個情報。這下可以試著追蹤他買那棟房產的錢。

「一點都沒錯。」

「反正這些機車的有錢人也不需要第二輛車。」伊薩接著說。萊恩用一隻腳蹭蹭地面。在警局那段時間，他得知了沉默的力量，此刻是他第一次行使這個力量。他聽得出來伊薩即將說出重要的事。「不過嬰兒的事眞是場他媽的鬧劇。」

萊恩臉上完全不動聲色，其實身體已經開始發出期待的嗡鳴。

「那可不，」安琪拉謹慎地說：「他們是壞掉的蛋，對吧？」

「哈，壞蛋。」伊薩說：「妳有時候說話挺怪的，眞的。」

萊恩身子抖了一下，伊薩幾乎難以察覺，萊恩這麼希望。

「兩個該死的背骨仔。」伊薩說。

背骨仔。指的是幫派裡不忠心的跑腿小弟。這些資訊也許都能把萊恩往上帶，帶向老大。而更重要的是，帶向嬰兒——至少萊恩是這麼想。如果能找得回嬰兒卻得放走黑幫，他會這麼做。他無法入眠，因爲老想著那個寶寶：孤單、害怕，還想找媽媽，天曉得現在是誰在照顧小寶寶。他不能，不能再想了。

他們起步走向那些車，好讓伊薩把它們送上船。前院滿地是碎玻璃和菸蒂。萊恩又再次胡思亂想，想自己此刻冒的險，想當初是怎麼同意冒這個險的。他忽然好奇起來，臥底警員的致命率有多高？有多常被拆穿？在探查訊息時，他們有多常越線？

「不過，他們怎麼會沒看到車裡有嬰兒？」他說。安琪拉搔搔鼻子，這是他們事先說好示意對方要收斂一點的暗號，但萊恩沒理她。

「眞他媽的搞笑，對吧？」伊薩漸漸激動起來。「我看他們根本就不在乎。」他舉起雙手。「我是不在乎什麼嬰兒啦，但我介意的是，我們被重案組的條子盯上。」

安琪拉的鼻子想必眞的很癢，不過萊恩還是繼續問，停不下來。「結果嬰兒就這樣上船了？」

但是沒有。

他們此時已來到車旁，伊薩一手壓在引擎蓋上。他轉頭正視萊恩，轉動的速度緩慢，帶著一種獸性。最後他二人四目交接，萊恩看見冷硬的眼神，心想自己搞砸了。

「你在開玩笑吧？」伊薩說：「我當然沒讓他們把嬰兒送上船。」

萊恩略一停頓，屏住氣息。他們現在正站在某個邊緣處，搖搖欲墜。他正要開口問，安琪拉已伸出手來。你絕不會知道那意味著什麼，除非你**本來就知道**。

「是啊，我是說——做得好。」萊恩說。這回，他的直覺與安琪拉吻合。但瞧瞧直覺讓他得到了什麼。他可以告知他的負責人，負責人又可以告知刑事組，說嬰兒人在國內，沒有隨船前往中東。謝天謝地。

很明顯地，及時打住是正確決定，因爲伊薩說：「明天晚上我要去見老大。」

「幕後老大。」萊恩說。他的口音甚至開始變得不一樣，逐步消去了遺傳自父親的威爾斯腔。過這種生活，很容易就會永遠失去自我。確確實實以另一個人的身分過日子，日子久了就有可能變成他。

伊薩指著萊恩。他冷到下巴都在打顫，空氣則像下雪時粉筆灰般的乾燥。

「你應該一起來。」然後他看著安琪拉，喊她的臥底化名說：「妳也是，妮可拉。」

負1672日

21:25

陶德十三歲。

身高就跟一般十三歲男孩一樣，將近一米四。身上有餅乾和野外的氣味。此時他坐在之前的舊車後座（幾年後他們換了一輛較好的車款），踢著珍的座椅，這是他的老毛病，珍原本很討厭，如今倒是挺懷念。一點點懷念。

今天是四月一日。早上珍一醒來，陽光照在走廊地板上有如一攤融化的黃色液體，她記得這一天，這個週末。今天是復活節。

他們參加了一個鄉間派對，吃過晚餐後，現在正在回家路上。簡單的一天，家人相聚的一天。聽著兒子的耍寶玩笑、丈夫的機智妙語，珍有好幾次都忘我地開懷大笑。

這是個完美的週末，事情發生以來的第一遭。拜好天氣所賜。他們幾乎整天都在戶外，和朋友一起烤肉，是親密友人間一個小小聚會。到了星期天，就在這趟車程中，珍清清楚楚記得凱利看著她說：「我們明天還有一整天的國定假日。」

她不禁納悶，怎會把這句話記得如此清楚。她猜想是因爲有些日子比其他日子更難忘、印象更鮮明。有些日子，即使很重要，好比婚禮，卻會逐漸消失在歷史中。

如今，又來到這一天。珍記得這趟車程有一部分時間她都在擔心，星期四晚上在辦公室時，因爲一起案件的指示聆訊而惹得父親不高興。她眞想伸手過去搖醒那個一路都在擔心的珍。人生苦短，歲月匆匆啊。她會告訴她，父親總有一天會死去，但她做不到。因爲今天，她**就是**那個珍。

車內昏暗安靜，收音機聲音調得很低，暖氣調得很大，正是她喜愛的氛圍。她覺得皮膚緊繃。她都忘記了今天他倆都曬傷，前一次的今天，他們也犯了一模一樣的錯。英國的春陽會騙人，空氣涼冷，太陽卻熾烈。

太陽約莫在五分鐘前下山。公路遠方天空是一片玫瑰香水般的粉紅。

他們在討論脫歐。「現在也只能繼續了。」陶德接著補上一句，這個想法他後來收回了。**人們應該考慮得更仔細才對**，他後來這麼說，在港口出現嚴重壅塞時。

這是在陽光下再美好不過的一天，珍想不出自己爲什麼會在這裡。其他的那些天，她都至少能發現些什麼，一個小小的、令人困惑的線索，一點需要改變的事。一個謎。可是這一天與原來的過程毫無兩樣。

該死。她將太陽穴靠在副駕駛座的窗子，閉上眼睛。凱利負責開車。現在的他比較少開車，她幾乎忘了以前都是他在開。他的左手隨意地擱在她腿上。

她打算就好好享受這一天剩下的時光。如果她不再試圖挖掘些什麼，也許會有事情自己發生。

「回家以後我可不可以熬夜？」陶德從後座問道。

珍睜開眼看看手錶，才剛過七點半。她不知道十三歲的陶德都幾點上床。那悄悄長大的過程，已經變得一團模糊。她望向凱利，挑高眉毛。

他聳聳肩說：「好啊，有何不可？」

「我們可不可以玩《古墓奇兵》？」

「當然。」

陶德笑了，開心地舒了口氣。凱利看著珍。「你就喜歡蘿拉．卡芙特。」她低聲對他說。

「就是啊，妳也知道我有多喜歡電腦畫的乳頭。」

「什麼？」陶德在後面大喊。

凱利對她咧嘴笑了笑。「我說，我們明天還有一整天的國定假日。」

此時他駛上了匝道，珍在陰暗的車內對他報以一笑。「對極了。」她說得很輕，希望沒給他發現她語氣中的懷念與憂傷。還有其他的東西。他們這種戲謔談話模式……也許其中有更深的意涵，也許多少是想迴避更深入的話題。珍有時候覺得，凱利就只顧著笑，而不會做點什麼別的，例如他從不表露自己的感覺。在這些嘻嘻哈哈的背後，到底藏了什麼？他們一家總是那麼地開心，這也是成長中一直受壓抑的她想要的。可是，會不會幽默也是一種壓抑？

後照鏡中出現了燈光，藍色的光暈。凱利很快地瞄了一眼，眼眸在瞬間被照亮，深藍轉爲碧綠。沒錯……珍漸漸想起某件事？是什麼呢？出了事故還是……不，不是……

他們被臨檢。對。沒出什麼問題，她知道，所以才會輕易地沒入過去。她記得當時驚慌不已，而現在，瞧瞧：就像安迪說的。她可以冷眼旁觀。

她的視線移向車速表，但凱利上匝道後車速沒超過五十公里。他從來不會超速，從來沒繳過稅，從來不出遠門，從來不參加派對，從來不與人結交，餐會晚宴上就只是靜靜坐著。

「是波波大人！」陶德在後座笑著說，仍舊那麼天眞無邪。珍覺得背後怪怪的，好像被惡意的目光盯上。她回頭看陶德，他將在四年半後因殺人被捕，而且一副滿不在乎的樣子，戴上手銬時他的眼神疲憊、蒼老、渙散。她不禁伸手捏捏他的膝蓋，大小與她的掌心正好吻合。

警察關閉了警示燈，旋即又開啓。珍看著鏡子裡頭，駕駛座一位穿著黑背心的警員，以非常明顯的手勢指向左邊。

「要靠邊停吧？」她對凱利說。

警察開始做出指示。藍色燈與橘色燈交會。

「沒錯，是要我們停車。」凱利說，但他的聲音……珍將目光轉向他。下巴緊繃，眼睛盯著鏡子，手已從她腿上移開，語調滿是：憤怒。不是因爲超速罰單之類的，而是爲了其他事，更大的事。第一次的她絕不可能發現這些，當時的她也感到焦慮。但此刻的她很平靜，因此注意到了，在她丈夫尖刻嘲諷的語調底下，偶爾隱隱醞釀著這種怒氣。

來到匝道盡頭時，凱利將方向盤用力一扭，左轉進入輔助車道，將車停在路邊，兩個車輪下到路旁草地，兩個車輪留在路面上，這角度看起來多少帶著點敵意，像個不肯配合的青少年。

一名男警出現在駕駛座側。他有顆圓滾滾的禿頭，在休息站匝道的耀眼燈光下閃閃發亮，看起來相當對稱，像是顆足球。他脖子上戴了條鍊子，又粗又重，很像鬥犬會戴的那種。「你好。」他在凱利搖下車窗後說道。春天的空氣飄了進來。

「就是國定假日固定進行的酒測臨檢。願意配合嗎？」他臉上掛著期待的微笑，但這不是在詢問。

凱利的目光轉向儀表板、擋風玻璃，接著才到警察身上。珍仔細看著他的每一個動作。

「當然了。」他說著下了車。他下車時，珍看見他從牛仔褲後側口袋取出皮夾丟在車裡。動作流暢毫無滯礙。皮夾掉在座椅上彈了一下，好像一隻金龜子，但車內陰暗並未引起注意。除了她之外。

「所以你要抓我嗎？」凱利說。珍焦急地猶豫著。

警員依法行事，凱利站在車輛疾馳而過的路邊，手插著腰，吹著酒測器。他開車從不喝酒，哪怕是一杯啤酒也不喝。所以珍並不擔心。所以珍不記得這件事了。但瞧瞧，她現在人在這裡，一定有其原因。而這一切再次指向她丈夫。

「他們爲什麼要隨機酒測？」陶德問道。

「噢，因爲有些白痴喜歡在國定假日喝酒開車。」

凱利回到車上重新搖起車窗。皮夾想必被他坐在屁股底下，一定很不舒服，但從他臉上看不出什麼，完全看不出來。

他用輕鬆的神情很快地瞄珍一眼。「老天，眞愛裝模作樣，他當自己是洛杉磯警察呀？」他說。

「被警察攔下，你不會有點怕嗎？」她說：「我總是很怕自己做錯了什麼。」

「不會啊。」凱利語氣柔和地說。

珍咬著嘴唇，坐在前座，冷眼旁觀自己的婚姻。凱利上一次**確確實實**跟她說自己的煩惱，是什麼時候？還是從來沒有過？她在車上，忽然煩躁起來。這個男人夜裡會因爲什麼事睡不著？他會因爲什麼事生氣？他臨死前會有什麼懊悔的事？此時，在她發誓要愛一輩子的男人身旁，她忽然發現這些問題自己一個也答不出來。

珍穿著睡衣，盤腿坐在天鵝絨沙發上。一盞舊檯燈亮著，這是幾年後他們會丟掉的檯燈。今晚，珍很慶幸回到這裡，回到過去，回到這個她不太知道自己曾經錯過的舒適環境。

凱利的皮夾在她手上。棕色皮革，邊緣磨損，有如翻舊了的、書頁邊緣都捲起來的小說。裡面有他們聯合帳戶的提款卡。就只有這個，沒有信用卡、沒有他自己的簽帳金融卡。另外還有三英鎊的硬幣、他的健身房置物櫃代幣和駕照。

珍將這些東西攤在腿上，凝神注視。很正常啊。她以爲會發現什麼？說到底，有誰會把違法的東西放在自己皮夾裡？

她瞇起眼睛看駕照。那個防偽雷射標籤……她不是很確定。她從沙發上彎身去拿自己的駕照，將兩張並列。防偽標籤一樣嗎？她將駕照舉高對著燈光。不，不完全一樣。他的……好像比較扁平。

她用手機上網搜尋**偽造駕照**。

有一篇文章寫道：「最有效的辨識方法就是看防偽雷射標籤。這點很難以成功複製。」文章還附了兩張照片：一張是真正的駕照，一張是偽造的。

偽造的雷射標籤看起來就跟凱利的一樣。

她實在承受不了了。一而再、再而三地發現一些她希望能忘記的事物。她關了燈，就這樣坐在陰暗的客廳裡，舒適的舊沙發上，手裡拿著丈夫偽造的證件。

負 5426 日

07:00

珍躺在不一樣的床上。這一點她知道，就像她知道現在大約是早上七點，就像在走進某間廳室前知道有人正在談論她，或者，就像知道前面有一輛車即將開走。微情緒，是這麼說的嗎？人類能夠偵測到細小變化的能力。無法解釋，但就是知道。陶德會說那是後見之明悖論吧，她猜。

光線看起來不同。那是第一個洩露的跡象。凸窗沒掛百葉窗簾，房間反倒是籠罩在從窗簾隱隱透進來的灰色光線中。

想必是冬天。附近的暖氣管開著，她能聞到那熱熱的金屬味，也能感覺到人工熱氣混雜著床鋪上方的冰冷空氣。

床墊感覺也不一樣。老舊又凹凸不平，是他們比較沒錢的時候睡的那張。說也奇怪，有錢這件事好像輕輕鬆鬆就能適應，你會忘記那段阮囊羞澀、睡爛床墊、存錢才能叫外賣的生活。

只有她一人。她呆呆躺在那灰色光線中，只是眨眼、深呼吸，不敢環顧。

她蓋著被子，手順著身側往下摸。沒錯。髖骨明顯突出。她變得年輕許多。

好。她下定決心，然後起床。地毯。她馬上就知道此時此地是哪裡，地毯給了她指引。在她最喜愛的那個家裡，山谷裡那棟獨門獨戶的小屋。這讓她不寒而慄：她現在是與一個假造身分的男人獨處。

她往下摸到一支手機，能有手機在等著她，至少還是值得慶幸。她吸一口氣接著查看日期。回到了十五年前。二〇〇七年，十二月二十一日。珍覺得有點想吐。這沒道理，完完全全、百分之百沒道理。現在的她二十八歲，有個三歲小孩。時間倒退了一大步，陶德從十三歲直接跳到三歲？

珍忽然覺得怒不可抑，爲什麼自己會碰上這種事。她大步走向窗戶，想一把拉開窗子，對著鄉間空氣放聲吶喊，她很想做點什麼，什麼都好，結果——呵。就在眼前，她最心愛、最心愛的景致。此時的她還在與凱利四處晃盪、自給自足的階段，陶德還不需要在某處安頓才好上學。他們住在山谷裡的房子，一間有如「大富翁」遊戲裡的飯店的房子，遺世獨立。

也許正是這個原因？也許這種生活對他有害，讓他太孤僻了。她沒大喊大叫，而是把頭靠在窗上。她怎麼可能會知道呢？連個該死的線索都沒有。她怒氣騰騰的呼吸讓窗玻璃起霧了。看著那片霧氣，她心想：洩漏一點天機給我吧。蒸氣消散後，往外看就只見一片赤裸光禿的美景，棕褐色的冬日鄉野。山陵顯得古老寒酸，很典型的、無人打理的荒野鄉間，沙地上長滿高高一片金黃色草叢。她曾深愛過這裡，如今她回來了。

她披上一件睡袍，裡面是一件她根本不記得自己有過的蘇格蘭格紋睡衣。她可以聽見陶德和凱利在客廳，大聲地嘰哩呱啦講話。她還沒準備好去見他們。

她的身體仍記得小屋的格局，在直接去見他們之前，先右轉進浴室。她得先看看自己，知道該做什麼樣的心理準備。

她看著鏡子上方的迷你日光燈，很本能地伸手過去用力拉。她知道它很卡，也知道它有點硬化，以致後來會整個碎了。叮的一聲，燈光照亮了她。

那是照片裡的珍。是結婚日的珍。她經常回顧這個珍，傷感地想著她都不知道自己當年有多美。她注意到鏡中人有尖挺的鼻子、蓬鬆的頭髮，但瞧瞧：白皙透紅的皮膚、飽滿的顴骨，這股青春氣息，造不了假的。臉放鬆時，也沒有一絲皺紋。她按按肌膚，立刻像麵團一樣凹陷下去，充滿彈力與膠原蛋白，而不像四十歲有如皺紋紙一般的臉。

珍面向浴室門，仍然聽得見他們的聲音。她知道他們會在客廳裡，在十二月那半亮不亮的光線下。

「珍？」凱利喊道。

「欸。」她回答的聲音比二〇二二年更尖更亮。

「他要找妳！」凱利喊道，話音中帶有一股壓力與不知所措，她仍清楚記得這個。養好一個小寶寶的種種需求，簡直困住他們了。現在的珍幾乎想不起來怎麼會那麼難，確切的細節都不太記得了。只記得反正就是很難，只記得晚上躺上床才注意到小腿肌肉有多痛。這份難有許多證據可證明：吐司還在烤麵包機裡，沒吃，一團混亂中給忘了；洗好的衣服半夜才晾，悶在洗衣機裡而發出潮味；爲了讓生活輕鬆一點而做出些古怪玩意：有一回，他們甚至在電視周圍搭起圍欄，只因爲陶德老愛去關電視……有許多事眞的很瘋，但他們還是做了，只為希望能應付眼前，以便繼續過日子。

「我在這裡。」她說著關掉浴室燈，跨進走廊。

他們在那裡。珍看到了陶德，她記憶中的陶德。她的寶貝兒子，三歲大，坐在那裡不過四十五公分高，有著珍的容貌、凱利的眼睛，肥嘟嘟的小手直直伸向她。「頑皮小陶弟，」他的綽號輕易從她的舌尖吐出。「你起來了呀！」

「他五點就醒了。」凱利說道，並將頭髮從髮際線往後撥。他揚起眉毛看她。她則對他現今髮際線後移的程度感到震驚，還有其他事情也令她震驚：他的臉稚氣未脫，她驚訝地發現，相較於二十幾歲的凱利，四十幾歲的他更有魅力。眼前的他也比較胖。當時太常吃外賣，又沒運動，任何屬於自己的時間都得來不易，由於太過珍貴，他們會在幸福的沉默中靜靜坐著。

「你看要不要再回去睡一下。」她提議道，接著沿走廊走到門邊。冷風從下方門縫滲入，凜冽的反轉氣流。她想好好看一看外面景象。她的手——那麼年輕、那麼光滑——記得開門的訣竅，在轉開耶魯門鎖時要同時按下門把，將門拉開，然後——呵！看見了她的山谷。

「今天是妳的賴床日。」凱利在她身後脫口說道。對，沒錯，他們會規律地輪流賴床。

「沒關係。」她擺擺手說，滿心想著的是自己只會在這裡待一天，像個鐘點保姆，像個奶媽，一個需要歸還孩子的人。

外頭天寒地凍。門上有個花圈，她漫不經心地撫弄著。門外放著雨靴，一條石砌門廊。牛奶瓶——他們很老派，有專人送牛乳來。然後：就是山谷了。兩座山陵交會呈X型，覆著寒霜，猶如灑了糖霜。屋外有怡人的氣味，煙和松樹和冰霜，薄荷腦，好像空氣本身被過濾清淨了一般。

她心滿意足地關上門，轉身面向正朝她走來的陶德。當他來到身邊，她彎下身子，陶德隨即將臉湊進她的肩窩，一個無縫接軌的動作彷彿在跳一支遺忘已久的舞。她的身體記得他，她的寶貝兒子，無論他變成什麼樣子。三歲、十五歲、十七歲或是罪犯。她全部都愛。「回去睡吧。」她看著凱利說。

凱利露出溫暖的微笑。「我覺得我好像是剛被大砲射出來，還沒完全清醒呢。」他打呵欠伸著懶腰說。

但他沒回房。就像負擔親職任務的多數時候，凱利也會想獲得支持、了解，而不是丟給她接手。他一屁股坐到沙發上。

她重新轉向兒子。今天，二〇〇七年最短的一天，她必須和這個人一起將事情導正，好讓時間來到二〇二二年時兒子不會犯下殺人罪。

客廳裡散落著她已不復記憶的玩具。小小的黃色冰淇淋車。費雪牌玩具車庫，是她父母留下的。角落裡有棵聖誕樹在閃閃發光，是棵老舊的人造樹，直到今日恐怕都還放在他們克羅斯比家中的閣樓上。客廳裡光線昏暗，只有彩色小飾燈的亮光。

「好啦，」珍往後退拉開與陶德的距離，看著身穿小小連身褲的他。陶德無語看著她，一副若有所思的模樣，這是兒子以前常有的表情。墨黑的眼珠、小圓鼻子、粉嫩臉頰，臉上帶著審愼的表情。她拿起一塊積木，他非常鄭重地接了過去，然後丟在地板上。「我們來堆積木好嗎？」珍說。

陶德很慢、很慢地伸出一隻手。

「氣氛緊張得好像在進行人質談判。」凱利說。

「有人怎麼說來著──幼兒不會玩耍，他們是在工作，是嗎？」

「哈，是啊。」

「我小時候超愛玩積木。」

「哦？」凱利背靠到沙發，兩條腿翹到一邊扶手上，閉上眼睛。「還以爲妳……怎麼說？老在背學習卡，就是一天到晚念書的那種人。」

「眞的不是，」珍說：「我是很後來才開始用功的。」

「我不信。你們這些滔滔不絕的律師……都是一個樣。」他拉長聲音說，珍詫異地微微一笑。他以前確實是這樣，更加尖酸刻薄。二〇二二年的他依然是嘴不饒人，但此時的這個凱利簡直像在尋釁找碴。她已經忘了。當年他有多常抱怨工作，想了一堆有的沒的創業點子卻又放棄。他似乎想成功，但又臨陣退縮。

「那種學習卡上面會寫什麼？」她問。

「要有法學的定義、給初學者的……最晚兩歲以前就得學會這些。」

「眞的咧，那麼凱利到了……」珍猶豫了一下。「二十八歲是怎樣呢？」

「精通英語，數學差一點。」凱利快如閃電地回答。「我二十九歲喔，已經忘記了我幾歲嗎？」

「你又不是不知道我。」

陶德忽然笑起來，毫無緣由地對著凱利拍手，對他說：「好，好。」

「那你呢？」珍想起被警察臨檢時，她與他一起在車上時的感受。珍想藉著這麼一問，試試看能否深入他內心她可能從未碰觸過的部分。

「我什麼？」

「你最喜歡的玩具。」

「不記得了。」凱利在沙發上略微挪動身子，眼睛依然閉著。

「你希望長大後做什麼？」

凱利用手肘撐坐起來，以嘲弄的表情看著她，整張臉蒙上不可捉摸的情緒。珍之前怎麼會沒注意到這個？「怎麼了？」

「只是好奇。這些我從來都不知道。我們又離你家鄉好遠……你也知道，我好像從來沒見過你以前認識的人。」

「他們都在很遠的地方。我媽一直希望我能當經理。」他轉移話題說：「好笑吧？」

「什麼經理？」珍將陶德面前的積木堆高起來，陶德充滿期待地緊握雙手，這時珍想的是，凱利真的很會閃躲。

「只要是經理都好。那是她的希望。我們老爸開溜——失蹤以後，」他瞄了陶德一眼，改正說法。「她一心只希望我們安定。對她來說，就是找個坐辦公室的無聊工作，每年度一次假，在一個小地方買棟房子。」

「結果你卻跟她唱反調。」珍嘴巴上這麼說，心裡卻在想：**我們老爸**。我們老爸。那張照片中眼睛與凱利神似的男人。她**就知道**那份相似不是她想像出來的。她眨眨眼，備感震驚。

他迴避她的注視。「是啊。」

「你剛剛說**我們老爸**？」

「沒有，是我的吧？」

「你說**我們**。」

「我沒有。」

珍嘆了口氣。她要是再繼續問下去，他會直接拒絕溝通。她得試試其他方法。「他要是能見到你媽就好了。」她柔聲地說：「還有我媽。」

「嗯，同感。」

「你說她死的時候你幾歲來著？」珍問道，卻莫名有一種危險、試探的感覺。這個男人明明是她丈夫啊，搞什麼。

「二十。」

「還有你最後見到你父親的時候是……」

「天曉得。三歲？五歲？」

「你一定覺得自己很像……獨生子，而且又沒有父母。」
「是啊。」
「你覺得你媽媽會喜歡我……和陶德嗎？」
「當然了。這樣吧，我還是決定接受妳的好意。」他說：「床在呼喚我了。」他俯身親吻她，嘴正對著嘴，這是從二〇〇七年以來唯一沒變的事。隨後他便閒步走開上床去了，留下珍與陶德獨處。
不知爲何，珍將陶德留在客廳玩積木，自己則跟著凱利走過鋪著褐色地毯的單調走廊。
她來到他們的臥室，在門口停下腳步，一隻耳朵仍仔細留意著陶德的動靜。凱利不在房間，總之不在她的視線範圍內。她在昏暗光線中輕輕推開房門，躡手躡腳走了進去。沒人。
那他人呢？
她穿過房間。浴室裡的日光燈亮著。她剛才沒關嗎？正當她站在那兒想著該怎麼辦，忽然聽見一個聲響。是一種低低的、痛苦的聲音，好像有人在努力地壓抑著什麼。
他在裡面。她移向浴室門往內窺探，只見她結縭二十年的丈夫坐在馬桶蓋上，雙手抱頭，啜泣著。以前珍從未見過他哭。
「凱利？」她喊了一聲。
他驚跳起來，連忙用拳頭擦拭眼睛，手放下時手背是濕的。他和陶德哭的模樣好像，下唇會顫動等等的。珍眼看著他極力掩飾，覺得全身沉重又悲傷。

「我感冒了，淚水流個不停。」凱利說。這是個荒謬的謊言。珍不禁納悶他說過多少次謊，又是爲什麼。

瞧瞧現在的他，她傷心地暗想。同樣的表情呀，當十五年後兒子殺了人，他就是露出一模一樣的表情。心碎。

「怎麼了？」

「沒有，眞的沒事，就是天氣冷得要命。希望聖誕節不會這麼冷。」

「是因爲提到你媽嗎？」珍壓低聲音問道。

「陶德沒事吧，他……」

「他在客廳，他很好。」珍進到小小的浴室裡，移身向凱利。他留在原處，仍坐在馬桶蓋上，但珍挪到他旁邊，手放到他背上，引導他靠向她。出乎她意外的是，他沒有抗拒，並伸出一隻手臂環抱住她雙腿，頭貼靠在她胸前。

「沒關係，」她柔聲對他說，就像對陶德一樣。「難過沒關係。」

「只是因爲……」

「聖誕節感冒，我知道。」珍說，就讓他活在謊言中吧，別管那麼多了。她忽然想起二〇二二年，在提到一對離婚夫妻時，他曾說：**對某些人而言，能夠免掉痛苦是無價的。**

幾分鐘後，凱利放開了她。當她正準備走開去看看陶德，他注視著她，只說了一句話：「我只是很想她。想我媽。」他似乎費了極大力氣，說話時身體還抽搐著。

珍很快地點了個頭。出現了。不知爲何，以往她丈夫始終沒能展現給她看的一面，出現了。

「我知道。」她說。沒有母親的她，確實知道。「謝謝你告訴我。」

凱利露出淚汪汪的微笑，整張臉上全是散落下來的黑髮。他的眼睛看起來格外地藍。就在這過去的此時此地，他們之間似乎有了某種感應，一種比先前逝去的都還要眞實的感覺。珍也說不上來，但總之這感覺隱隱有助於讓她燃起希望，或許凱利並不是他外表顯現的樣子。但願眞是如此。

珍走回客廳找陶德。客廳很老式，破舊的綠色地毯，深色木家具，有一種特殊的味道，令人安心的居家氣味：肉桂糖、餅乾，還有不知什麼地方吹熄了一根蠟燭。珍猜想，昨晚在某個地方，有另一個她烘焙了點心。可笑的是，在那個當下都覺得那些事好重要喔。找出聖誕燈飾，烤餅搭起薑餅屋。然後——**啵**，**一切消失在過去**，只造成壓力卻沒留下痕跡，有如留在沙灘上的腳印，一瞬間就被沖走了。她一輩子，最在意的就是事情**看起來如何**。保持形象，顧全一切，屋裡擺上雕刻好的南瓜燈，好讓所有人知道他們也做了。然而，做這些又是爲了什麼？

陶德玩了幾分鐘的玩具車，然後搖搖晃晃走到客廳另一頭。

「不行，陶弟，不可以。」她見他猛地鑽進垃圾桶，便說道。他沒理她，自顧自撈出兩團錫箔紙，可能是巧克力包裝紙。珍很失望，只能跟他相處這麼一天，她卻如此輕易就發怒了。

「我的，」陶德說道，可憐兮兮的小眼睛隔著客廳瞪著她。「還要。」他接著又說，並重新轉向垃圾桶。

他幾乎是倒栽蔥，整個頭探進垃圾桶，腳也幾乎離地。

她於是說：「對不起對不起，陶德，過來。來媽咪這裡。」

陶德一聽到她嘴裡吐出第一個音，便立刻像朵花轉向太陽朝她看過來。忽然間，冷不防地，像燈瞬間點亮，她明白了。在內心深處，很深很深的地方，她徹底明白了。

她之所以明白，是因為冬日清晨稀微藍光映入兒子眼中的這個畫面。

那不是她的錯。

也不是兒子的錯。

她知道自己把這孩子教得夠好了。她知道，是因為陶德的眼睛。那雙眼裡閃著愛的光芒，兒子對她的愛。她頓時整個人像洩了氣般癱在沙發上。

她盡力了。即使沒盡力的時候，內疚感也足以證明，她一心想為他，為她的寶貝兒子，盡最大心力。

誠如這孩子會在約莫十年後教她的後見之明悖論：她之前自責地認為這事情會發生，認為他會殺人是因為與她的關係不佳所造成。其實不然。那全是錯覺。因此就在這一刻，珍領悟到那件事與她無關，與陶德的童年絲毫無關。

「過來，陶弟。」她說。他也立刻丟下從垃圾桶撿起的錫箔紙團，迎向她，他的母親。

萊恩

終於要見到他了，統領整個行動的人。那個老大。他會有數以百計的小弟、同夥，無數的分支。竊車、毒品、被偷的嬰兒——都只是一小部分。

萊恩不知道爲什麼他鎖定的房屋總是沒人在，他也還不知道伊芙寶寶到哪去了，但他正在試圖解開所有的謎，瞧瞧此時的他，正冒著寒意走向伯肯黑德的一間倉庫，他已一路滲透到了最高層。

伊薩指示安琪拉和萊恩晚上八點，在這裡和他會面。見了大哥以後，你們會拿到更好的差事，更重要的差事。而且最關鍵的，你們還會有更重要的情報。萊恩頭一次裝了竊聽器，雖然不太有把握，但仍希望老大不會搜身。李奧說他不會，說沒得到信任的人根本見不到老大。「哪怕他只是有所暗示，」李奧昨晚在電話上說：「你也要表現出暴跳如雷，把他嚇到發抖。」

「對極了。」萊恩這麼說。這不是他平常會說的話。有時候，他覺得自己已漸漸變成他假裝的人。比較深沉，比較喜怒無常。

萊恩和安琪拉靜靜地走了幾分鐘，看著車輛裝卸上下船，許多人來來去去。快到倉庫時，他們的肢體語言變了。安琪拉變成妮可拉，萊恩眼睜睜看著這個變化；她走路開始大搖大擺，姿態舉止都變了。

萊恩不知道自己的肢體語言有何變化，只知道確實不一樣了。

倉庫上方沒掛招牌。已經關閉了，正是進行這類交易的絕佳場所。萊恩希望這裡頭音質夠好，能讓監聽的組員聽得清楚，蒐集到足以將老大入罪的證據。

萊恩依照指示往深綠色鐵捲門敲了兩下，然後等著。安琪拉在發抖。她不像剛開始表現得那麼鎮定。萊恩覺得她跟自己一樣怕得要命。當然，他也想過這可能是個圈套，他們可能會露餡，可能會沒命，但不知怎的，萊恩並不在乎。而一旦他開始覺得很在乎，就去想想伊芙寶寶，不知所蹤又孤孤單單，雖然不在海上，但也沒好到哪去。

「進來。」側邊有個聲音說道。萊恩與安琪拉繞著建築物的邊緣走，找到一扇門，打開來，外頭的安全燈照亮了倉庫內的井狀通道。

裡頭空空蕩蕩，一排排高架從地板連到天花板，架上空空如也。在這偌大的空間裡站著一個高大男子，比萊恩預期的年輕。他動也不動，只定定地站著，雙臂交抱，穿著一身黑衣，留著黑髮與山羊鬍。

「雙劍客來了，」他說。他丟掉一截菸屁股，香菸在他腳邊又燒了幾秒才嘶嘶熄滅。「有個差事要你們去做——需要你們去拿一份空屋清單。現在就傳個地址給你們。」

幾乎就在同時，萊恩的拋棄式手機叮一聲，出現一行簡訊，來自——耶！——一個確切的號碼，傳來位在利物浦一條商業大街上的地址。

成功了。這個全權負責的老大將會告訴他們，關於要偷哪些車的情報從何而來。

「你們等候進一步指示。」他對他們說。

「沒問題，謝了，老兄。」萊恩改變了他自然的說話節奏。

男子頭往後仰。「你是哪裡人？」

「曼徹斯特。」

他打了個不耐的手勢。「再以前。」

「一直都在曼徹斯特，只是有個威爾斯老爸。」他說。這是事實，他們認爲他應該保留這一點，不要試著轉化口音。

「妳呢？」男子問安琪拉。

「喔，就這一帶。」她用純正的利物浦腔說，儘管她來自大曼徹斯特地區的利城。臥底警員往往不會是當地人，因爲很可能遇上熟人而暴露身分。

男子穿過倉庫向他們走來，黑色靴子踩在沙石地上吱嘎作響。「我叫喬瑟夫。」他說著向萊恩伸出手，接著與安琪拉握手。

「妮可拉。」她說。

喬瑟夫舉起雙手。「這是我一貫的標準警告。如果你們騙我，或者跑去告密，或者根本是條子，或者出了岔子，沒錯，我是會進去蹲。然後呢——我他媽的會回來，殺掉你們，懂嗎？」

「彼此彼此。」萊恩說。

「那我們就握個手說定囉。」喬瑟夫說。

「凱利。」萊恩握住喬瑟夫的手說道：「幸會。」

凱利。萊恩爲自己選的化名。李奧的建議：「一個會讓你轉頭的名字，熟悉的名字。他們會做的第一個測試，就是在酒吧裡喊你的名字，看你會不會回頭，以確認你是不是個警察。」

「我聽到我哥的名字一定會有反應。」萊恩低聲說，同時他還會想起那個晚上。他哥哥陷得太深，欠太多錢、太多人情的那個晚上。他哥哥上吊的那個晚上。他們發現得太晚，遲了大約半小時，後來驗屍官是這麼說的。他選在閣樓上，不想被發現。

負 6998 日

08:00

珍身在一間上兩房下兩廳的排屋裡。她和凱利租了這間屋子一年，但是完全沒感情，珍幾乎都不記得這裡了。直到此刻，仰望著潮濕斑駁的天花板，她才想起曾住過這裡。

珍還沒懷孕，因此陶德尚未出生，由此可見與這個謎團相關的只可能有一人。

「羅培茲？」凱利往樓上喊。她頓時一陣情緒起伏。她已經忘記有一段時間他都這麼喊她。一開始是珍，然後珍妮佛．羅培茲那首歌出來以後又變成「來自街區的珍妮」，最後變成羅培茲。

「凱利？」她回答。

「妳起來啦！」

「對。」

「跟妳說，」他又是那一貫專斷、提防的口氣。「我今天有事。」

「什麼事？」

「要開一整天的會。」

珍心裡隱約有股騷動。什麼樣的油漆裝修工會需要臨時去開會？還不就是她信任過頭的這位，她想。

「好啊。」她說道，但下床後腳底下的地面感覺不太牢固，好像流沙似的。

「你整天都不在嗎？」

「對。」凱利心不在焉地說。

「好吧。」

「妳怎麼好像見到鬼一樣。」凱利的眼睛沒變，但其餘的都不太相同。他好瘦，瘦得挺優雅。

「我沒事。」珍抬頭看他，無力地說。「別擔心，你去吧。」

「妳確定嗎？」

「非常確定。」

珍毫不猶豫便尾隨凱利而去。她感覺得出來，他們正急急奔向她解開謎底的時刻。她現在坐在一輛計程車後座。回到這個遙遠的過去，叫計程車困難多了。她有一支手機，不過是舊式的，大的跟磚塊一樣，數字按鈕會亮起綠光，按的時候還有高低不同的音調。這手機簡直像是兒童玩具。

「可以在這裡停車嗎？」珍說。

凱利直接在利物浦市區的雙黃線上違規停車。他的車牌是Y字開頭，二〇〇一年份的車：珍之前都沒發現車型的變化有多大。那輛車方方正正，顯得太大了。她忍不住盯著車，或是盯著他看，覺得自己活像個外星人。

凱利左右看了看，然後兩條長腿跨出駕駛座。這查看的動作似乎已成習慣，不自主的。藍色眼珠往街道左右兩側飛快轉動。

她仍留在黑色計程車上。待在車內，隱蔽於後座，隔著骯髒的窗玻璃，凱利幾乎不可能看見她。

「很快就得開走喔。」計程車司機說。

「只要五……五分鐘就好，拜託，我只是需要看個東西。」她說。

計程車司機沒回答，反而直接拿出一本小說來。作者約翰·葛里遜，書頁往下彎折。引擎轉怠速。呵，這是人們會把讀小說當成消遣的歲月呀。

「對不起，很快就好。」她補上一句，心裡想著乾脆告訴這司機未來的那些事：脫歐、新冠疫情。誰會相信她，太不可思議了。整整二十年的時間和他們一起塞在這輛計程車內。

凱利繞到他的車子後面，眼光掃視過遠方，直到今天他偶爾也還會這麼做，若非現在被迫以這種方式觀察丈夫，她倒是從未多想這舉動有什麼問題。凱利仔細抹了髮膠，額前髮型還特別梳理過。

另一個駕駛朝他們按喇叭，從旁繞過時還對計程車比手勢，並搖下車窗，大吼：「開車啊！」

珍的司機於是打檔。「再等一下，拜託，拜託。」她說。她要是現在下車，肯定會被凱利看見，一切就都白搭了。

凱利用一手打開後車廂，不知拖出什麼東西來。體積龐大，酒紅色，是可以折疊的材質——會不會是窗簾？珍將額頭靠在骯髒的計程車窗上，瞇起眼睛細看。是西裝袋，珍認得那是多年前的東西。他很難得穿西裝，除了參加喪禮、婚禮等等。西裝總是吊掛在他們衣櫥的深處。

「全聽妳的，親愛的。」計程車司機說，但珍只是點點頭。

凱利消失在一條小街道，步伐刻意顯得悠哉，但珍知道那是裝出來的。車子可能會把人跟丟。「我得走了。」她說。

她開始拿包包和錢包，一面努力不讓凱利離開視線。當她數著從廚房抽屜拿的錢——不同的抽屜、不同的廚房、不同的紙鈔——又有一輛車按了喇叭。

「等一下。」計程車司機說。

「我要走了，我得走了。」珍幾乎是喊著說。

「我們擋住公車道了。」

「我得下車！」珍高喊。喇叭持續鳴響之際，她摸索著車門把，同時暗忖：如果不付錢直接跳車會怎樣？反正只是輛計程車，幾乎算不上犯罪。

她往銀色菸灰缸裡塞了太多張鈔票，那裡面眞的有菸灰——就是啊，以前到處都有人抽菸，然後跳下車來。

她急忙奔向那條小街，凱利已經快走到盡頭。她可以在人群中輕易看到他，就像她到哪都能看到陶德一樣，也像在名單上能一眼看到自己的名字。

他忽然左轉，走進一家叫「日舞」的酒吧。西裝袋仍掛在他手臂上，珍預留了一點彈性，在附近的人行道上等候。

她站在沃爾沃斯超市外面，那紅白色招牌是如此熟悉，不過再短短五年，這公司就要倒閉了。其實也就最近的事，但感覺好久了。店內有耐磨塑膠地板、文具。她可以永遠待在這裡，光是看著窗內，驚奇地看著時光流逝，看著聖誕節的購物活動與琳琅滿目的商品，就這樣盯著過去二十年來這個世界歷經的種種改變，種種得與失。她舉起一隻手掌貼在玻璃上，一如這一切最初起頭之際，然後等待著。

她從倒影看見身後景象，凱利從酒吧出來了。此時的他穿著西裝，袋子掛在手臂上。頭髮又重新抹了髮膠，腳下是發亮的黑皮鞋。

忽然有個女人不知從哪冒了出來，也許是另一間酒吧，也許是一條巷子。珍看著她朝凱利走去。她瞇起眼來。那是妮可拉。

「怎麼樣？」凱利對她說。

「喔，這個呀。難纏——他們想知道所有的方法。」

凱利大笑。「那些不能說啊。」

「我知道。我就是這麼說的。法官不太買單。好啦——祝你好運。再打給我，好嗎？如果……將來。你還想回來的話。」

妮可拉將凱利留在原地，在街上，沒再多說什麼便離開。

珍看著他走開，逐漸淹沒在人潮中。珍想起二十年後，凱利傳給妮可拉的求助簡訊，而妮可拉則要他有所回報。

珍遠遠跟著凱利，暗自慶幸這裡是利物浦不是克羅斯比。不過令她驚嘆的還有人們的穿著——喇叭牛仔褲，波希米亞風短上衣，能讓皮膚暴露在九月最後的夏日陽光下——以及古典車款與商店，一個復古濾鏡下的世界，眞是驚人。凱利走路的步伐看起來堅定，但也帶著焦慮，珍這麼想。他昂揚著頭，是一隻被追捕的鹿，還是一頭追捕的獅子，她不確定。

珍跟著走過一條鵝卵石街道，路經一些品牌名店：丹本漢百貨、百視達等等，這些店在二十年後有些撐下來了，有些沒有。隨後她跟著進入一間燈光明亮閃耀、擺滿珠寶首飾的購物中心，又從另一頭離開。左轉，右轉，經過一條兩邊滿是大型垃圾箱的巷道。珍又保持得更遠一些。

來到一大片鋪設灰色石板的寬闊徒步區時，凱利慢下了腳步。四周圍全是高樓。他正面轉向其中一棟，然後往前走，拉開門，消失其中。

珍不用看地圖也不用看路牌。身爲律師的她很熟悉這棟建築。怎麼可能不熟悉呢？這裡是利物浦刑事法院。

法院外有老式街燈，燈罩又圓又白，像珍珠。遠在二〇〇三年的此時，建築外觀並無差別。一棟占地寬廣、宏偉的七〇代長方體建築，深褐色外牆，染色玻璃窗。立面大門有個浮雕徽章。她難得一次爲這從未改變，始終緩慢運轉，又老又古板的司法體制感到慶幸。

她在太陽下等了幾分鐘，然後跟著凱利的路線，也拉開玻璃雙開門，進到法院。

她直接走到開庭資訊的公告欄，很慶幸自己有這些法律知識。資訊釘在大廳的一面軟木板上，四張紙釘在一起忽忽飄動，只用了一根也許至今還用著的圖釘。

她知道自己要找什麼，也知道會找到什麼。

日期都對上了。時間倒著走的她，原先並未察覺。那些歸檔的新聞報導。他被指控的罪名。

有了。幾乎根本不需要往下看。

檢方起訴喬瑟夫·瓊斯。一號法庭。

所以這是個倒轉的人生。有些事在珍毫不知情的情況下發生，像車子一樣安全無害地從她身旁經過。

她進到一號法庭的旁聽席坐下。裡面有陳年茶壺、舊書、灰塵與上蠟的氣味。人很多，是一個當時她並不知道，但備受矚目的案子。她怎可能知道呢？

她已經跟丟了凱利。她不知道他會以什麼身分出庭。喬瑟夫·瓊斯的友人吧，她如此猜想時打了個寒噤。他是共犯。

旁聽席的座位擺設很像教堂。「起立。」喊的人是庭務員，他的鼻梁上低低掛著老花眼鏡，身上的長袍掃過鋪著廉價地毯的地板。珍頓時為自己奉獻一生的司法體制如此的排場感到一陣發窘。法官到了，她站起來，反射性地低下頭去。

銬著手銬的被告在一名戴著單邊圓形耳環的法警帶領下，進入法庭坐上被告席。喬瑟夫．瓊斯。年輕、三十來歲，有雙獨特的招風耳、山羊鬍、較窄的肩膀，看上去幾乎像個少年。太古怪了，珍看著他，內心很清楚——照目前情形來看——他會在哪天死。但他也是某個人的兒子啊，他有可能是陶德。

法官對法庭上的人簡單地說：「稍早，我們已經完成檢方第二名證人，證人Ａ的聽證。現在要傳第三名證人。」

珍暗自思量，案子已經開庭了，所以凱利臨時的「開會行程」一定是被傳喚出庭作證。審判期間，非得等到前一個證人作證完畢，才會知道下一個證人何時需要出庭。

「謝謝庭上。」一名出庭律師說道。是個女律師，戴著厚厚的復古眼鏡，假髮正好蓋住泛白的眼鏡架。若非看到那副政府健保補助的眼鏡，珍都忘了自己身處於過去。那看起來幾乎和現在的小孩戴的眼鏡一樣：流行趨勢眞有意思。「昨天我們聽取了匯豐銀行行員葛芮絲．伊林寇特的證詞，她證實喬瑟夫．瓊斯會定期從一家公司的銀行帳戶，提取並匯入大筆金額。」她直視著陪審團。「而我們稍早從證人Ａ口中得知，他也經常指示手下的小弟偷車。爲了證明此事，檢方現在要傳下一位證人作證，爲此，我們必須再次要求陪審團與旁聽席民眾暫時離開。」

珍的心思咻咻飛轉。旁聽民眾與陪審團被請出只意味著幾件事：證據問題、法律與程序問題、可採信性的問題。

還有匿名證人。

除了律師之外，所有人都離開了。珍閒晃著消磨時間，看著其他人邊喝販賣機的咖啡邊交談，他們應該也和她一樣與本案有所關聯吧。法院裡向來都是這般景象，唯一的差別在於手機比較少。

她忽然跑到外面，站在法院階梯上，想以類似快照的方式把二〇〇三年的此時此地留在腦中。她看著那些車，外觀嶄新卻是年代久遠，車牌有N字頭（九五年）、P字頭（九六年）。有個律師站在一旁，抽著菸，靜靜想事情。建築物都一樣，同樣的天空，同樣的太陽。這時的她才在前一年三月邂逅凱利，兩人交往幾乎還不到半年。

她慢慢轉圈看一旁的路人。你不會知道。你不會知道。這世界不會知道它將有多大的改變。

「陪審員請回到一號法庭。」一名法警從大廳喊道，珍準備往內走，目光只朝市區遠方多停留了一秒。稍後，她即將有所發現，發現一件她永遠不可能再不知情的事。

進了法庭，方才受到九月強烈日光照射的眼睛過了片刻才調適過來，但沒多久她便看見預期中的景象：證人席變了，被一塊黑布遮蔽起來。

「證人B，」女律師開口說道，聲音宛如天然泉水清新而輕快。「是現職臥底警員，讓他匿名是爲了維護他與警方的辦案手法、任務安排與他的安全。因此，現在要請問證人B。你無須說出姓名作爲紀錄。你想用什麼方法宣誓呢？」

在幕簾後面的人一語不發。律師等候著，當法庭上的沉默震盪了太久之後，律師才走上前去。珍屏息以待。這人一定、一定、一定不會是凱利吧。

片刻後，律師再次出現並走向法官席。接著珍聽見竊竊私語的討論聲。「他希望能變造聲音。他有口音。我們也的確提出了正式申請。」律師說。

珍聽不到全部內容，只能捕捉到一些片段。她之所以能了解，只因爲她是律師。

「可是庭上，秉持公開審理原則……」對造律師說道。他們在喃喃低語中持續爭論，珍豎起了耳朵傾聽。

又過了幾分鐘後，法官說道：「在公開法庭上以原聲發言是重要的。」

「證人B，宣誓？」律師催促道。等等……這人是檢方證人，而不是被告的證人。那麼……

珍聽到一聲嘆息。一聲非常非常清晰、帶點不爽的嘆息。然後說出三個字：「非宗教。」

三個音節。事實擺在眼前，珍或許早該知道：凱利就是證人B。

她之前全猜錯了。凱利不是參與犯罪，他是在試圖阻止。

負6998日

11:00

「是的，」凱利的聲音說道：「去年我和他一起工作了幾個月。」他掩飾了自己的威爾斯口音，像刨木板似的將它弭平。珍十分確定只有她知道那是他。那些口語中的線索只有一起度過二十年婚姻生活的人才聽得出來。

「你扮演什麼角色呢？」問題持續不斷，儘管珍的腦子還在試著理出頭緒。事實有如地震後的餘波一陣一陣衝擊著她。他是警察。他**曾經**是警察？

她的視線往上飄向法庭高處的小窗。

他都沒跟她說，他都沒跟她說，他都沒跟她說，他都沒跟她說。她的人生全是個謊言。

思緒在她腦中兜攏，猶如一群發狂提問的記者。這種事他怎麼能不告訴她？她的**凱利**？她那個樂天、可靠的丈夫，凱利？這能說明些什麼？況且，為什麼二十年後他們要承受這個謊言的後果？又為什麼會把陶德牽扯進來？

他都沒跟她說。他都沒跟她說。

珍雙手貼住額頭。

但話說回來，比起他是個罪犯，這事實至少比較容易下嚥？也許吧，但無論如何，這兩種狀況都糟透了。

「我奉命滲透進入被告經營的犯罪集團。」凱利語氣平靜地說。天哪，簡直瘋了，瘋了。

「你是在什麼時候被分派的？」

凱利清清喉嚨。「嬰兒被偷走的時候。」

「庭上，」被告律師（一位上了年紀的男子）立刻起身說道：「請證人針對爭點發言。」

「我是說當兩個小弟在爲被告的供應鏈工作，並且偷走一個嬰兒那時。」凱利以尖刻的語氣澄清道。

「庭上……」對造律師又開口。

「證人B，我們鄭重地請你針對關鍵事實發言。現在審理的不是綁架案。」

「我們始終沒找到犯案者，」凱利說：「不過被告知道。」

「庭上……」

「**證人**B。」法官顯然也動氣了。

「好吧。」凱利說。珍知道，這時他正咬牙切齒，而他的顴骨下方臉頰會凹陷下去。他略作停頓，珍也知道，這時他肯定會用手梳過頭髮。即使是這個凱利，即使現在的她還沒認識他二十年，即使現在的她只愛了他六個月，但她知道。可是，這個凱利從認識第一天開始就滿口謊言，說他十六歲起開始當油漆裝修工；父母雙亡；沒上過大學，拿到中學文憑後就休學。這裡頭到底有多少眞話？他怎麼會是個警察？**爲什麼他什**

麼都沒跟她說？

她會理解的。當過臥底警員，這實在稱不上犯罪。

她在旁聽席上不安地挪動身體，很希望自己能跟律師一起進行交叉詰問。

「我奉命查出被告的身分，」凱利說：「所以我進入他幫派中的最底層。爲了保持匿名的緣故，我無法再深入解釋我的角色。」

「你爲被告做哪些事情？」

「爲了保持匿名的緣故，我無法再深入解釋我的角色。」

「你親眼目睹過被告做了什麼？」

「爲了……」

律師嘆一口氣，明顯地感到氣惱。她摘掉眼鏡，以誇張的動作在法袍上擦拭，然後重新戴上。這麼做究竟是爲了誰，珍不確定。

「我可以告訴妳我沒做什麼。」凱利說道，珍從他的口氣聽得出來，他接下來要說的話幫助不大。

「請說。」律師說。

「我始終沒發現那些奉喬瑟夫的命令去犯罪的人。就是最後導致伊芙寶寶被綁架的命令。」

「夠了。」被告律師跳起來。法官招手讓他們上前，同時瞥了一眼那片製造麻煩的黑幕。「陪審團請離開。」他說。

人群再次川流而出進入大廳，十分鐘後，一名法警出來告知開庭時間延到明天。珍站在那裡，張大了嘴。「什麼？」她說。

「明天再重新開庭。」法警對她說，解散了。珍站在大廳裡，人群宛如魚群般在她身旁兜來轉去。

凱利見到珍站在他的車旁，臉色立刻變得蒼白。

他的臉頰凹陷，嘴唇發白，眼珠子滴溜溜地左右轉動，然後才對她露出微笑，試圖強裝鎮定蒙混過去。珍看著他，看著這個成爲她丈夫、對她說謊的男人。他的西裝已經變皺，套袋掛在手臂上。他面露病容，蒼白又年輕，幾乎像個孩子，神似陶德。

「我看到你出庭作證了，我在旁聽席。」她單刀直入，卻立刻想大哭，想被這個自己愛了大半輩子、總是會想要依賴的男人好好安慰一下。

「我……」他望向大街，望向太陽，然後比了比他的車。

「就這樣？」她對他說。在他琢磨該說哪些又該隱瞞哪些的停頓空檔，珍努力想讓腦海中的事件往前，而不是往後移動，但她腦子無法思考，她心裡滿是各種充滿矛盾的事實。也許事情會到此告一段落，她暗想。她可以和凱利分手，但有太多問題尚待解答。她多少知道——這份直覺應該要感謝安迪——事情還沒到終點。

他們上了車。室外的空氣黏膩，溫熱的座墊貼著大腿。他啓動引擎，快速駛離利物浦。但是他仍然沒有開口。

「凱利？」她喊道。她實在很不想逼他。「我是說……」她試著記住他們只交往了六個月，他並不知道未來如何，不知道他們還會走下去，一起過了二十年的幸福生活，而且還會持續下去。應該會吧。他甚至不知道他現在在玩弄著多重要的事，在冒什麼樣的險。

凱利不發一語。他行經一個T字路口，眼睛快速瞄一下後照鏡。

「你是臥底。」

他的頭往下一點，就點了一下。「是。」

「那……你認識我的時候是臥底嗎？」

「是。」

「你的名字是凱利嗎？」

他等了一下。「不是。」他嚥了口口水，喉結上下移動。

「這是怎……你怎麼可以？」珍的心思不停旋轉、旋轉、旋轉，在這空間裡、在漆黑中。她無法串出一個完整的句子。

「你騙我……」珍緩緩地說。

「那是機密。」

珍有太多問題，簡直不知從何問起。她想把兩件事連起來，卻怎麼也兜不上。

凱利一副快哭出來的樣子，眼眶泛紅，目光凝視天際。她了解他，知道他什麼時候不快樂。「我本名叫萊恩，」他輕輕地說：「凱利是……我認識的一個人。」

萊恩。一切開始變得明朗了。「你怎麼……」珍開了個頭，盡量想把話說得正確。「你怎麼會想要就這樣——以凱利的身分生活？」

他不自在地動了動身子。「我……我不知道。」

「抹滅萊恩的存在？假造他的死亡？」

他驚訝地轉向她。「沒有，妳在說什麼啊？我不知道……我不知道這件事該怎麼辦。」

珍別過頭，望向窗外。典型的、閃躲的凱利。對問題視而不見。然後，當問題冒出來……就災害管控。那棟棄置的屋子，「檀香」，現在她搞懂是怎麼回事了。那棟廢棄屋，「檀香」，一切都兜上了。因爲屋子的所有權歸給了王室，導致吉娜認爲萊恩死了，拉喀什也注意到這點。但事實上並沒有其他紀錄能證明萊恩．海爾思已死。一切都明朗了。假的死亡證明只是買來給土地登記局，以免房產移交給他，以免他因此被追查出來，導致臥底身分曝光。此外他沒做更多別的事，沒有做更多有關他自己的死亡登記，以免招來審查，導致他需要提供更多文件，甚至是需要提供他根本無法提供的事物，好比屍體。他的做法就只是在一個巨大傷口貼上小小的OK繃。

他母親想必是最近才去世。「檀香」前不久才開始荒廢。珍猜想，陶德三歲那年在浴室裡哭泣時，他母親可能還活著，而他很想念她。

凱利看著她，說道：「我離開警界了。去年的事。我繼續當凱利是因爲……」

「爲什麼？」她問道。

「因爲認識了妳。」

「可是你大可以……你難道不能把這些事告訴我嗎？或直接換個新名字？」

「喬瑟夫・瓊斯以爲我是個名叫凱利的罪犯，」他輕聲說，輕到她不得不豎起耳朵。「如果我有什麼改變，或是告訴任何人——我不是凱利的消息會傳回到他耳裡。那擺明了是在告訴他我是臥底。所以我……我就繼續下去了。」

「你繼續當罪犯？」

「他是這麼想，但我沒有。我什麼也沒做。我認爲最好還是藏身在光天化日下，當他被判刑的時候，這樣會比較好。」他悔恨地說，但珍知道那樣沒有比較好。因爲刑期總有結束的一天，到那時候一切都來不及。萊恩已經變成凱利了。

「要是警方知道了會怎麼樣？」

「很可能會逮捕我，因爲我並沒有獲得授權採取行動。以不實陳述進行詐欺。說不定也會起訴我，說我假冒警察，以公職人員行爲失當的罪名辦我。」

珍感到驚慌如火燒。這情況遠比她想的要嚴重許多。她闔上眼睛。他被捕的理由不只是詐欺，還有他在二〇二二年爲了不暴露身分所犯的那些罪。那些行爲他無法免責。他會被視爲罪犯。

「我們去旅行的時候，你不想回來，你想待在那間小屋……待在偏僻無人的地方。是因爲他？」

「對。他知道……他知道有兩個手下告發他，一男一女。」

妮可拉。

「你爲什麼從來沒跟我說過？」她問道。

凱利的視線從她身上轉開。「機密。」他說道，聲音很低。

「可是……我是說。」她說不出她想說的話：機密也適用在戀人之間嗎？爲什麼他覺得可以永遠不讓她知道？答案是，他們還沒走到下一步，還沒有所謂的永遠。

「你有想過要告訴我嗎？」她說。

「我當然有過這打算。」凱利說：「現在就有。」兩句話不同的時態讓珍感到驚異。她的過去。他的未來。

但這不是實話。珍已經經歷過了。

如今最後一塊拼圖終於出現，依照正確的順序，從前到後，本該如此。珍在心裡注視著這塊拼圖。「我能不能問……」她想到凱利剛剛說的關於喬瑟夫的事。

「什麼？」

「等喬瑟夫出獄，要是發現你就是送他入獄的警察，你覺得他會怎麼做？」

「他不會發現的。有那布幕……我還變了聲。人太多了——替他做事的人。他手下的數量……」

「但假設，不知怎的……他就是發現了。會怎樣？」

凱利頓了一下才開口說：「他會來殺了我。」

負6998日

23:00

時間已晚。珍在洗澡。她已迫不及待想上床，等明天她就可以在另一個地方醒來。

困惑之情塞在她胃裡，一團灼熱。

臥底。臥底。醜陋巨大的兩個字在珍的胸骨下方持續振動，彷彿心跳。原來如此。不找自動扣稅的工作。不玩社群媒體。不參加派對。

凱利用一個假身分活了二十年。

但**爲什麼**他都沒告訴她？

她認爲自己已依序拼湊出全貌，很希望能問問安迪，但這時的他恐怕連學位都還沒拿到，根本幫不了她。

她瞪著毛玻璃窗，將事情從頭想一遍。

凱利去當臥底，蒐集了證據把喬瑟夫送進牢裡。二十年後，喬瑟夫出獄，來——律師事務所——找凱利，企圖和以前的老夥伴重起犯罪爐灶。假如凱利不答應喬瑟夫，喬瑟夫就會懷疑他是那個臥底；假如他答應了，則會正式成爲罪犯。凱利毫無贏面。而且喬瑟夫入獄服刑二十年，是爲了他和手下許多小弟所犯下的罪行，他們所有人都有把柄在他手上，要是不肯聽話，他可以把他們全供出來。只不過，凱利被他抓住的把柄更大，大到連他自己都不知道：如果他去舉報凱利過去犯的罪，警察就會來查，就會發現凱利還在使用假身分。非法的。或者更糟的是，發現他現在正在犯罪，未獲授權採取行動。

於是包裹交到他手上，裡面有被盜車輛的鑰匙。凱利不得不配合。他們再次相遇時，陶德也在，還有克麗奧，然後兩個孩子相愛了。凱利要陶德別告訴珍說他認識喬瑟夫，後來還要陶德與克麗奧分手。那晚在院子裡他想必是全盤托出，將自己的眞實身分告訴了陶德。陶德從沒碰過這麼噁爛的事，他是這麼說的。凱利想必是給兒子看了他的舊警徽、海報。珍現在全都能拼湊起來了，對話在陶德的房裡進行，陶德藏起警徽、手機和海報，以免被她發現。

凱利又開始爲喬瑟夫做事，但那時他以爲喬瑟夫可能知道，他就是送自己蹲大牢的警察。也是因此凱利迫切地想找妮可拉幫忙。而妮可拉，原來她不是個罪犯，是警察，還是當年的臥底之一。凱利想必是進退兩難，爲了保命，對妮可拉和盤托出想必是傷害最輕的選擇了。

妮可拉可以保持緘默，但是又要冒著被喬瑟夫發現的風險，她便向凱利討人情——想必是要凱利向警方提供目前有關喬瑟夫犯罪的情報。也許她爲凱利安排了保護措施，所以珍才會看到警車巡邏。也許這是陶德犯罪當晚警方迅速抵達的原因，他們甚至比救護車更早到。警方一直在等著要介入，但就是太遲了，太遲了。

陶德犯罪的兩天前的晚上，妮可拉必然是**被喬瑟夫所傷**，也就是珍在警局裡無意中聽到的第十八條故意傷害罪。喬瑟夫肯定是查出了妮可拉的身分。如今已出獄的他，應該會仔細檢視每一個聯繫過他的人，追查這些人的身分是否與所供稱的不一致。由於妮可拉始終待在警界，要查出她的真實身分並不難。也難怪她在 Wagamama 餐廳看起來完全兩個樣，她早已不是臥底的那個身分。

得知妮可拉的身分後，喬瑟夫就跟著懷疑起凱利。於是喬瑟夫發現了真相，在十月底的半夜來找凱利。他不是持有凶器嗎？他不是打算從口袋裡拿出武器嗎？

命案發生後，警方幾乎立刻出現。他們八成已經知道有什麼事情在醞釀。然後他們背叛了凱利：他們逮捕陶德，儘管凱利曾向妮可拉求助。也難怪他會在警局大發雷霆。

那麼陶德呢？老實說，現在看起來答案再簡單不過了，珍很清楚了，這孩子想保護父親。所以，在聽到妮可拉的遭遇後，他買了把刀。回家的路上，他認出了喬瑟夫，發現他帶著武器，因而陷入驚慌。隨後他做了他唯一能做的事：不計一切代價保護爸爸。

萊恩

維爾貝克街七一八號。

這是喬瑟夫給萊恩和安琪拉的地址。他們已準備要前往。安琪拉在外把風，萊恩進去。之後，其餘的組員便能逮捕喬瑟夫，因爲安琪拉與萊恩可以指認他。他信任了萊恩與安琪拉，也因此有足夠的證據能指控他。簡訊的內容，萊恩與安琪拉的證據……這將足以證明他在操縱一個犯罪集團，足以將他關上幾十年。

唯一缺少的是那個嬰兒。依然沒找著。

他們正要走過去時，又傳來一則訊息。

進入上一則簡訊的地址時，說你是來做油漆裝修的。一進到老闆辦公室，就說是我派你去的。

萊恩轉向安琪拉，說道：「就是這個了。他就是從這裡拿到空屋的地址。這個辦公室。被我們逮到了，他媽的被我們逮到了。」

「我知道，」安琪拉興奮不已地說：「我知道。」

萊恩與安琪拉走過雨中的三月街道，萊恩想著哥哥還有老沙，想到自己也算是改變了世界，就一點點，以他自己渺小的方式。

萊恩眨了眨眼，按捺住某種無以名狀的情緒。到達了地址所在。妮可拉從他身邊走開，徹底按吩咐行事，讓萊恩自行進入。似乎是一間法律事務所，看起來很富裕。櫃台坐著一名女子，很漂亮，如瀑布般傾瀉而下的深色秀髮，一雙大眼睛。

「你們需要油漆或裝修嗎？」他問道，臉上掛著大大的、不變的、抱著希望的笑容。

「怎麼，就這樣……主動上門來做裝潢？」她乾笑一聲說道。那笑聲讓他有種胃液翻騰的感覺。這讓他始料未及。他以爲她也是其中一份子，他以爲她會聽懂暗號。

「呃，是啊。」他說。

「那好，我們就馬上把所有的家具拉離開牆邊，好嗎？你一邊油漆，我們一邊辦公？」

「好，妳沒問題的話我也沒問題。」他輕鬆地說。

「我們不需要啦，謝謝。」她說：「不過哪天要是臨時需要做點裝潢……一定找你。」

她不再理會他，目光轉回到電腦上。

「我能不能和老闆談談？」他問道。

「你怎麼知道我不是老闆？」

「嗯，妳是嗎？」

「……不是。」

他們倆互相注視了片刻，然後放聲大笑。「很高興認識妳，非老闆。」他說。

「彼此彼此，不請自來的裝修工。」

她對他微微一笑，好像兩人本來就認識似的，接著她回頭高喊：「爸，有人找你。」

萊恩正要走進她父親的辦公室時，她瞄了他一眼說：「我是珍。」

「凱利。」

負 7157 日

11:00

珍睜開眼睛。拜託是二〇二二年。但她知道不是。屁股被頂著。老舊手機。一張眞的、眞的很舊的床，天哪，是那張有木框的矮床。空氣從她的肺裡急湧而出。事情還沒結束。

她坐起來揉揉眼睛。沒錯，是她的公寓，她的第一間公寓，是她剛開始工作時買的。她繳了一筆三千英鎊的訂金；這點錢在二〇二二年不值一哂。

這裡有一間臥室。她下床沿著已經踩踏得破破爛爛的褐色地毯來到走廊，然後進入客廳。她將客廳布置成波希米亞風；起居室與廚房中間隔著一條印花棉布簾，深窗台上擺了一排紫色抱枕以遮蔽潮濕痕跡。此時，她大爲驚嘆地凝神注視。這地方她幾乎都忘了。

上午的陽光從骯髒的窗戶滲入。

她查看手機，但上面沒有顯示日期。她打開電視，轉到新聞台，然後轉到 Ceefax 圖文電視系統*。我的媽呀，以前我都是這樣查看日期的嗎？現在是二〇〇三年三月二十六日上午十一點。

又往前了六個月，今天是她與凱利邂逅的隔天，也是他們第一次正式約會的日子。

她看著手機，卻幾乎不會用。可傳訊息、打電話，還可以玩貪食蛇。她操作一陣，進入簡訊介面，凱利的最後一則訊息就在這裡，那是她與一個在通訊錄中標示爲「性感油漆裝修工」的男人的對話。當時她並不知道這男人會成爲她丈夫。**塔可咖啡，五點半？下班後？親親**，他這麼寫道，是方方正正的舊式字體，螢幕亮著和電子計算機一樣的螢光綠色。

她的答覆想必是在另一個方塊，因爲訊息沒有成串。眞夠老舊。

她進入已傳送的項目。**好啊**，她這麼寫道，刻意用隨意的口氣。她不記得當時有非常在意，但很確定後來就會了。

時間不早了。她以前經常毫無節制地飲酒，然後大睡特睡。她覺得有點宿醉的感覺。她不記得第一次遇見凱利的那天晚上，她做了什麼，但應該和酒脫不了關係。她用食指滑過流理台（人造大理石材質），注視著自己的所有物：法律教科書，但也有很多以穿著高跟鞋的女人爲封面的平裝書；玻璃罐裝蠟燭，裡面還塞了許多葡萄酒瓶塞；兩件套裝長褲揉成一團丟在地上，還能看見裡頭夾著內褲與襪子。

她沖了個長長的澡，看到磁磚縫裡的汙垢覺得也太誇張。習慣成自然還眞是件有趣的事。她很確定當年住這裡的時候，從未對此多想，哪怕只是一閃而過的念頭都沒有。純粹就是忍受著發霉的窗台、外面持續不斷的噪音，就只求能省下每一分錢。

圍著浴巾走出浴室後，她來到桌上型電腦前。剛才在芳香的熱蒸氣中她突然想起一事，現在想查一查。

她按下機器前方的開關軟鍵，等候開機，坐下時身上的水珠從鼻尖滴落在地毯上。

她看著螢幕亮起，暗自思量。她實習時有個很要好的朋友，叫愛麗森。她不禁好奇是否正因爲如此，數週前在警局，那個化名才能如此輕易地脫口而出。愛麗森在附近一家大型事務所上班，她們每天都會去平價三明治連鎖店 Pret 買午餐並一起用餐。愛麗森會嚴厲批評法律界，後來她跨行去某家公司當祕書，珍則繼續留在原位，替人辦離婚，之後她們就沒怎麼聯繫了。有時候當友誼只奠基於一項共同興趣之上就會這樣。

再次置身於此刻，感覺好怪。這下又能撥電話給愛麗森聊聊近況了。人生竟是這麼的零碎，輕而易舉便分成許多不同的友誼與住址與生活階段，當下以爲會是一輩子的事，卻從來、從來、從來不會持久下去。穿著套裝。拖著替換衣物的袋子到處跑。戀愛。全都是。

她瞠目瞪視 Windows XP 在眼前啓動。老天爺，看起來好像什麼古早的駭客電影。

她費了好大功夫才找到 Explorer。這年代還是撥接上網，所以得先撥號連線。最後她進

---

*英國廣播公司（BBC）昔日提供的一項圖文電視服務，觀眾可用遙控器按鍵讓電視畫面在節目與純文字訊息之間切換。該服務自一九七四年六月二十三日開始運營至二〇一二年十月二十三日為止。

入 Ask Jeeves 搜尋引擎，打上：**失蹤嬰兒，利物浦**。

有了。伊芙．格林。幾個月前，在一輛失竊車輛後座被帶走。所以私人偵探才會查不到：這個寶寶是在二十年前失蹤的。凱利投身於抓捕偷走嬰兒的集團，但警方始終沒找到嬰兒。凱利一直留著海報，想必是在告訴陶德時，才又拿出來。所以拋棄式手機、海報與警徽才會跑到陶德房裡。而凱利與妮可拉談論的便是此事，說嬰兒始終下落不明。

珍胃液翻騰。一個失蹤的嬰兒，失蹤了二十年。

她凝神注視窗外——在冬日上午低低的太陽下一片霧濛濛的利物浦——試圖去理解。她父親還活著。她最好的朋友是愛麗森。後來她嫁給凱利，也就是今晚要進行第一次約會的男人，而他們將會有一個孩子叫陶德。

她想著失蹤的嬰兒、陶德、凱利、一個由壞人和臥底警察（有時也兼壞人）組成的犯罪集團。而且不只如此：她還想著要如何加以阻止。

拼圖尚未完成。很顯然，事情還沒完。她還在這裡，在這久遠的過去，她還有事情要做、要解決、要理解。

由於需要稍微放鬆一下，珍走到鏡子前解開浴巾，忍不住欣賞起自己二十四歲的胴體。該死，她暗忖，晚了二十年才明白。她根本滿分呀！但和所有人一樣，領悟得太晚了。

五點四十，技術性小遲到的凱利出現在咖啡館。都已經認識他二十年，珍看得出來此刻他很緊張。他穿著牛仔衣褲，深淺色搭配，毫不費勁的酷樣，他一直都是如此，前面的頭髮往上梳。但目光有些膽怯，像鹿一樣，走過來的時候還在牛仔褲上擦擦手。

她起身相迎。她的身體是那麼苗條、那麼輕盈，彷彿剛從水中上岸。走路不太會東碰西撞，因爲就是……體積較小。此外她也比較柔軟，充滿無限活力，不到短短幾分鐘宿醉便消失無蹤，被咖啡與陽光驅走了。

凱利傾身親吻她的臉頰。他身上有樹液的氣味。那氣味、那氣味、那氣味，她都已經忘了。是舊的鬍後水、體香劑、洗衣精——某樣東西。她已經忘了他的氣味，而突然間，她來到這裡，來到二〇〇三年，在一間咖啡館裡，與他在一起，這個她愛上的男人。

她看著他，兩雙年輕的眼眸相對望，她發現她必須設法掩飾一波淚水。她好想說：**我們做到了，就一次。在某個宇宙裡，我們一路相伴到二〇二二年，還會享受魚水之歡，還會約會。我們有一個很棒、很有趣的書呆子兒子叫陶德。**

但在這一切之前，你騙了我。

凱利沒特別跟她打招呼。典型的他。但如今她看明白了，他必須時時警覺。因爲他是個騙子。可是他的目光快速地在她身上上下打轉，無論如何，她仍覺得胃液翻騰。

「咖啡嗎？」

「好啊。」

她玩弄著桌上的糖包。粉紅色包裝的代糖。菜單上有咖啡、茶、薄荷茶和柳橙汁。沒有類似二〇二二年的瑪琪雅朵。雖然是三月底，前窗卻裝飾著點亮的彩色小燈，其餘的一切都很普通。美耐板餐桌、亞麻地板，炸物與香菸味道，收銀機的叮叮響聲。有人在簽信用卡簽單。缺少二〇二二年創意時尚的二〇〇三年。除了彩色小燈之外，沒有一樣東西的存在光只是為了好看。沒有掛著圖片的牆或懸吊植物，只有這些桌子和那些空牆，和他。

他在排隊，身體重量放在一隻腳上，體格纖瘦，臉部表情難以捉摸，像個謎。

「抱歉。」他端來兩只放在小碟上的舊式杯子，在她對面坐下，然後她這個未來的丈夫極其大膽地與她膝蓋相碰，像是無意之舉，但後來也沒挪開。儘管她清清楚楚地知道吻他、愛他、與他做愛、與他生小孩是什麼樣的感覺，但這次的碰撞仍和第一次一樣讓她心蕩神馳。在激起她的性慾方面，凱利從未失敗過。

「好啦，」他開口道，這句話有如槍上了膛。「珍是誰呢？」他與她相靠的膝蓋很溫暖，他優雅的手拉扯著她剛剛才在把玩的糖包。他總是會這樣影響她，有他在，她就無法清晰思考。

她低頭盯著桌面。他是臥底。他的名字不叫凱利。為什麼這二十年來，他從來沒想過要告訴她？這是她想不明白的。答案必然就在那裡，在有彩色小燈飾的過去的某處，只是她還沒能找到。她心想，等她找到的時候，時間迴圈是否就會結束？若不然，要怎麼做才能讓它終結呢？

「沒有太多好說的。」她說時，眼睛依然看著外面的街道，二〇〇三年的世界。同時也想到一個她一直試圖忽視卻明擺在眼前的事實：除非珍和凱利相愛，否則陶德根本不會存在。

「凱利是誰呢？」她反問，卻冷不防地想起他幫她買了那個南瓜，只因爲她想要，還有，他幫她裝了貝爾法斯特水槽。未來的他，對全世界都不屑一顧。既能鼓舞人又略帶點危險。他會讓她興奮。他們曾是天作之合。他們**現在**仍是天作之合。但關係的基礎卻是：謊言。一個即將坍塌的懸崖。

他直視著她，讓微笑慢慢擴及整張臉，他咬著下唇說：「凱利是個很無聊的傢伙，現在在和一個很性感的女子約會。」

「只有性感。」

「我很努力地在保持冷靜。」

「失敗囉。」

他舉起雙手笑著說：「的確。我的冷靜留在事務所門口了。」

「這麼說油漆……是個策略。」

似乎有一絲晦暗從他臉上掠過。「不是……不過我已經不在乎要不要替妳爸爸的事務所裝潢了。」

「你是怎麼開始做這一行的？」

「其實我一直都不想進有制度的機構。」他說道，而這句話珍記得一清二楚，也記得這話對她，對身處於機構中的她有何影響。當時她感動不已。如今卻感到厭倦、困惑。她不明白萊恩與凱利的分界在什麼地方，不明白她愛上的是不是眞正的他。

「妳專攻哪方面的法律？」

「我是實習律師——所以每個方面都有。算是打雜的。」

凱利點了一下頭。「影印？」

「影印、泡茶、塡表格。」

他又啜一口咖啡，但有更多眼神交流。「妳喜歡嗎？」

「我喜歡人，我想幫助人。」

他一聽眼睛隨之發亮，輕聲說：「我也是。」似乎有什麼在他們之間移轉，他接著說：「我也喜歡幫助人。事務所的經營妳涉入得多嗎，還是……」

「幾乎都沒有。」珍記得當時她受寵若驚，因爲這些問題，因爲他能靜坐聆聽，這在年輕人之間很不尋常，不過今天的她有不同感受。

凱利將腳踝交叉，膝蓋也不再與她相碰。無論如何，沒有他的膝蓋搗著讓她覺得冷。「那很好。」他輕輕地說。

她望著他。在他們之間，有火花飛迸，有火焰濺出的餘燼，但只有他們倆看得見。

「我從來都不想要大事業、大房子等等的。」他補上一句。

她眼睛往下覷了桌子一眼，面露微笑。這完全是凱利會說的話，那個態度、那份自信、那種尖銳，她彷彿猛然失控下墜。而且他們大半的婚姻生活，雖不富裕卻快樂。

「跟我說說妳辦過最有趣的案子。」他說。這個她也記得。她偷偷告訴了他某個離婚案件。他仔細聽了許久，是眞的很感興趣。她當時是這麼想的。

「唉，不說那個，你會覺得無聊。」

「好吧，那告訴我十年後妳想在哪裡？」

她看著他，深深爲他著迷。她心裡簡單地想著：**跟你在一起，原來的你**。

其實他不一直都……天哪，她在想什麼？……他不一直都是個好丈夫嗎？忠誠、坦率、性感、風趣、體貼。他確實**是啊**。

膝蓋又回來了。他縮腳屈腿，移動膝蓋與她相碰。珍的心口立刻點燃一把火，就好像用火柴在火柴盒上輕輕一擦。

外面的夜色愈來愈黑，雨愈下愈大，咖啡館裡也愈來愈霧氣迷濛，值此之際他們天南地北無所不聊。聊媒體。聊一點凱利的童年——「獨生子、父母雙亡，只有我和我的油漆刷」——與珍生活的地方。還聊到各自最喜愛的動物——他是水獺——以及是否相信婚姻。

他們聊了政治、宗教、貓狗，還有他是晨型人，而她是夜貓子。「最棒的事情都發生在晚上。」她說。

「最棒的是早上六點來杯咖啡。這點絕對不容爭辯。」

「六點是半夜啊。」

「那就熬夜吧，跟我一起。」

他們愈靠愈近，接近到桌子能容許的程度。她告訴他她想養一隻名叫亨利八世的肥貓，凱利不知道他們確實養了一隻，竟笑到桌子都晃動起來。「那麼牠的後代要叫什麼？亨利九世嗎？」

他們聊到最喜歡的度假地點——他是康瓦爾，因爲討厭搭飛機——以及臨死前最後一餐——兩人都想吃外賣中餐。

「唉，怎麼說呢，」十點左右，他說道：「應該就是成長過程太艱辛吧。我想讓我的孩子過得好一點。」

「孩子，喂？」就是這個。珍知道凱利的這個層面是眞實的。

「我是說——是吧？」他說：「我也不知道——就是那些關於教養下一代的事，不是嗎？教他們那些爸媽沒教我們的事……」

「嗯，很高興能跳過一些不重要的閒聊。」

「我喜歡嚴肅的話題。」

「你昨天會來純粹是……抱著一線希望？想找工作？」她問道，希望徹底了解他們緣分的開端。他進去找她爸爸談，但短短五分鐘就出來了。

「不是的。其實，」他露出期待的表情，像是想從她身上得到些什麼。「我和妳爸爸有共同認識的人。喬瑟夫．瓊斯？妳可能見過他。」

有顆炸彈在某處爆炸了，至少感覺是如此。爸爸認識那個該死的喬瑟夫．瓊斯？珍覺得世界好像停止了運轉，就那麼一瞬間。

「沒有，我沒見過。」她幾乎像在喃喃自語。「所有人都是爸爸在交涉。」

她好像刺破了一個氣球似的，凱利的肩膀驀地下垂，也許是鬆了口氣。他伸手去拉她的手，她自然而然地由著他，但內心裡天旋地轉。她**父親認識喬瑟夫·瓊斯**？所以……怎樣？她父親是……是什麼？珍若是卡通人物，此時頭頂上已冒出無數問號了。

凱利的手指在她的手腕上輕彈。「我們要不要走了？」他問道。

他們走出咖啡館，站在三月的雨中。街道被雨水沖洗得乾乾淨淨，在商業大街強烈燈光的照映下，人行道宛如一塊潮濕的黃金。就在咖啡館外，他將她拉近，一手搭在她的後腰處，嘴唇就貼在她的唇邊。

這回，她沒有吻凱利，也沒有像上次一樣，邀他回她的住處，在她床上徹夜談心。她反而找了理由道別。他失望地垂下眼眉。

他走向街道另一頭，往身後揮了揮手，因爲知道她還在看著。

珍站在街上，獨自一人，自從這一切開始後她已落單了無數次。她抱著自己的身子，想著該如何救兒子，也想著沒有人會來救她，沒有人能做到，即使是父親也不能，丈夫就更不用說了。

萊恩

他陷得太深了。

萊恩站在珍的臥室裡。現在是清晨一大早，她還在睡，頭髮如人魚般披散在枕頭上。他已連續與她共度兩晚，自從前天和她約在咖啡館後，他就沒有回過自己的套房。

而且他再也不想離開。

這才是問題所在。

今天喬瑟夫傳簡訊問他進展如何。他和珍一塊兒回家的事會傳回到喬瑟夫耳裡。萊恩絞盡腦汁，試圖想出解決之道。損害控制，這是他專注的重點。

「你說你是早鳥眞的不是開玩笑。」珍側轉身嘟噥著說。她全身赤裸，乳房側擠在一起，她拉過被子蓋住。

「對不起。」他聲音沙啞地說。他在調查她父親，他在調查她父親。她以爲他叫凱利。**這樣絕對、絕對行不通。**

她倏地睜開眼與他四目相交，接著從床上撐起身子，對他露出微笑，一個緩慢、幸福的微笑，好像不敢相信他在眼前。「別走。」她對人在房間另一邊的他說，毫不害羞。她赤條條，他穿著衣服。

「我……」

這樣絕對、絕對行不通。

「留下來陪我。」她掀開被子的一角，邀他回床上來。

非得行得通不可。

「我該走了……」

「凱利，」她喊道，他喜歡自己被喊這個名字的感覺，同時有點舊又有點新。「人生漫長，工作做不完的。」

人生漫長。這話太妙了。他雙手抱著頭，站在那裡，像個瘋子。他愛她。他眞他媽的愛她。

人生漫長，工作做不完的。

她說的對。太對了。他脫去衣服，不到一分鐘便回到床上，到她身邊。「妳喜歡早晨了嗎？」他問。

「我喜歡有你的早晨。」

萊恩徹夜未眠，連續第三夜了。他終於回到家，回到他的小套房。今天將近午夜時分，他硬生生地從她身上剝離開來，佯稱疲憊，回到這裡來，然後整夜坐在廚房的纖維板餐桌前沖泡咖啡，一杯接著一杯接著一杯。

他滿腦子都只有珍。珍——以及該拿她怎麼辦。**與敵人共枕，是嗎？**稍早喬瑟夫傳了這個訊息給他。一個粗俗、簡短的訊息移除了整件事的核心，聽起來一切好像只關乎性愛。答覆前，萊恩直瞪著訊息看，試圖想出該怎麼做才好。

半夜00點59分，他下定了決心。他忘了時間要撥快一小時。01點00分要變成02點00分，而他作了決定。

離開警界，或是失去她。

最後，在這個簡陋的小套房裡，面對桌上的假身分證，他暗想：這根本不必選。

他在十字街角的街燈下等候，兩腳交替變換重心，同時告訴自己他別無選擇。一點選擇也沒有。他冷得不得了，還因爲腎上腺素分泌過剩而雙手顫抖。

萊恩戀愛了。

萊恩再也不想改變世界。萊恩只想和珍在一起。可是，珍的父親幫助了他正在調查的犯罪集團。

那雙眼睛閃亮得好像同時又哭又笑的珍。

第一次約會就跟他說她覺得水獺很蠢，說她也想要小孩，說她從來都只想幫助人，兩人身體契合得就像從一開始她就是他的一部分。她還說自己吃得太多，接吻時彷彿天生就只爲了吻他而存在。

她那該死的父親。她父親不斷在爲喬瑟夫·瓊斯提供空屋清單，喬瑟夫便利用這個資料派小弟去偷車。他提供分時度假產權移轉的服務，並記錄哪一週屬於誰。所以他才知道屋主什麼時候可能會去度假，原來的屋子裡沒人。如此簡單的罪行，由律師所能取得的日常資訊所產生。

而現在，萊恩兩手一起梳過頭髮，仰頭望天。他想放聲吶喊，但他不能。那人出現了。是某個同夥的同夥的同夥。但願他和喬瑟夫的關係夠遠，但誰知道呢。

這個陌生人身材短小、壯碩、頭髮稀疏。「拿來。」他說。萊恩雖然重回十字街，這次卻是爲了不同的原因。他交給陌生人一包現金。

男人數完錢後露出狼一般的笑容，並從牛仔褲後袋掏出一個發皺的小信封遞給他。萊恩接過後隨即離開，唯一的動力只有驚慌。沒有再回頭看一眼。

萊恩挑珍不在的時候，再次進入事務所。律師老闆肯尼斯在他自己的辦公室，抬頭一見凱利出現驚愕萬分。

「我需要告訴你一件事，你得好好聽著。」

肯尼斯嚥了一下口水，就一下。他和珍長得很像。骨架纖細。

「我說的話絕不能流出這個房間。」萊恩說。

「好。」肯尼斯顫抖著雙手丟下他正在看的合約，注意力全部集中到萊恩身上。萊恩從辦公桌上方傾身與肯尼斯握手，強勁而冷淡的一握。

「我是警察。從現在起喬瑟夫隨時都可能被捕。他隸屬於一個更大得多的犯罪集團，但他是這個分支的頭兒，我相信你知道。」

「不，我……」

「你要是去跟他通風報信，我會把你關進大牢。」萊恩從來沒有這樣說話過，但現在是逼不得已。爲了脫身，他必須盡一切力量。

肯尼斯看著他。「你想怎麼樣？」

「告訴我你是怎麼加入的？」

「凱利，我——我從來不……一開始實在太簡單了。」

「怎麼說？」萊恩雙臂抱在胸前。

「我沒錢繳帳單，」肯尼斯輕聲說：「就是沒錢。眼看事務所就要關門大吉。幾年前，喬瑟夫犯了一起詐欺案，我擔任他民事訴訟的辯護律師。他來付律師費，看見許多逾期的帳單，就說他能幫忙。這些事是我們一起策畫出來的。我替客戶提供分時度假屋的買賣服務，記下哪段時間屬於誰。然後我就在行事曆上記錄各個屋主分別會在什麼時間去度假屋，人不在家。幾乎百發百中。他們多半都有兩輛車，所以會留下一輛，通常是昂貴又不實用的跑車。他們幾乎很少會跳過自己的度假時段，或是讓給別人。要是他們這麼做了，我們就放棄。我可以抽車價的一成。」

「你的這些作爲導致一個嬰兒失蹤了。」

「我沒有……我不知道他們會試圖偷隔壁房子的車。」他結結巴巴地說。

「犯罪收入你倒是拿得很開心。」

「爲了付帳單。」

「珍知道嗎？」

「當然不知道。」肯尼斯說，萊恩認爲他說的是實話。

「絕不能讓她知道，」萊恩說：「絕不能讓她知道你的事。」

「對，同意。」肯尼斯明快地說。

「還有我的事。我想……我想跟她在一起。」

肯尼斯驚訝得瞠目結舌，萊恩則不發一語地等著。他手上有張王牌。「你如果配合，我會讓你脫身。」

「好，」肯尼斯喃喃地說：「好。我要怎麼……」

「丟掉你那些帳本，燒了，丟進水裡，怎樣都好。」

「我……好吧。」

「只要走漏一點消息——你就死定了。」

「知道。」

「很好。」

「在你和我女兒在一起之前，」肯尼斯也舉起自己的王牌，明明白白。「跟我說說你的事。眞正的你。也說說你爲什麼想跟她在一起。因爲你要是不說，我很樂意認罪，就此身敗名裂。爲了我女兒。」

「這工作實在不適合我。」在李奧的辦公室裡，萊恩這麼說。他老是待在工具間，因此只來過這間辦公室寥寥數次。眞沒想到李奧的辦公室大得令人生氣，都足夠容納兩個人了。

「你也知道，」他接著說：「那些謊言、欺騙。總而言之就是警察職務。我討厭緊急勤務，也討厭這個。」說到最後一個字，他聲音分岔了，因爲這根本不是事實。自從他對珍謊報自己的名字以來，現在這句是他所撒過最大的謊。他的名字與職業，是那麼地新，但他已經感覺與之深深相連了。他完整、眞實的自我，就要從此揮別。他不禁好奇，如果對李奧據實以告，會得到什麼反應。不能冒這個險。他們不會允許他以凱利的身分存在。這是他們假造的身分，爲了讓萊恩進入犯罪組織臥底而創造的身分。目的一旦達成，這些假身分就要銷毀，否則警方很可能會吃上官司，遭到起訴，甚至遭到罪犯組織報復。

他們會逼他全盤托出。誰管他自身，還有珍會有什麼危險。

他別無選擇，只能退出警界。在珍得知眞相前，非這樣不可。她已經變得比他更重要。這就是愛吧，萊恩心想。他一直都知道自己總有一天會深陷情網——他就是這種人，不是嗎？他只是沒想到會是在這種情形之下，沒想到他必須繼續當凱利。

他看著自己的導師兼朋友，不由得爲剛剛說的謊打了個寒顫。

「我不得不說，我實在很失望。」李奧眞誠地說。

「我知道。謝謝你。」萊恩說道。他忽然遲疑了一剎那，懷疑自己是否做對了。可是，要不就選警職——要不就選她。他的決心宛如變硬的陶土具體成形。根本不必選。

「其實，你知道的……」李奧忽地打住，萊恩以爲他會再說些什麼，但也許他改變了心意，結果只是看著萊恩說：「好，我知道了。立刻生效——臥底的工作必須這樣。」

「我知道。」

「我很遺憾是這樣的結果，萊恩。」

「我也是。」

「知不知道之後要去哪？要做什麼？」

萊恩盯著李奧一絲不苟的辦公桌。這個問題已足以讓萊恩臉上露出嘲諷的笑容。他猜想自己只能照先前說的，去當油漆裝修工吧。

「不知，我應該會想得出來。」

「你還是會來作證嗎？你的工作成果，很寶貴。」

萊恩瞄一眼李奧，並感覺得到自己的目光冷漠。李奧說：「我知道。我知道我們沒找到伊芙。」

「對。」萊恩說。他覺得痛心疾首。也許他要是沒遇上珍，也許事情就不會發展成這樣，也許他就能待久一點。但他不會做這種選擇，既然都遇見她了。他已無法挽回，永遠，但他是快樂的。

「那個女兒……律師事務所那個，」他很快地說：「我很確定她不知情。至於爸爸……老實說，他只是個沒見過世面的笨蛋。」

「是嗎？」

「把火力集中在喬瑟夫吧。我甚至不能確定那個爸爸知道他交出地址意味著什麼。」萊恩謊稱。

「你的證詞會有幫助……」

「我會的，如果你不追究那個爸爸的話。針對喬瑟夫就好，還有其他的小弟。」

「我會跟上面的人談談，」李奧緩緩地說，似乎看出萊恩在談判，儘管不知道爲什麼。

「好。」

解決了一個問題。他也許可以逃脫得了。現在唯一需要做的就是變成另一個人。

「不過呢——你知道嗎？我們一定會抓到爲首的人，關他個二十年。」

「是啊，但是，」萊恩站在李奧的辦公桌前傷心地說：「不知怎的，好像不太値得。因爲沒找到寶寶。」

「我懂。」李奧語氣親切地說。這種事想必很常見，尤其是臥底警察。他伸出手，萊恩啪地將假身分證打進他的手心。警方給的凱利的護照與駕照。都沒了。

「是啊。你知道的，阿萊，如果再有一次機會，我覺得我不會做。」李奧收回證件說道。

萊恩聽了定住不動。「眞的嗎？」他問道。

「眞的，我是說，這眞不是人過的生活。說實話，假裝成罪犯和眞正的罪犯有什麼差別？」

萊恩沒回答這個修辭性的問句，只是看著李奧。幾秒鐘過後，李奧送他出門，同時輕輕地說：「再會了。」

萊恩一直很想改變世界，但再也不重要了。心情或許苦澀，但萊恩忽然覺得自己被當初毫不猶豫地加入的體制給吞吃了。他暗暗發誓，從今往後，他絕不去管別人怎麼看他，無論是社會、雇主——任何人。他不會讓任何人了解他，他的心只會爲一個人敞開：就是她。

他到工具間去進行最後的巡禮。他的東西大多都留在這裡，在局裡，只帶走兩件他不忍拋棄的護身符：他的警徽與印著嬰兒頭像的尋人海報。這些太珍貴了，不能丟。

他會把它們留在身邊，永遠永遠。無論他是哪個身分。

離開時，他想到車上駕駛座底下的氣泡信封袋，裡面有一張新的假身分證，是昨晚向一名罪犯買的。除了變成凱利，他別無選擇。其他不管怎麼做都會洩露眞相。喬瑟夫知道他喜歡珍，要想跟珍在一起，他就只能當另一個人。回不了頭了：他必須用凱利的身分，變成輕罪慣犯，如今他只能這樣活下去。

凱利．布羅德胡：在決定以凱利的身分臥底，成爲罪犯時，他選擇了這個姓氏。布羅德胡（Brotherhood），意爲「兄弟情」。是他向眞正的凱利致意。

他想到李奧說的關於犯罪集團首腦的習性。十分低調、不旅行、不繳稅。

因此他不會出國，不會去走機場的安檢門，絕對不能被攔檢。但他可以過活、可以愛、可以結婚。

他含淚告訴了母親。接著他告訴喬瑟夫的幾個同夥，說喬瑟夫被捕了，他要低調隱身一陣子，等他再回到圈子裡會找他們。事情都辦妥後，他去弄了一個刺青。當針頭在他皮膚上留下永遠的印記，他只覺得皮膚又癢又燙，甚至炙熱。他的手腕留了傷，烙下了他的決定，那是在時間調快的那天半夜裡匆匆下的決定，但他知道他永遠不會後悔。那是他愛上她的日子，也是他變成他自己的日子。

負 7158 日

12:00

這天是珍與凱利相遇的日子。一直以來她都知道那個英俊的陌生人是在這一天走進事務所的。但今天，她坐在辦公桌前，面對著二〇〇三年的巨型桌上電腦，等待著第一次與他見面。

她有那股三月的感覺。與他在太陽下一起玩樂歡笑的季節。她永遠記得這感覺——不管發生什麼，不管他是誰，不管他爲什麼背叛、守密、說謊。

她向來不喜歡在父親事務所的接待區工作，老被人當成祕書。但今天她喜歡這個有利的位置。落地大玻璃窗，看得到外頭三月蕭條的商業大街。服務台的寂靜，久遠而全面，還有她的默然。

「珍。」父親走進前廳喊道。她目光轉向他。這年父親才四十五歲，魁梧、高大、快樂、健康。她難以承受，他的年輕與他的背叛，他與喬瑟夫的關聯。二〇二一年她去找父親，和他一起吃大蒜麵包的時候，他想必已經知道……他想必早就知道凱利在做什麼。肯定是吧？

「第八段要在四點以前建檔。」他說。

「好的，好的。」她其實不知道他在說什麼。

當她假裝打字，對著大得要命的古董電腦猛敲鍵盤時，留意到外面有動靜。

他來了。凱利。雖然他盡量不引人注目，但因爲她認得他，因此注意到了。很顯眼。

而他也正看著她，還試圖裝沒事。穿著兜帽衫，牛仔外套和明天約會穿的是同一件。那頭髮……

「珍？」父親說：「第八段？」

但凱利進來了。頭探進打開的門內觀望。一陣三月強風呼嘯而入。他們一向不喜歡關著門，不希望讓上門的客戶卻步。

「嗨，」凱利招呼道。她的丈夫，還不知道她的名字，她也還不知道他的動機。「只是想問問你們需要油漆或裝修嗎？」

他們剛在餐館吃完午餐正在往回走。共撐一把傘。凱利的肩膀輕碰了她幾次。

「時間好晚了。」她笑著說。

「我帶壞妳了。」

接待區很安靜，只聽得到她電腦運轉的咻咻聲，以及較裡頭她父親講電話的聲音。

「喝茶嗎？」她問凱利。

他很意外，愣了一下，但還是點頭。「好啊。」

她消失在與接待區相連的小廚房，但這回她等著，一面觀察他。這時候他有動作了：明知道他會這麼做，仍令她心碎。他慢慢地開始在她桌上東翻西找。很有技巧。低著頭，兩手幾乎不動，只是手指輕輕地篩檢。除非正好看著他的手，否則不會知道。

珍讓他繼續，自己只是看著，一邊慢慢泡茶。他一點一點地打開一個抽屜——天哪，原來在那麼多年前，他竟然做出這種事。她的心怦怦狂跳。

他從她的抽屜抽出一張紙，看完以後又放回去。

正當珍覺得自己泡茶實在泡得太久，父親剛好從辦公室走出來。他向凱利點點頭，珍按捺住加入他們的衝動，只是側耳聆聽。

「謝謝你剛才給的清單。」凱利低聲對她父親說：「這間度假屋我有點搞不清楚——這裡這個數字是八還是六？」

她父親「啊」了一聲，禮貌十足，語氣並不驚訝。他拍拍西裝口袋，沒找到眼鏡。

「是六。」

「好，謝謝。」凱利說著將紙瀏覽一遍。

珍嚥了口口水。那是父親假裝不記得的分時度假屋轉讓業務。她的父親，在協助犯罪組織。她的丈夫，在調查。

她父親才是壞人。頓時間天地彷彿傾斜翻轉。她的父親。一個心術不正的律師。而凱利是在調查他的人。他們第一次約會時他問的那些問題。他的緊繃，他們一部分的背景故事，他們如何墜入情網。

只不過事情並不是那樣。

Ω

珍送了一些文件去另一家事務所，順便讓自己冷靜下來，細細思考。現在她回來了，也準備好趁機質問父親。「那是什麼？」

「沒什麼。」

「不……你在看的那張紙上寫的是什麼？地址嗎？」

父親迴避她的注視。「沒人的房子？」她逼問道。

「這是個小專案。」他的眼睛往旁邊轉。但他不是笨蛋，他看得出接下來會是什麼狀況，便走到窗邊拉起百葉簾，然後與她擦肩而過去關門。

「什麼專案？販賣資料？給……罪犯？別騙我，」她對他說：「你要是不肯說，我就去問凱利。」

原本在查看資料櫃的父親轉頭看她。「我……」他隨即打住，最後才接著說：「凱利恐怕不會告訴妳。」

珍往角落的椅子上坐下。

「我們付不出房租，」父親支支吾吾地說：「我以爲……只是提供資訊。就像有人會出售揮鞭症候群理賠*的權利一樣。」

「但這不是揮鞭症候群理賠。」

「對。」

「我還以爲你是最剛正不阿的。」

「我以前是。」

「可是……直到……」

「錢啊，珍。」這句話的力道讓坐在椅子上的他微微旋轉，只是微微地。「我做了錯誤的選擇。可是，一旦和那種人合作了……就無法脫身。我每天都在後悔。」

「應該的。」

父親覷了她一眼。這番談話對他有如酷刑。回到過去的時空之旅裡頭，最怪的地方莫過於看到他人的改變。凱利從二〇二二年的陰鬱變成二〇〇三年的快活純眞。她父親從開朗變得壓抑。

「還記得妳沒來這裡工作之前，我們繳不出房租的事嗎？我們規畫了一個比較長的繳款期限。合約是妳還在讀大學那時擬的。」

她有生以來的第一份合約，她當然記得。「記得啊。」

「就是在那之後，有個老客戶上門來。然後……珍，他給了一個我無法拒絕的提案。提供那些人名地址讓我們撐了好多年。以前是支付妳的法律實務課程費，現在支付妳的實習費。」

「有人被搶耶。」

＊車禍事故後，頭頸因慣性造成過度拉扯而產生的理賠。

「妳是怎麼發現的？」

「這不重要。」她說。

看著父親，想到自己永遠不可能再也不知道這件事，她幾乎希望自己沒有發現這一切。但發現凱利查出她家的陰暗祕密，卻沒告訴她……這是出於好意。凱利隱瞞了自己的身分、隱瞞他是轉換身分當臥底，沒把自己的祕密告訴她。

因爲他愛她。因爲他在二〇〇三年某天走進事務所，立刻一頭墜入愛河愛上了她，不想再回頭。

負 7230 日

08:00

珍醒來時又回到了公寓。她眨眨眼，看著上下拉窗與窗子下方的紫色抱枕，猛地彎起手臂遮住眼睛。

她在這裡。

她在單人床上翻轉身子。仍然還在過去。

他這麼做是因爲愛她。

他說謊騙了她二十年。

要不然他該怎麼辦？

他不是他自稱的那個人。

他放棄了一切。爲了她。

他都沒告訴她，說她父親不老實。

她爲什麼在這裡？她輕輕走出臥室進入小廚房。滿室的旭日晨光。她還沒遇見凱利，手機上沒有他的號碼。

他是臥底警察，在調查她父親，所以他什麼都沒告訴她。

所以在未來，他才會警告她，不要深究。

所以喬瑟夫才會來到事務所，找凱利，他打算捲土重來——同時留意有哪個老夥伴可能不是他們口中的自己。所以二〇二二年時，凱利才會說她有危險，要她別再查：喬瑟夫認爲她知道她父親在做什麼。他們在監獄見面時，他也是這麼說。

她走到俯臨熱鬧街道的拉窗前，街上已滿是穿著正式的上班族。她未來的丈夫就在那裡頭，某個地方，當警察，還不認識她。

她轉身背對陽光。一月十二日。

她沖完澡從新聞報導上看到了日期。

今天是伊芙失蹤的日子。

今晚是嬰兒被偷的夜晚。

珍搭巴士前往位於伯肯黑德的默西塞德警局。

那外觀像極了克羅斯比警局。六〇年代的建築。經由旋轉門進入明亮的大廳。規模比克羅斯比大，但是一樣陳舊，並有相同的椅子固定連成一排。她想到事發第一晚，她跟凱利坐在這種椅子上的情景，既是好幾個禮拜以前也是未來多年後，凱利憤怒得全身發抖。

她猜想要隱姓埋名不難。辭去警職，和心愛的女人開著露營車到處跑。在利物浦以外的地方定下來。從不旅行。用一張沒人會查看的假證件結婚。想必有成千上萬的人這麼做過，理由或許比凱利高尚，也或許不然。珍從未在克羅斯比遇見過從小一起長大的朋友。她不由得好奇凱利曾否險些撞見過某個舊識。但世界其實是很大的。

有位值勤員警坐在一台四四方方的電腦前打字，她眉毛修得很細，眼線的畫法完全是二〇〇三年流行的樣式。

「我需要找一位警員談談。」珍說：「他的名字應該是萊恩或是凱利。」

「有什麼事嗎？」

「我要舉報。是關於他正在臥底調查的那個犯罪組織的行動。」珍說話時，正好有個男人推開門。他有點年紀了，也許五十歲，鬢邊有些羽毛似的灰髮。

他臉上轉而露出驚訝的表情，對她說：「凱利？」

「我需要和凱利談談。我知道他是臥底。」

「妳最好跟我進來一下。」他伸出手與她握手，說道：「我是李奧。」

凱利在一間偵訊室裡與珍相對而坐，他不認識她。太瘋狂了，但這是真的。對他而言，他們從未謀面。

「是這樣的，」珍耐心地說明：「我不能透露我是怎麼知道的。但他們今晚打算去偷的房子……他們打算偷走兩輛車。」她忠實地告知她從新聞上得知的伊芙．格林的住址，李奧和凱利隨即記下。

這個地址和她父親清單上那間：格林伍德路一二五號，只差一個數字。

「謝謝。」凱利以職業口吻對她說，藍色眼睛停留注視著她的雙眼。「完全不能透露消息是哪來的嗎？」

珍迎向他的目光。「抱歉，不能說。」

「好，沒問題。那麼，我們一定會去查證。」他在打發她，好像她是個陌生人。臉上一抹定定的、謹慎的微笑。

她看著他，納悶著這個萊恩是從哪裡開始和她的凱利連起來的？他是變成了凱利，或是凱利一直存在他的內心深處？忽然間，這個當下，在這間警局裡，她看著自己愛了二十年的男人，不禁懷疑起這問題重要嗎？有人會在乎自己是如何或是爲何變成現在的自己嗎？陰沉、警戒、風趣，隨便什麼都好。或者，唯一重要的是，我們現在的**樣子**？

「你們會去查吧？」

「是的，當然會。」他語氣輕快地說：「人生漫長，有線索不能不查。」

珍在當晚一切事情發生的那條路上等候著。她坐在一輛老爺車上，一面尋思父親怎能這麼做：向罪犯提供情報、對她保密、讓她嫁給一個臥底警員……

開始下雨了，春天的雨滴不規律地落在車頂上。她還想起父親去世那晚說的話，說凱利很眞誠。若非他眞心相信凱利是好人，怎麼會說出那樣的話？也許他知道。也許凱利什麼都告訴他了。

有件事忽然冷不防地從腦海跳出來。她在國展中心看到的一塊牌子，但當時沒領悟到它的重要性。腹主動脈掃描。那個掃描可以揪出殺死她父親的疾病。不知道那項科技是否已經存在。如果有的話，現在的她可以這麼做——就是現在，打電話給父親，叫他去檢查。今晚多救一條命。

她將手肘擱在窗台上，手掌摀著臉。在內心深處的某個角落，她很清楚這麼做是不對的。

她想到父親叫她烤大蒜麵包。一臉滿足的樣子。她還想到在父親之前老早就離開人世的母親。或許他的大限已到。你沒辦法救活每一個人，你就是沒辦法。

她之所以在他去世那天醒來，想必是爲了去和他談話，得知有關分時度假屋的事。一定是爲了這個原因，沒有其他，只是珍總覺得還有什麼事沒完成。

警方派出偵防車將格林伍德路一二三號團團圍起。

十一點半左右，他們終於來了。兩名青少年，眞的只是孩子，差不多就是陶德的年紀。他們下了車，一身黑衣，手腳細長像蜘蛛一樣，她看著他們進去。

雖然知道事情會發生，但眞正發生時仍感到錯愕。她，四十三歲的珍，人還在這裡，在一個年輕許多的珍的身體內，目睹事情發生——那是她知道會發生的事，是她好不容易理解的事，儘管她從不相信自己做得到，不相信自己有此能力。

她看著那兩人從信箱釣出鑰匙。她知道事情已將近尾聲。她知道這會是最後一天，無論結局爲何。

很準時地，一個面容疲憊的女子從一二五號隔壁的房子現身，懷裡抱著嬰兒。她彎身欲將哭鬧的嬰兒放到安全座椅上，忽地停止動作，拍拍口袋。她遲疑地望向安靜的街道，沒看到那輛歪斜停放的車，沒看到隔壁有兩個身穿黑衣的男孩，在屋子黑影的掩護下，正小心翼翼地從信箱偷鑰匙。

就在那一刻：藍色。一陣藍光爆發，好像有人調高了色度似的。

到處都是警察，從車上、灌木叢裡與建築物後方紛紛冒出，逮捕了青少年。她聽見有人在大聲宣讀權利。她想到凱利，他不在現場以免身分曝光。他還沒做出任何需要提供臥底證詞的事。他還沒成為證人B，沒成為這事件之後會變成的那些角色。他還沒遇見他所認識的珍。

抱著嬰兒的女人還沒離開車道，眼睜睜看著一切在眼前展開，懷裡抱著小嬰兒伊芙，全然不知自己剛剛躲過一場大禍；這一切都多虧了……人們往往只會想到碰上的壞事，而不會想到那些自己很幸運地擦身而過的事。

珍閉上雙眼，頭靠著方向盤，很想睡一覺。她差不多準備好了。有個很深層的認知，隱藏在一切事情底下，就跟安迪說的一樣。她活過一次，卻全都沒注意到，但在她睿智的內心、她的潛意識裡頭，是知道的。

她差不多準備好了。

將近凌晨一點時，警方回到珍等候著的默西塞德警局。凱利也來了，一如珍所期望。

月亮露臉，天空高遠清朗，珍就快要走了。她知道。

凱利和李奧從一輛偵防車下來，李奧立刻走向自己的車，凱利卻逗留不去。他緩緩走向警局，氣息一陣一陣吐進冬日寒氣中。他掏出手機，大概是要叫計程車回家。

她趁他還沒撥號前下車。他們只見過一面，在今天稍早，他臉上閃現猶疑神情。困惑夾雜著興味：完全就是陶德那模樣。

「嗨，我們稍早見過。」珍說著急忙走向她結縭二十年的丈夫。

「是，」凱利的眉頭蹙得更緊了。「妳還好嗎？」

「還好。」她上氣不接下氣地說。她此刻已經倒退得太遠，任何作爲只要稍稍一偏，射向未來的箭頭就會失準。「我只是想知道……那些竊賊……我提供的情報……抓到他們了嗎？」

「抓到了。」他謹愼地說，將手機收回口袋，纖瘦的身體卻轉離開她。

那份疏遠讓她頓時停下腳步，此時一月的毛毛細雨幾乎就像十月的薄霧。他不知道，她心裡暗想。這個她愛過、一起歡笑過、懷過他的孩子、對他立過誓言、與他同床共枕的男人，他什麼都不知道。他甚至不認得她。她看見的是防備心很重的凱利，這是他與陌生人打交道的態度。在過去的此時，他沒有什麼好提防的，但他還是這樣。他還是他。她想得沒錯，他還是那個他，還是那個她愛的男人。

「能抓到他們眞是太好了。」

他忍不住好奇。「妳是怎麼知道的？」

「我是絕對不可能透露消息來源。」她說道，這正是他喜歡的那種揶揄口吻。

他的臉放鬆下來咧出微笑。「妳指名要找我。說妳想和萊恩或是凱利談談。」

「對，我知道。」

「應該沒有人知道這兩個名字之間有什麼關聯。我是說，連我自己都不是很清楚這項安排……」

珍聳了聳肩，兩手往旁邊一攤。「我說過了，絕不透露來源。」在這寒冷的細雨中，她漸漸淋濕了。

「哈，好吧。妳知道嗎，我們介入得太早，首腦好像溜掉了。因爲小弟被捕，他聞風而逃了。」

喬瑟夫。喬瑟夫逃走了。珍打了個哆嗦，不只是因爲冷。她是不是應該提防一件事：意料之外的後果？但無論何時，她不都把握住機會做了對的事嗎？她沒有投機。她甚至沒有救她父親，這次沒有，儘管有機會。她不再去想那些事了。她將外套裹得更緊些，上前朝凱利走近，希望不會有問題。

「我想你做了對的事。」她帶著憂傷輕輕地說，心裡想到小嬰兒伊芙，也想著人們看不見那些擦身而過的未遂事件，就那樣從旁掠過，銳利箭頭只輕輕擦過我們的皮膚。

他還沒叫車。他的目光與她交會。而她認得，她認得，她認得那個眼神。

他揚起一只眉毛，然後說出來了，說出那個改變一切的句子：「我知道這麼說眞他媽的老套，不過：我認識妳嗎？在今天之前？」

珍忍不住笑出來，說道：「還沒。」一如既往，她常與丈夫開的戲謔玩笑脫口而出。她在停車場與他四目相對。他愛她愛得那麼深，甚至爲了她放棄自己的生活、姓名、母親，自己的**身分**。她不認爲在他們的婚姻生活中，他全都在假裝。她認爲他是在努力地**不要**假裝。

「總之，我叫萊恩。妳呢？」

「我是珍。」

時刻到了。珍知道。她已做好準備。

她閉上眼睛，彷彿睡著一般。接著她走了，而曾經的一切隨之被抹去，一如她所預期。

第0日

01點59分變成01點00分。珍．海爾思人在樓梯平台上。南瓜也在。一切都在。她的肌膚，仍感覺得到那個一月夜晚幽靈般的霧氣，仍感覺得到丈夫投射在她身上的目光。

她的丈夫從臥室出來。「沒事吧？」他說。

「跟我說說我們第一次見面那天的情形。」她說著投入他的溫暖懷抱。

「嗄？」他帶著睡意說。

「說啊。」她語氣急迫，彷彿即將失去一切的人。

「呃……妳來到局裡……」珍張大了嘴，不敢置信。她做到了。這整整二十年來，她都是和他，和萊恩一起度過。

「我是律師嗎？」她問他。

「呃……是吧？我得去睡了，明天還要值勤。」

他是個警察。珍欣喜地闔上眼睛。他會更快樂，不再那麼失志，不再覺得悵然若失。

「竟然這麼晚了。」他呻吟一聲。

但依然是他。

「我爸還活著嗎？」她又問。

「妳是怎麼回事？」

「拜託，就告訴我吧。」

「……沒有。」他回答，就在同一時間珍明白了。手指的小傷口、救活父親，這兩件事都沒有留下來。安迪說的沒錯：事件從將近二十年前那個一月的雨天開始發展至今，一路抹去了她做過的其他所有改變。她之所以做出那些改變，純粹只因爲能從中獲得資訊，回到對的地點、對的時間去解決問題。

「哈囉？」陶德喊道。

有個東西像旭日一樣在珍的心裡升起，宛如曙光照亮了他們的生活。是陶德。他在家。在家裡，正往樓上高喊，而不是走在街上，手持著刀。

「你們還沒睡啊？」陶德喊道：「你們就這樣站在窗前，畫面很猥褻耶！」

凱利大笑起來。

「喂，萊恩？」珍說。

「嗯？」他若無其事地回應，但對她而言，這個名字證實了一切。珍凝視著他，同樣的深藍色眼睛，同樣的瘦削身型，紋身只刺了「珍」。

結果喬瑟夫沒有被捕，但嬰兒也沒有被偷。珍在觀景窗前反思此事，但只是短短片刻。沒辦法，有得就會有失。永遠會有罪犯在買賣毒品、槍械、資訊情報。他們永遠會偷盜說謊。這些人抓不完，但你可以拯救無辜的人。再說，蹲了二十年監獄的喬瑟夫又有學到什麼教訓嗎？

她看著丈夫與兒子，兩人正一起上樓。爲了這兩人，付出的代價值得吧？

她心底隱隱感到有些疑慮。不知自己將要爲這個，爲她重新度過的這段奇怪人生，負起什麼樣的責任。

「嗨。」陶德打斷了她的思緒。

「你去哪了——和克麗奧出去嗎？」

「誰是克麗奧？」陶德低頭看著手機說。

對呀。喬瑟夫根本沒來找凱利，所以陶德始終不認識克麗奧。珍瞪著兒子看。她剝奪了他的初戀，**那**也是值得付出的代價嗎？

「我夢見你認識一個叫克麗奧的人。」她想要確定。

「伊芙會不高興吧？」陶德說。

「伊芙？」珍尖聲說道：「誰？」

「我的……」陶德的目光飄向凱利，凱利聳了聳肩。「女朋友？」

「她姓什麼？」

「格林……？」

是那個小嬰兒。那個從未被偷、失蹤的小嬰兒。珍此時站在颶風外圍，直接感覺到微弱風力開始吹上她的髮線。

「我可以看看照片嗎？」

陶德看她的眼神好像在看一個大傻蛋，然後滑起手機找照片。看到了。是克麗奧，是他媽的克麗奧。克麗奧就是那個被偷的嬰兒。難怪她看見嬰兒照片時覺得面熟。珍惶惑地伸手抓過他的手機。他由著她，毫不在意，這裡頭沒有祕密，不算有。「哇。」珍將她的五官放大。

「沒看過女人啊？」陶德說。

「讓我好好看看。」珍說著細細打量。

所以，現在呢。小嬰兒伊芙沒有被偷走，是珍阻止了。她留在母親身邊，以伊芙·格林的身分長大了。一方面珍讓他們無緣邂逅，但瞧瞧：他們以另一個方式相遇了。她在二〇二二年愛上她兒子，就跟她被偷走並送去與喬瑟夫的親戚同住，變成克麗奧以後一樣。命運呀。

珍抬頭看著丈夫與兒子。克麗奧。萊恩。伊芙。凱利。他們就算名字變了，愛卻不變。

珍朝他伸出一隻手，陶德也步入他們的懷抱中，他們站在那裡，在觀景窗前，就他們三人。珍的呼吸慢了下來。

幾分鐘後她下樓，只是想確認，只是想看看。她手搭著門把。

有個奇怪的感覺籠罩在她四周，彷彿一片薄霧。既識感？是什麼呢？她甩甩頭。失蹤的嬰兒和……幫派？她一眨眼，消失了。多奇怪啊。她從來沒有過既視感。

而且還是在如此尋常的夜晚。

第1日

珍醒來。今天是十月三十日，也不知爲何，她覺得整個人生前途一片大好。

她來到樓梯平台披上睡袍時，陶德對她說：「嗨，妳還好嗎？」

「很好啊。」珍說。她覺得頭痛，但如此而已。樓下有煮東西的味道，想必是萊恩開始在準備早餐了。

「昨晚妳說了一些好奇怪的話喔。妳說什麼我有個女友名叫克麗奧？」

「誰是克麗奧？」珍問。

尾聲：負1日

意料之外的後果

醒來後的最初幾分鐘，寶琳忘記了。

接著她才想起來，恐懼也隨之襲上心頭，她立刻如煙火般飛射下床。**康納**。

這幾個月來，她一直都知道會出事。這孩子老是神祕兮兮、粗魯又陰沉。她老是在熬夜等他。他的行爲卻是一步步惡化，現在是搞出這個。

一開始先是有種既視感。昨晚。然後康納馬上就被捕了。警察說他犯了諸多罪行：毒品、竊盜等等。最近這幾年，他和一個叫喬瑟夫的傢伙走得很近。他本該有光明的前途，結果，如今全都毀了。

她得找個事務律師。

她得解決這件事。

她得做許許多多的事。

她得追根究柢看看他到底爲什麼會這麼做。

她走到樓梯平台上，準備去開電腦找律師。不料康納竟然在，她的孩子，就在樓梯平台上。

「呃？」她問他：「他們放你出來了？」

「誰？」

「警察呀。」

「什麼警察？」康納笑著說。這時寶琳才看見。他房裡電視在播放ＢＢＣ頻道的新聞，日期閃現。是十月三十日。

三十號不是昨天嗎？她很確定。

超人潛能

超人潛能是人類展現出的極致力量，超乎一般人認定的正常值，通常會發生在生死交關的情況下，尤其會發生在母親身上。有傳聞說女性為了救出新生兒抬起了車子，有時還會產生一個巨大的能量力場。事實上，也還有其他超自然現象的報導，諸如時間迴圈，只不過至今都未得到證實。遭受苦難者經常聲稱經歷了既視感以及一連串超人潛能事件。

致謝

我清清楚楚記得我是在哪一刻起心動念要寫這本小說。我與作家友人Holly的訊息紀錄顯示是在二〇一九年十一月二十七日。

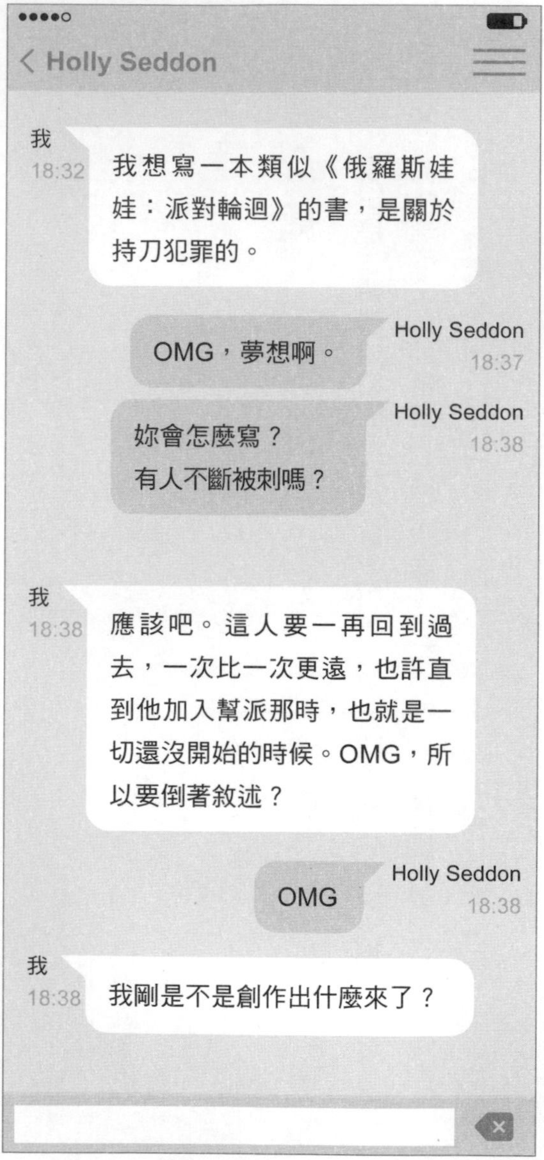

就這樣。

我最近看完《俄羅斯娃娃：派對輪迴》影集之後，坐下來看新聞，有一則持刀犯罪的消息引起我的注意。作家的靈感就是這麼回事，從來不是在書桌前，不是在適當的時間，但可以肯定的是，靈感總是驟然降臨，而我覺得這次的點子是我迄今爲止最棒的一個。我很榮幸能把這故事寫出來，能與珍和陶德共處一年並愛上他們，希望讀者們也會。

當然，在計畫與書寫的過程中想法大有改變，但核心仍然一樣：一部必須要阻止結果發生的犯罪小說，而且是倒著敘述。對我來說，這當中有一種極簡化的道理——每樁罪行不都會有一個契機，深埋在過去的歷史當中嗎？

這本書我從二〇二〇年七月寫到二〇二一年五月，經過兩次封城，其中一次封了將近五個月。整個疫情期間，寫這本書就是我唯一做的事情。我猜想，如果我能寫出一本好書，那就表示置身陰霾中也會有好事發生。（我的男友在一月封城期間向我求婚，當天我仍然完成了預定的進度。）

我將此書獻給我的經紀人 Felicity Blunt 與 Lucy Morris。兩個了不起的經紀人對一個作家寫作生涯產生的影響，是很難講得完全的。她們提供意見、編輯修潤、掌控全局、賣書，還有最重要的是，她們讓我變成更好的作家。她們從未懷疑過我，從未覺得我野心太大，對此我終生感激。

此外，若說 Penguin Michael Joseph 出版社的編輯 Maxine Hitchcock 與 Rebecca

Hilsdon 徹底改變了我的人生，這絕不誇張。我在每次的致謝中都會逐一感謝這些人，只因爲這就是事實：至今我已寫了六本暢銷書，全都多虧了 PMJ 出版社的這支夢幻團隊：Max、Rebecca、Ellie Hughes、Sriya Varadharajan、Jen Breslin（你是天才），與所有業務部同仁，還有我的超級核稿編輯 Sarah Day。六本《週日倫敦時報》暢銷書、一本「理查與茱蒂讀書俱樂部」選書、一本電子書暢銷榜第一名……總銷售量近五十萬本：他們爲我的作品所創造的成就仍在持續累積。

還要感謝我新合作的美國編輯 Lyssa Keusch，與 HarperCollins 旗下的 William Morrow 出版團隊。我已迫不及待想要開工了！

寫這本小說時，我請教過一些專家。Richard Price（他眞的有一件沙林傑的 T 恤），謝謝他提供物理學與封閉類時空曲線方面的專業知識。Neil Greenough，謝謝他提供關於時下警方辦案程序的概念。我都不知道該怎麼告訴你們，認識一個能協助了解程序的人有多麼寶貴，而且 Neil 慷慨地騰出時間應付我各式各樣的怪問題（若有任何錯誤責任都在我，事實上有的是刻意爲之：臥底的單位當然絕對不會出現在主要警局）。

Paul Wade，謝謝他和我聊多重宇宙。Tyler Thomas，人眞的好極了又很像陶德。還要謝謝我的利物浦專家 John Gibbons 與 Neil Atkinson。

當然還有我父親，謝謝他與我多番閒聊，提供無比珍貴的建議，而且他一直擔任我的第一位讀者。

此外，也感謝 Jo Zamo（喬・札莫）貢獻出她的名字，感謝 Kenneth 與 Kacie Eagles

（伊果斯）讓我借用他們的家族傳說。

愈接近四十歲，我愈了解到如果沒有許多形形色色的好友，我恐怕會一事無成。感謝 Lia Louis、Holly Seddon、Beth O'Leary、Lucy Blackburn、Phil Rolls 與 Wade 夫妻：你們是我的治療師、我的喜劇演員，並爲我保守了我最重視的祕密。

最後還要謝謝 David。在我寫這篇謝詞的二十個小時之後，他即將成爲我的丈夫。（唉，和作家結婚就是這樣：有誰會在結婚前一天的週日下午寫致謝詞啊？）

無論在哪個宇宙、哪條時間軸，無論你叫什麼名字，我都會愛你直到第負五千三百七十二日（甚至更久以前）。

Eurasian Publishing Group
圓神出版事業機構
用心與你對話・網野無限寬廣
寂寞出版社
Solo Press
www.booklife.com.tw reader@mail.eurasian.com.tw
Cool 051
錯時錯地【已經發生的謀殺，有可能倒轉嗎？】
作　　者／吉莉安・麥卡利斯特 Gillian McAllister
譯　　者／顏湘如
發 行 人／簡志忠
出 版 者／寂寞出版股份有限公司
地　　址／臺北市南京東路四段 50 號 6 樓之 1
電　　話／（02）2579-6600・2579-8800・2570-3939
傳　　真／（02）2579-0338・2577-3220・2570-3636
副 社 長／陳秋月
資深主編／李宛蓁
責任編輯／朱玉立
校　　對／李宛蓁・朱玉立
美術編輯／林雅錚
行銷企畫／陳禹伶・朱智琳
印務統籌／劉鳳剛・高榮祥
監　　印／高榮祥
排　　版／莊寶鈴
經 銷 商／叩應股份有限公司
郵撥帳號／ 18707239
法律顧問／圓神出版事業機構法律顧問　蕭雄淋律師
印　　刷／祥峯印刷廠
2024 年 5 月　初版

定價 480 元　ISBN 978-626-98177-5-7

在一切事物天翻地覆之前，我們並不知道自己擁有些什麼，也不知道這一切是多麼不穩固卻又完美地拼湊在一起。

——《人生複本》

國家圖書館出版品預行編目資料

錯時錯地【已經發生的謀殺，有可能倒轉嗎？】/ 吉莉安・麥卡利斯特（Gillian McAllister）著；顏湘如譯. -- 初版. -- 臺北市：寂寞出版社股份有限公司, 2024.05

400 面；14.8×20.8 公分（Cool；51）
譯自：Wrong place wrong time.
ISBN 978-626-98177-5-7（平裝）

873.57　　113003940